ullstein

CAROLINE ROSALES, geboren 1982 in Bonn, ist Autorin mehrerer Bücher und Kolumnistin bei der ZEIT. Im Jahr 2019 erschien ihr feministisches Memoir *Sexuell verfügbar*, das sie für die ARD als Serie verfilmt hat, im Jahr 2021 ihr literarisches Debüt *Das Leben keiner Frau*. Caroline Rosales lebt mit ihrer Familie in Berlin.

Von der Autorin ist in unserem Hause außerdem
erschienen:
Sexuell verfügbar

Caroline Rosales

DAS
LEBEN
KEINER
FRAU

Roman

Ullstein

Besuchen Sie uns im Internet:
www.ullstein.de

Ungekürzte Ausgabe im Ullstein Taschenbuch
1. Auflage März 2024
© Ullstein Buchverlage GmbH, Berlin 2021 / Ullstein Verlag
Umschlaggestaltung: zero-media.net, München
Titelabbildung: © T.S. Harris. All rights reserved 2023 /
Bridgeman Images
Satz: LVD GmbH, Berlin
Gesetzt aus der Dante Pro
Druck und Bindearbeiten: ScandBook, Litauen
ISBN 978-3-548-06682-0

Für Benjamin

Prolog

Early Check-out

Ich kann nicht einfach in einen Shakespeare-Monolog wechseln, der jede Stimmung, jedes Motiv erklärt. So läuft das einfach nicht. Ein letzter Blick durchs Schlafzimmerfenster, ich versuche, ein Gefühl zu finden. Aber da ist nur Leere. Die Ironie eines Lebens als Autorin – im letzten Moment habe ich Ladehemmungen, ich werde ohne Schlüsselsatz gehen. Das Wasser in der Badewanne ist dampfend heiß, die Luft ist schwer, die Fenster beschlagen. Zwanzig Dikaliumclorazepat, in Folie gepackt, die Pillen mit einem Glasboden zerstoßen, in einen Joghurt gerührt. Dazu fünf Tavor, drei von den gelben. Selbes Prozedere. Dann in die Wanne. Zum Stichwort Freitod spuckt Google kein Wikihow aus. Selbstmord bleibt ein selbstoptimierungsfreier Raum. Deshalb ist wahre Recherche gefragt. Das Ergebnis: Ich nehme Tabletten und lasse elektrische Geräte weg. Mit dem Föhn soll es ein schmerzhafter Tod sein. Längeres Kammerflimmern, heftige Verkrampfungen. Beim Nachbarn springt die Sicherung raus. Deshalb Tabletten, in die Badewanne, langsam einschlafen.

Mein rechter Fuß durchbricht die Oberfläche, ich sinke langsam ins Wasser. Es brennt überall auf meiner Haut, aber das ist mir egal. Ich möchte in einem schönen Bronzeton aus der Welt scheiden, die Haare noch schnell hochgesteckt, meine kostbaren Diamantohrringe angelegt. Meine Unterarme liegen auf dem Rand der Badewanne, mein schlichter goldener Cartier-Armreif passt zu den smaragdgrünen italienischen Fliesen. Langsam lasse ich beide Hände tief ins Wasser gleiten. Instant-Entspannung setzt ein. Ich schließe die Augen. Im Badezimmer schneit es, ich spüre, wie sich Schneeflöckchen auf meine Haare und Lippen legen. Mein Badezimmer ist ebenerdig, ein Reh schaut durch das Fenster – das müssen die Tabletten sein. Ich denke an Mona, an Louis' rotes Dreirad, das umgekippt im Garten liegt, an Laurent, sein zuversichtliches Lächeln, als er Monas Hand auf dem Standesamt hält. Laurent, Druckerschwärze an den Fingerkuppen, Buchpreise, Tanzen, Jazzmusik. Die Wohnung war nach der Scheidung Zufluchtsort, Garten Eden, Museum, Boudoir, Prinzessinnenbad. Sie bleibt mit meiner Tochter und mir für alle Ewigkeit verbunden. Sie ist die Essenz unseres gemeinsamen Lebens, ihres Aufwachsens. Die Schneckenhäuser, die Mona angemalt hat, die Glasperlenketten, alle Milchzähne, jedes Filzstiftbild, alles habe ich aufgehoben und nach der Trennung aus unserem großen Apartment hierhergebracht. Aber das alte Wohnen war zu überdimensioniert, vollgefrachtet von Ansprüchen, die es nun abzulegen galt. Die Eckcouch fand keine Nische, die Waschmaschine steht wie ein riesiger Fremdkörper in diesem kleinen Bad, bis heute schließt die Tür nicht richtig. Anfangs lag ich auf einer aufblasbaren Matratze zwischen Küche und Wohnzimmer im Flur und sah in der Dämmerung der Basilikumtopfpflanze beim Vertrocknen zu. Irgendwann kaufte ich mir dann ein Pressholzbett bei Ikea.

Das Bild, wie Laurent noch die letzte Kiste Brunello di Montalcino auf den Vordersitz seines Smarts stellt, verfolgt mich bis heute. Ich habe Jahre gebraucht, bis ich verstanden habe, dass ich nie wieder richtig glücklich sein würde. Seitdem durfte sich jeder in mein Nichts stürzen, sie wussten, dass ich es zulassen würde. Aber das ist jetzt unwichtig. Ich spüre bleierne Müdigkeit. Die Synästhesie setzt ein. Aus Monas altem babyblauem Sony-Gettoblaster, der direkt neben der Badewanne auf einem kleinen Hocker steht, schallt »Goodbye Yellow Brick Road«. Aber bald wird es still sein.

Kapitel 1

Golden Girl

»Herr Gottwald, es wird heute Abend laut. Sehr laut. Und wenn es Sie stört, müssen Sie runterkommen und mitfeiern.«

»Nein, Melanie. Das ist was für die jungen Leute. Ich höre von oben zu. Wie alt werden Sie denn?«

»Fünfzig.«

»Erstaunlich. Als Sie eingezogen sind, waren Sie …?«

»Vierzig. Ich hatte mich gerade getrennt.«

»Eines muss man Ihnen lassen, obwohl Sie sich offensichtlich nur von diesen exotischen Zigaretten, Hüttenkäse und unserem Gartenobst ernähren, haben Sie immer noch diese Haferflockengesundheit … was macht Mona?«

»Es geht ihr gut. Sie kommt auch.«

Wir lächeln uns an. Am Türspalt überreiche ich ihm schließlich die Flasche Bourbon, für die sich mein greiser Hauseigentümer aus nachvollziehbaren Gründen mehr interessiert als für mich.

Dann schnell anziehen. Mein langes blumiges Cacharel-Kleid, darunter kein BH. Brillantohrringe, meine blonden Locken hochgesteckt. Einige Strähnen fallen aus der Frisur. Die Vintage-Rolex, die mir Laurent zum dritten Hochzeitstag schenkte, offene flache Sandalen mit goldenen Riemchen, die Fußnägel kirschrot lackiert.

Die Klingel. Es geht los. Und dann noch mal – die Klingel. Und wieder.

An diesem Abend bin ich das Geburtstagskind und die Trägerin der Champagnerflasche.

Jedes Mal, wenn ich mich jemandem von der Seite nähere, frage ich mich, ob derjenige sich über mein Dazustoßen zum Gespräch oder den phallusartigen Flaschenhals freut, der sein Glas auffüllen soll. Aber beides ist mir heute recht. »Golden Girl« steht auf einem metallisch-glänzenden Heliumballon, den einer der vielen Gäste mitgebracht hat und der über allen Köpfen schwebt.

Ein Haufen Freunde, Kollegen, Verflossene, die sich in Absatzsandalen und Sneakers in meine Siebzig-Quadratmeter-Wohnung mit kleinem Garten und Froschteich drängen. Nach einer Stunde klingelt es alle fünf Minuten an der Tür. Von meinem Treppengeländer aus sehe ich nur noch Köpfe. Einige Gäste nehmen Bücher aus den Regalen und blättern darin. Auf ein paar steht mein Name. Es ist ein Julitag, früher Abend, aber noch zweiunddreißig Grad heiß, alle fächern sich in der Enge mit den Einladungskarten oder mitgebrachten Fächern Luft zu, egal, ob drinnen oder draußen.

Ich habe sogar einen Kellner organisiert, Hans, ein junger Mann vom Käfer-Catering. Er serviert Rostbratwurst-Baiser mit Preiselbeeren an Friséesalat, doch der Champagner interessiert mehr. Der flaschengrüne Hals, mit dem ich mir den Weg durch die Stehgrüppchen bahne, dient mir intuitiv wie ein Kompass.

Zunächst steuere ich zu den Kolleginnen von den Kunstmarkt-Seiten im Feuilleton. Sie tragen asketische Balenciaga-Kleider. Ihre Religion besteht aus Trennkost, Eiweiß, Crossfit und Wodka pur auf Partys, ihr zentrales Gesprächsthema sind vornehmlich Affären und die Ästhetik femininer zeitgenössischer Pornos.

»Komm, Melanie, du schönes Kind«, sagt Christine, genannt Chérie, die Dorfälteste unter ihnen.

Chérie.

Sie ist in ihren frühen Sechzigern, ihre Stirn ist dafür zu glatt, nur ihr Hals ist altersgerecht der eines Truthahns. Die anderen beiden lächeln großzügig und halten mir ihre Champagnergläser hin. »Das muss man dir lassen, Mel, du siehst fantastisch aus, *a real beauty as usual*.« Ich verdrehe spielerisch die Augen. Es braucht immer zwei für eine Personalityshow – den Claqueur, der den anderen auf ein Podest hebt, und den, der bescheiden abwiegelt. Feinste Floskeln. Chérie und ich beherrschen dieses Spiel perfekt. »Du wirst immer Falbala sein, Mel, das weißt du.« Chérie hebt ihr Glas in die Höhe, weil sich Julian aus dem Politikressort in diesem Moment etwas forsch an ihr vorbeidrängt. Nicht schnell genug, die teure Flüssigkeit schwappt auf unsere Köpfe. »Champagner!«, ruft Chérie.

Die anderen beiden Frauen lächeln mit der Oberlippe, sie haben keinen Geschmack. Sie finden jede Ausstellung in den Pinakotheken aufregend und den dezent servierten Sous-vide-Heilbutt im *Tantris* à point. Mir ist plötzlich mehr nach rotem Fleisch als nach totem Fisch, also ändert mein Flaschenhals die Richtung zum Webergrill im Garten. Es ist mittlerweile halb zehn, Musik und Gespräche sind laut und dröhnend. Meine Playlist spielt *Ladies and Gentlemen* von George Michael.

Ich steuere nach draußen Richtung Werner, meinem Chefredakteur.

Werner.

Es war so klar, dass er wieder einmal mallorquinischen Proll-Charme mit Boheme verwechseln würde. Sein hellrosafarbenes Camp-David-Poloshirt und die hellen Slipper (für ein Arschloch obligat!) sind geschmacklos. Werner, das sind fünfundfünfzig Jahre, dreißig Jahre Karriere im Qualitätsjournalismus (dazu zählt er übrigens auch unsere Zeitung), drei wohlgenährte Kinder im Internat, eine zufriedene, überhebliche Frau. Das fette Leben. Und der vermeintlich gute Stil dazu. Drei Wochen Südfrankreich-Urlaub im Sommer auf einer kleinen Jacht, immer dasselbe kleine Hotel in Saint-Tropez, wo die Geliebte tagsüber, während des Familienprogramms, am Pool ausharrt. Mit gebräunten Unterarmen und dicker Uhr stiefelt er in die Redaktions- und Vorstandssitzungen. Als Chefredakteur der *Münchner Zeitung* jagt er den Politik-Funktionären qua Auflage die nötige Furcht ein, so sieht er das – und auch den gewünschten Respekt. Wenn er im Neuen Rathaus bei einem Empfang aufläuft, dann nicht als Chefredakteur, sondern als Werner Peiner, darauf besteht er. Er möchte persönlich eingeladen werden, bitte schön. Wenn ein Referent das nicht veranlassen kann, wird er zu ihm durchgestellt.

Werner steht in einer homogenen Vierergruppe von ihm unterstellten Kollegen, alle mit leichtem Bauchansatz, zurückgegelten Haaren, angedeutetem Vokuhila und beigen Hosen, ein Weizenglas haltend. Sie lachen intervallartig synchron auf, wenn sie meinen, die nächste Pointe sei erreicht. Weil es hier nichts nachzuschenken gibt, stelle ich mich einfach neben Werner, für ihn bin ich, was Merkel für Kohl war – sein Mädchen.

Gerade erzählt er zum 4563. Mal die Story von Sotschi, als ein erlesener Kreis deutscher Chefredakteure Präsident Putin an der sonnigen Schwarzmeerküste zum Interview treffen durfte. Die leicht trashige Anekdote handelt von Konferenzräumen in einer Ferienanlage der Gazprom, von Jetskis, die sie mit dem russischen Präsidenten befeuern durften, von Teetassen mit goldenen Rändern und schwer bewaffneten Personenschützern. Vor allem aber von der Illusion, sich für eine Nacht am Allmachtsanspruch der global herrschenden weißen Despotenklasse berauschen zu können, unsicher, wie unanständig das jetzt ist. Werner liebt die Geschichte. In den ICE-Bordrestaurants, *Kempinski*-Hotelbars und Lufthansa-Lounges mittelgroßer europäischer Städte war sie ein Selbstläufer, am Lagerfeuer der Semiprofessionellen, des journalistischen Urgesteins, die von der digitalen Wende ausgelöscht wurden wie die Dinos von dem Meteoriten. Werner zählt zu den wenigen Überlebenden unter den Wolfgangs, Jürgens und Rüdigers, die aus Artenschutzgründen noch in ihrer eigenen untergehenden Sonne herumstehen.

»Melanie.«

Als Werner endlich seine Ausführungen unter schallendem Lachen der Gruppe beendet hat, gilt mir für zehn Sekunden seine ungeteilte Aufmerksamkeit. Er schlingt seinen braun gebrannten Arm, der mit der Patek Philippe seines Großvaters dekoriert ist, um meinen Hals, hält mich in einer Art Schwitzkasten. Sein Atem riecht säuerlich. Ich knicke feminin-vornehm ein. Es lässt mich filigran erscheinen.

»Mel, kennst du denn schon August, deinen neuen Kollegen aus der Politik? August, das ist Melanie Moosburger, meine Vize, *my vice president*. Sie schmeißt die Party hier.«

August und ich lächeln uns an. Er sieht nicht schlecht aus. Mitte vierzig, blass, hellblonde Haare bis zu den Ohren, riesig groß, Männerbrust und eine Spur von kreisrundem Haarausfall, aber das ist in diesem Alter ja fast unvermeidlich.

»Du bleibst noch etwas, August«, werfe ich ihm zu und meine, das kleine Leuchten in seinen Augen zu sehen.

Auf einmal kneift mir jemand in den Po. Ich löse mich aus Werners Wrestler-Griff und drehe mich um.

Chérie.

»Deine Tochter ist da«, sagt sie und verschwindet wieder zu den Gazellen. »Ich bin gleich zurück«, sage ich zu Werner und versuche es erst einmal in der Küche. Ich finde sie sofort.

Mona.

Sie steht an meinem Küchenblock vor einem Klarsichtfolien-Paket und entblättert mit spitzen Fingern den normannischen Apfelkuchen (immer viel zu trocken). Es scheint ein komplizierter Prozess zu sein, die weiße Kuchenspitze hat sich in den Rand gefressen. Sie sieht mich und legt ihren Arm zärtlich um meinen Hals.

»Happy Birthday, Mami«, sagt sie und küsst meine Wange. Ich schiebe sie ein Stück von mir weg, ihr blaues Sommerkleid mit den Punkten, die vom falschen Waschen mehr grau als weiß sind, provoziert mich. Mit der Strickjacke und ihrem schwangeren Bauch sieht sie aus wie eine Figur aus *Les Misérables*.

Mona ist die älteste fünfundzwanzigjährige Frau der

Welt. Verheiratet, zum zweiten Mal schwanger, Helikopter-mutter, Anhängerin der Lebensschützer (das sind Abtrei-bungsgegner). Der Neokonservatismus hat sie fest im Griff, und so träumt sie von karierten Picknickdecken unweit des Spielplatzes am Glockenbach und selbst gemachter Limo-nade. Sie kann nicht meine Tochter sein. Ich mustere sie und glaube, erste graue Strähnen in ihren dünnen dunkelbrau-nen Haaren zu erkennen. Braun wie ihr Vater, mein Haar dagegen ist blond, voluminös und makellos.

»Ach, Moni, warum denn Kuchen? Ich hab doch gesagt, es gibt Catering. Stell ihn in den Kühlschrank.« Wenn sie mich aufregt, werde ich hektisch. Mona schaut mich ratlos an, mit ihrem typisch bescheuerten Blick. Ihr fehlt einfach, wovon ich als junge Frau zu viel hatte – der nötige Biss, der Führungsanspruch und der Wille, immer gewinnen zu wol-len. Ich hätte mich nie zur Hausfrau machen lassen. Warum hat Mona keinen Zugang zu ihren Träumen? Und backt stattdessen Süßkartoffelchips für ihren Zweijährigen? Kaum jemand weiß, dass sie einen Master in Business Administra-tion hat. Vielleicht ist sie deshalb so gut darin, zu berechnen, wie viel Mehl, Wolle oder Streu sie für Waffeln, Mützen und Katzenexkremente braucht.

»Ist das deine Tochter? Das ist doch einfach das Schönste. Kinder sind einfach das Schönste«, sagt Akif, unser Redak-tionsfotograf, und zerquetscht mir fast den Oberarm. Mona lächelt ihn höflich an. Ich nehme Akif als Chance, die Toch-ter stehen zu lassen, greife nach der Champagnerflasche und dränge in den Garten. Zurück zu August und den Wer-ners. Doch das Grüppchen hat sich aufgelöst. Nun stehen Werner und August neben einer dunkelblonden Pissnelke, sie ist in den Zwanzigern, trägt einen schwarzen Hosenanzug und knallroten Lippenstift. Die Haare sind mehr zufällig *out of bed*, aber mit einem Diffuser geföhnt. Sie hat sich Mühe gegeben. Als ich näher komme, fällt mir auf, dass sich an ihrem Spaghetti-Top unter den Achseln kleine Haare kringeln. Ich habe gelesen, dass man das jetzt so trägt, bei etwas schlampigerem Hinsehen könnte man es aber auch für lokale Akne halten.

»Darf ich nachschenken«, sage ich etwas zu devot, und die Maus hält mir gleich ihr leeres Weizenglas hin. Angewidert fülle ich es zu einem Drittel mit Champagner auf. August lächelt mich an. Unsere Blicke treffen sich. »Melanie, Eilika, unsere neue Mitarbeiterin im Feuilleton, frisch von der Journalistenschule«, sagt Werner. Diesmal legt er, etwas zu forsch, kurz den Arm um Eilika.

»Freut mich«, sagt sie.

Ihre Bäckchen sind noch wie wattiert und frisch; so, wie sie mit offenem Mund lächelt, sieht sie aus wie ein niedliches Monchichi.

»Eilika soll uns eine moderne Frauenkolumne schreiben, nächste Woche geht es schon los.«

Ich versuche, den Mund beim Nicken zu schließen. Die Hierarchien unter Werner sind straff, und sein Praktikantinnenkarussell dreht sich schnell; nur dass die Hasen ohne Festanstellung plötzlich Kolumnen bekommen, bevor sie überhaupt angefangen haben, ist neu. Aber was soll's? Werner wird vermutlich sowieso eines Tages im Alkohol versinken, und wenn ihm der nicht mehr reicht, wird er mit Tabletten aufstocken, Serotonin, Xanax, Happy Pills. Dann wird er sich keinen mehr wichsen können, und es wäre auch mit den jungen Dingern vorbei. Paula hätte ihn längst verlassen, die Hunde mitgenommen, die Kinder sind ja schon

fast aus dem Haus. Eines Tages wird man ihn in seinem Er-
brochenen in seiner Zweizimmerwohnung in der Maxvor-
stadt finden, und nur fünf alte Weggefährten, die befürchte-
ten, das Karma würde sie auf die gleiche Art erschlagen,
erscheinen bei seiner Gedenkfeier auf dem Bogenhausener
Friedhof.

Der Gedanke lässt mich wieder lächeln.

»Worum soll es denn gehen?«, frage ich.

»Um Feminismus im zeitgenössischen Kontext, Porno-
grafie, Auseinandersetzung mit Körperbildern.«

Ich nicke. Am liebsten hätte ich hier und jetzt meinen
guten Anstand verloren und die Champagnerflasche ange-
setzt. Zu meiner Verwunderung und weil ich langsam den
nötigen Pegel erreicht habe – tue ich es.

»Melli, nicht so hastig«, ruft Werner. Eilika juchzt. Aus
den Sonos-Boxen plätschert »Easy« von Son Lux zu uns nach
draußen.

»Vorsichtig«, sagt August, als ich den Flaschenhals wieder
senke, und greift mir dabei auf eine bayerisch-beherzte Art
an die Hüfte. Menschen drängeln sich an uns vorbei, Werner unterhält sich verschwörerisch mit Eilika, für die anderen unsichtbar halte ich Augusts Hand. Ich lasse ihn wieder
los und gehe durch die Menge in die Küche. Er folgt mir mit
einem Meter Abstand.

Wie einfach.

Ich ziehe ihn in meine enge Vorratskammer, wo in den
Seitenregalen die Gläser mit dem Apfelmus und der selbst
gemachten Marmelade stehen, eins fällt raus, knallt auf den
Boden, roter Obstmatsch klebt an meinen Unterschenkeln.
Er drückt die Tür hinter sich zu, zieht mich an sich ran. Wir
knutschen, mein Herz schlägt bis in meinen Kopf, zwischen

meinen Beinen wird es sofort nass. Es funktioniert richtig. Wir spielen uns gegenseitig gut was vor. August schiebt mein Sommerkleid hoch, reißt an meinem LaPerla-Slip. Da ist hinten dieses kleine Loch auf Höhe meiner Rosette, schmutziges französisches Design, ich könnte mich jetzt einfach umdrehen, ihm meinen Po hinhalten. Richtig was erleben. Aber da hat er meinen Slip schon runtergerissen, er hängt zwischen meinen Knöcheln und ist voller Erdbeermatsch. Seine Wurstfinger nesteln an meinen Schamlippen herum, es wird mir zu rustikal. Ich packe seine Hand, ziehe sie aus dem Zwischenraum meiner Schenkel hervor, lecke seinen Zeigefinger ab, wie ich es als junges Mädchen gelernt habe.

»Das machen wir später«, sage ich zu August und streiche ihm mit der Hand durchs Haar, nur so weit, dass ich den porösen Haarkranz nicht zu fassen bekomme. »Komm, schmeiß sie alle raus, oder wir gehen zu mir.« August drückt mir seine Erektion an die Hüfte. Ich lache ihn aus und sage ihm, dass wir warten müssen, bis alle gegangen sind. Er schnaubt. Sein Grunzen hört sich enttäuscht an.

Draußen geht die Party in ihr letztes Drittel. Die Magnolien aus Stahl aus dem Wissenschaftsressort tanzen jetzt in Dreiergrüppchen ungeschickt zu »Maschin« von Bilderbuch. Leon vom Onlineressort wanzt sich von der Seite an die zarte Elenora im Body mit Rollkragen heran. Er ist zu betrunken, sein Chef Marius packt ihn am Kragen und sagt ihm, dass er den Scheiß lassen soll. Nachdem Leon den Scheiß gelassen hat, gehe ich zu meinem iPhone im Flugmodus und lege als Absacker wieder Jazz auf. Anna macht ein Foto von der Hugo-Bowle auf dem Buffet, vermutlich für ihren Instagram-Account. Sie sollen sich alle verpissen. Melanie will Sex.

Mein Verleger Waidhausen legt den Arm um mich. Ich bin das Getatsche leid. Es ist ein nie enden wollender Initiationsritus und unmotiviertes Machtgehabe. Wäre ich ein Kerl, würde er mir mit der flachen Hand in den Nacken schlagen, nein, das würde Werner tun. Waidhausen ist alte Schule. Er fasst meine Schulter nur auf Höhe der Schulterblätter.

»Mel, darf ich dich meiner Frau vorstellen«, sagt Waidhausen. Schnell lege ich die scheue Höflichkeit einer Fünfzehnjährigen an den Tag. Frau Waidhausen ist eine Intellektuelle, sie trägt die grau melierten Haare in einem Kurzhaarschnitt und eine violette Bluse. Sie ist ein ganz anderer Typ, als ich ihn Waidhausen zugetraut hätte.

»Das ist Melanie, Edda, unsere Bestsellerautorin und Redaktionsleiterin. Erstaunlich, Melanie, und mein Fehler, dass sich die vergangenen sieben Jahre keine Gelegenheit ergeben hat.«

»Was schreiben Sie, Melanie?« Edda ist aufrichtig interessiert, das merke ich. Plötzlich bin ich die, die sich schämt. An meiner Wade klebt Erdbeermarmelade, meine Haare sind durcheinander. »Tantra, Mädchen-Erinnerungen, Konsumkritik, viel Kultur.«

Ich kriege keinen Satz zusammen, so angesoffen bin ich. Edda lächelt milde. Ich habe noch das Smartphone in der Hand.

»Vielleicht gehen wir nächste Woche mal mittagessen?«, frage ich.

Edda nickt. »Ja, das würde ich gerne.«

Drei Leute verabschieden sich. Sie küssen mich zu feucht auf die Wange. Ich wische diskret mit der Hand nach.

In der Ecke, an das Bücherregal gelehnt, steht Mona.

Ohne Gespräch. Mit einem Glas Apfelsaft. Wie das hässliche Entlein auf einer Party in der Jugenddisko, das darauf wartet, dass der Typ sie und nur sie sieht und anquatscht. Ich versuche, sie zu ignorieren. Doch sie hat mich gesehen, lächelt süß, hebt ihr Glas.

»Wer hat denn die Frau von den Zeugen Jehovas reingelassen?«

August will im Vorbeigehen einen Witz machen.

»Das ist meine Tochter, schon gut.«

August zuckt mit den Schultern, ich winke ab. Es wird Zeit, dass alle gehen. Ich dränge mich zu Mona durch.

»Brauchst du Taxigeld?«

»Nein. Bert kommt in zwanzig Minuten, er holt mich ab.«

»Das ist aber nett von Bert. Unterhältst du dich nicht?«

»Mama, ich …«

»Ich könnte Louis am Dienstag wieder abholen.«

»Okay, aber nicht nach 10 Uhr. Feier schön, Mama.«

Sie will mich umarmen, ich weiche aus.

»Ich will meine Strickjacke wiederhaben.«

Mona nickt, als würde sie verstehen.

Kurz sticht es mir ins Herz. Nicht lange genug. Sie muss es doch mal lernen.

Dann ist Mona weg.

Die Strickjacke hat sie über den Sessel gelegt.

Fuck it!

Werner wird als Drittletzter um 3.32 Uhr hinausgetragen. Erst will ihn kein Taxi mitnehmen, dann klappt es glücklicherweise doch, weil jemand dem Fahrer einen Zehner nachreicht. Im Wohnzimmer fummelt August an Monas altem blauem CD-Player im Bücherregal rum. Er steht da noch aus prädigitalen Zeiten. Mona hält mich für einen Messie. Sie findet, ich klammere mich an jeden Gegenstand. Für mich haben die Dinge eine Seele. August hat es geschafft, Frank Sinatra aufzulegen. Es ist lächerlich. Als ich endlich die letzten Gäste verabschiedet habe und wieder in den Garten trete, hat er seine Birkenstock-Sandalen ausgezogen und sitzt mit angewinkeltem Bein auf einem der marokkanischen Lounge Chairs im Garten. Lichterketten leuchten um ihn herum.

Ein schönes Bild, mein Hauptpreis.

Es weht diese leichte warme Sommerbrise. Um vier Uhr morgens ist es leicht dämmrig und endlich kühl. Ich hole zwei Gläser schweren alten Médoc aus der Küche. Ich bin eine gute Gastgeberin. Weil ich glaube, dass es auf einen Blowjob hinausläuft, gebe ich vor, noch mal was holen zu müssen, und putze mir die Zähne mit einer der Wegwerfzahnbürsten aus dem Spiegelschrank in der Gästetoilette. Und dann gönne ich mir noch einen neuen Slip. Ich bin unentspannt, ignoriere es aber, setze mich auf den Diwan gegenüber von August.

»Schön hast du's hier. Was zahlst du denn an Miete?«, fragt er völlig uninspiriert. August ist also ein typisch männlicher Armleuchter. Nicht der große Philosoph der Familie. Ich beschließe, den Konversationsteil kurz zu halten und zur Sache zu kommen.

»Keine Ahnung. Tausendzweihundert Euro?«

»Erstaunlich für Schwabing.«

»Ja, der alte Eigentümer wohnt über mir. Ich kümmere mich für ihn mit um den Garten. Alter Mietvertrag.«

August sieht sich um und nickt bewundernd. Ich weiß, dass er aus Stuttgart kommt und nicht verheiratet ist. Gerade ist er nach München gezogen. Für den Job. Alles Dinge, die ihn eigentlich disqualifizieren.

»Warum bist du nicht verheiratet?«

»Ich weiß es nicht. Hat sich nicht ergeben. Viel gearbeitet und eine lange Beziehung, die sich nicht bewahrheitet hat.«

Ich nicke. Die Frau ist noch Teil seiner DNA. Das spüre ich. Wenn du jemanden gut findest und wissen willst, wie er mit seinem Ex-Partner umgegangen ist, dann schlaf mit ihm. Die Gesten, Bewegungen, die Vorlieben des anderen sind in ihm eingespeichert. Autopilot ohne Reflexionsebene. Der erste Sex ist immer die Begegnung mit der Frau vor dir.

»Warum bist du nicht verheiratet?« August traut sich was. Ich zucke mit den Schultern.

»Nun, ich war es. Mit Laurent. Einem Galeristen.«

»Laurent Meier?«

»Es ist zehn Jahre her. Davor mit einem Hegde-Fund-Manager. Ich habe alle meine Männer reich gemacht.« Ich muss über mich selber lachen, wie sich das anhört!

»Wir werden mehr miteinander zu tun bekommen, in den Chefredakteurskonferenzen. Werner will mich zum Ressortleiter machen ...«

Ich nicke.

»Außenpolitik?«

»*Yes*.«

Das Arschloch.

Ich nicke und lächle.

»Ab wann?«

»Oktober.«

»Gratuliere.«

»Danke!«

»Ich halte es nur politisch für ein gefährliches Signal, wenn noch mehr CSU-Anhänger, die Werners Kurs flankieren, in der Berichterstattung das Sagen haben.«

Mit zusammengezogenen Lippen zündet August sich eine Zigarette an. Er lässt sich Zeit, den ersten Zug lange und nachdenklich auszupaffen.

»Wer sagt dir, dass ich CSU-Mitglied bin.«

»Du hast einen Schmiss im Gesicht.«

»Fahrradunfall. Da war ich sieben.«

»Lügner.«

August hat genug vom Gequatsche, stellt sein Weinglas auf dem Teakholztischchen neben der Chaiselongue ab und kniet sich vor mich. Er schiebt meine Beine auseinander und zieht etwas ungeschickt meinen cremefarbenen String herunter. Hinten hat er eine Perlenkette. Limitiertes Exemplar von Agent Provocateur. Höflich, um ihm die Sache zu erleichtern, schiebe ich mein Becken nach vorne. Erziehungsschaden, *die* schlechte Eigenschaft von Frauen aus den Siebzigern, Freude an der Nachfrage zu haben. Etwas grob lässt August seine raue Zunge durch meine Schamlippen gleiten. Bis ich mich daran gewöhnt habe und den wenig diskreten Charme des reichen Prolls zu schätzen lerne, vergehen ein paar Minuten. Er leckt mein Poloch. Hätte ich ihm nicht zugetraut. Dann öffnet er selbst mit einer Hand seine Hose, die andere lässt er unter meinem Becken. In meinem Kopf läuft mein eigener Porno. Ich stelle mir vor, wie dieser Schluchtenscheißer von der schlagenden Verbindung mich brutal vergewaltigt. Sich nimmt, was er will. Er holt seinen Schwanz aus der Hose und kommt auf mich zu – immer noch kniend. Eine Assoziation mit den am Vortag verdrückten Weißwürstchen stellt sich unweigerlich ein. Damit er sich freut, spiele ich die schmutzige kleine Schlampe, die nur darauf gewartet hat, und schreie gleich darauf laut auf. August gefällt es. Viel zu fest knetet er mit seinem Daumen auf meiner Klitoris herum. Ich wechsle den Film. Ich stelle mir Laurent mit anderen Frauen vor. Das funktioniert immer. Mit der anderen Hand fummelt August an meinem Oberkörper herum.

»Du hast Wahnsinnsbrüste. Wie 'ne Zwanzigjährige.«

»Du Spinner.«

Er kommt in mir. Etwas unvorsichtig. Ich springe auf und renne ins Bad. Halte mir den Duschkopf zwischen die Beine. Ob ich noch schwanger werden kann? Meine Tage habe ich seit sechs Monaten nicht mehr gehabt. Ich war noch nicht beim Arzt. Behutsam wasche ich meinen Unterleib mit zwei Fingern aus. Es brennt. August muss jetzt gehen.

Als ich aus dem Bad komme, ist es zu spät. August liegt auf der Chaiselongue und schläft mit gespreizten Beinen seinen Rausch aus. Sein Pimmel ruht auf dem weichen Bauch. Es hat etwas Erbärmliches. Ich lasse die Terrassentür nur einen Spalt offen, damit keine Tiere reinkommen, und lege mich auf die Couch, decke mich mit der leichten gelben Decke zu. Ich denke an meine Brüste, die mit einem Vergleich beleidigt wurden. Ich bin eine fantastische Frau, das habe ich nicht verdient. Das Altern. Ich versuche es mit Humor. Ich will nicht, dass meine Augen sich zu schmalen misstrauischen Schlitzen formen, meine Fingerknöchel weiß vom Festhalten an den Dingen. Nicht dass alles kompliziert wird, nur weil ich fünfzig bin. Ich blicke mich in der dämmrigen Wohnung um.

Meine Wohnung ist ein Spiegel meines Lebens. Kunstobjekte, Schwarz-Weiß-Fotos. Eine Frauenstatue verrottet im Garten. Artefakte aus glücklichen Tagen wie Puddingformen, der Tritthocker in der Küche. Während ich am Schreibtisch arbeitete, konnte Mona schon mit vier Jahren auf das Spülbecken steigen, um nach den Apfelringen im oberen Fach zu greifen. Kinder sind eine Rechtfertigung für alles. Als Lebensinhalt. Ich habe glücklicherweise eines bekommen, den Gebärauftrag erfüllt und kann mitreden. Vor drei Tagen hat mir Mona aus einem Selbsttest für Kinder mit narzisstischen Müttern am Telefon vorgelesen.

»*Deine Mutter motzt immer an dir herum und weist dich zurecht. Ja. Sie ignoriert dich in der Öffentlichkeit, sobald ein Mann den Raum betritt. Ja. Vor anderen macht sie auf makellose Frau, die alles mit Humor nimmt. Ihre Witze gehen immer auf deine Kosten. Absolut. Sie regt sich wegen Nichtigkeiten auf. Oh, ja, Mama, das tust du. Ist beleidigt, wenn du sie sonntags nicht anrufst. Gibt sich genervt, wenn du sie zu oft um Hilfe bittest. Sie widerspricht sich und gibt es nicht zu. Ja. Sie ist nicht in der Lage, Fehler einzugestehen, und macht dich für alle deine Handlungen runter oder findet ein Ungenügen darin. Sie schiebt die Schuld immer auf dich und macht dir vergiftete Komplimente. Oh, ja.*«

Ich habe nur gelacht. Am Ende geht es immer um die Frauen. Die Tochter, die Mutter, die Ex-Frauen des Partners, die Tanten, die Geliebte. An ihnen reiben wir uns wund, bis es wehtut. Hinter jedem Mann steht eine wütende, angespannte, kurz glückliche oder frustrierte Frau. Ich bin geschieden, Single. Ich habe keinen Herrscher mehr. Ich bin einen Gott weiter.

Langsam drifte ich ab und schlafe. Wo sind sie hin, die Achtziger und Neunziger, in denen jede(r) noch herumvögeln, kiffen, links sein konnte, in denen die Darsteller in den

Erotikfilmchen nachts auf Tele 5 noch Ü30 sein durften und unrasiert – wozu der ganze Optimierungsscheiß in hyperindividuellen Zeiten, das ganze Instagram-Filtern, wo sind die Zigaretten, die Arthouse-Filme, der Flug zum Spontanfick nach Rimini hin? Danach begannen die ängstlichen, nervösen Nullerjahre, in denen alles pink war und die Menschen (in Sneakers) nie erwachsen. Das Zeitalter, in dem alles clean, politisch korrekt und ohne Überraschung ist.

Am nächsten Morgen ist alles grell und laut. August hat Kaffee gemacht, eine große Tasse Espresso für mich. Schon beim Anblick bekomme ich Sodbrennen. Er steht mit nacktem Oberkörper in der Küche und reinigt den kleinen italienischen Espressokocher fachmännisch korrekt mit einem Küchenpapier. Er hat einen Bauch, trägt ihn aber selbstbewusst. Maricel rennt mit einer blauen Mülltüte in der Hand und ihren gelben Putzhandschuhen um ihn herum wie ein kleiner, gebückter Gremlin. Das ist ihr Geburtstagsgeschenk – Aufräumen, Sonntagmorgen nach der Party. Ich bezahle sie natürlich trotzdem. Mein Wohnstil ist Laura Ashley light. Landhaus, Flickendecken, Chesterfield-Sofa, Eichenparkett. Ich trage nur ein T-Shirt und eine Baumwollunterhose, zünde mir sinnloserweise eine Zigarette an. Gehe in den Garten, das feuchte Gras tut gut unter den nackten Füßen. Mein Unterleib brennt immer noch. Ich glaube, ich kriege eine Blasenentzündung. Morgen gehe ich zum Arzt. Können jetzt bitte alle verschwinden? Mein Handy lag die ganze Nacht auf dem Gartentisch. Werner schreibt:

»Kommentar Bayreuth bis 14 Uhr. Schaffst Du.«

Ich gehe in die Küche und hole mir einen Orangensaft

aus dem Kühlschrank. Das Ceranfeld ist voller Brandflecken. »Sie müssen das putzen.« Maricel nickt und lächelt, so wie einen nur Menschen anlächeln, die einen verarschen oder verhöhnen wollen, aber es in ihrem beschränkten Begriffshorizont gar nicht bemerken, dass ihr Gegenüber sie darin durchschaut. August kommt aus dem Bad zurück. Er legt mutig den Arm um meine Hüfte. Meine Haare sind völlig durcheinander, er streicht mir eine Haarsträhne aus dem Gesicht. Wäre es nicht August, könnte es romantisch sein. August ist ein großer Mann, quadratisch, riesige Hände, stark schwitzend. Sein Oberkörperschweiß benetzt meine Wange, als er sich an mich drückt. Ich habe beschlossen, dass der Sex mies war. Allein sein zu wollen. Nichts zu machen.

»Kommst du mit Boot fahren?«

Ich schüttle den Kopf.

»Kommentar bis vierzehn Uhr.«

»Ja, und danach?«

August klopft mir auf den Hintern.

»Ich bin heute raus. Muss aufräumen.«

»Macht doch die Thai.«

»*It's Maricel from the Philiiiippines.*«

Ich hoffe, sie hat es nicht gehört. August lacht spöttisch, zieht sein Poloshirt an, checkt, ob er sein Portemonnaie hat, und schiebt endlich seinen breiten Hintern aus der Tür. Ich schaue in die Küche, wo Maricel die Salz- und Pfefferstreuer mal wieder mit demselben Mikrofasertuch wie das Waschbecken reinigt. Ich ekle mich. Irgendwas stimmt mit meinem Unterleib nicht. Ich gehe in die Küche und hole die Wärmflasche aus dem oberen Schrank. Maricel nimmt sie mir ab.

»Ich machen. Liegen.«

Ich nicke. Und lege mich auf das Sofa. Wenig später bringt mir Maricel die Wärmflasche. Ich ziehe sie schnell zu mir unter die Decke.

»Freund?«

Maricel deutet zur Tür.

»*Nooo, noo, no friend.*«

Sie lächelt. Ich auch. Aber nur kurz.

Kapitel 2

Morgenröte

Man steigt so lange auf, bis man auf einer Stufe ankommt, auf der man sich als inkompetent erweist. Mein größtes Versagen ist meine Mutter. Ich steige die Treppenstufen zu ihr in die sechste Etage hoch. Bei jedem Schritt spüre ich meine Gebärmutter. Meine inneren Organe fühlen August noch in sich. Es tut immer noch weh, obwohl schon Montagmorgen ist. Äußerlich ist trotz Mit-Fingern-Aufhalten und Handspiegel nichts zu erkennen. Vielleicht ist es ein Riss, eine Fissur. Oder eine Pilzinfektion? Ich würde gerne kurz mit dem Finger durch mein äußeres Organ blättern, gleich hier im Treppenhaus – wäre es nicht so vulgär. Mein Wildlederrock ist hochgeschlossen. Es wäre umständlich und grotesk. Wie der Anfang eines dieser MILF-Pornos. Um halb elf bin ich beim Gynäkologen angemeldet. Ich stecke den Schlüssel ins Schloss, drehe ihn um und trete in den Flur. Das Parkett knarrt.

»Mama?« Sie antwortet nicht, typisch. Ich habe plötzlich Bilder im Kopf. Schlaganfall, Sturz, Bein gebrochen, einen Zipfel Wurst verschluckt, Erstickung, Lebensgefahr, Sitzen im Krankenhausgang, Weinen, Schläuche, Maschinen, Trauerfeier.

»Maaamaa.«

Ich durchwandere den lichtdurchfluteten Flur der Altbauwohnung, stelle schnell den Kuchen auf den Küchentisch, lege die Tulpen, die *Hörzu* achtlos daneben, gehe ins Wohnzimmer. Mutter sitzt angezogen, ihre gelbe Strickjacke um die Schultern, in ihrem Lieblingssessel aus grünem Samt, isst wie eine alte bräsige Kuh Nudelsalat aus einer Tupperdose und schaut fern. Als ich reinkomme, sieht sie mich nicht an, sondern weiter zur hundertsten Wiederholung von Richter Alexander Hold. Scripted Reality, Junk Food, keine Bewegung – immerhin arbeitet sie fleißig an ihrem Ableben mit.

Ich seufze und setze mich auf den Hocker neben sie. Weil ich Gerichtsfernsehen nicht ertrage, schaue ich mich nach einer Aufgabe oder einem Anlass für Kritik um, aber eigentlich habe ich resigniert. Der gefüllte Aschenbecher auf dem eierschalenfarbenen gekachelten Beistelltisch widert mich an – auch der vollgestellte Tisch mit Notizblöcken, einer Vase mit vertrockneten Blumen, ihre pink gerahmte Lesebrille, eine leere Teekanne aus Glas mit zwei abgehangenen Beuteln Kräutertee, Rheuma-Creme in einem zerdrückten Metalltiegel. Das Messiehafte steckt meiner Mom in den Genen. Nachkriegsgeneration. Wir hatten ja nichts. Aber die Russen, sagte meine Großmutter immer, hätten sie nicht hungern lassen. Dass sie sich übergeben musste. So fettig war das Fleisch, das die Russen ihr gaben. Aber sie ließen keinen Deutschen in ihrer Besatzungszone hungern. Großmutter gab sich wie eine Dame von Welt, die Burda-Zeitschriften und Modemagazine las. Aber wenn ich als Kind meine Makkaroni nicht aufaß, bekam sie feuchte Augen. Das Trauma der Armut hat sie an meine Mutter weitergegeben. Jeder Schnipsel, der es zu ihr hineingeschafft hat, ist Kunst. Jede Papierblume, jeder Bilderrahmen, jede leere Parfümflasche, die Marienstatue mit der abgeblätterten Farbe, die Flickendecke, auf der schon vor dreißig Jahren meine Katze saß, alte Fahrkarten, jedes Objekt und jeder Müll ist es meiner Mutter wert, aufgehoben zu werden. Sie konserviert die Vergangenheit, sie denkt nicht mehr an die Zukunft. Sie lebt in einer Kathedrale aus kompostierten Emotionen, einem Gemischtwarenladen aus Selbstbetrug – die gerahmten Bilder, die Milchkanne aus ihrer Kindheit, das Silberbesteck aus ihrer gescheiterten Ehe sind tägliche Erinnerungsgehhilfen an das Gewesene.

Auf jedem ihrer leicht vergilbten Fotos, die überall in ihrer Wohnung hängen, sieht sie schön aus, aber nie ist sie auf einem älter als fünfundvierzig. Heute ist sie fünfundachtzig. Vierzig Jahre Erinnerungen, an die sie nicht erinnert werden möchte. Ich dagegen stehe auf vielen Fotos als Kind neben ihr, im gepunkteten Bikini-Oberteil, in einem karierten Kleid, und verziehe das Gesicht, weil ich in die Sonne blinzle oder gerade dabei bin, Essen runterzuschlucken. Bei der Auswahl ihrer Fotos, die es in einen Rahmen oder an den Kühlschrank schaffen, ist es wichtig, dass sie es ist, die gut aussieht, nicht ich. Nicht die anderen.

Sie hat ihren Ballast an mich weitergegeben, ihre Willkür, ihren Neid auf meine Jugend, vielleicht gebe ich jetzt meinen an Mona weiter, aber wer weiß das schon. Bei Frauen geht es nicht wie beim Theweleit'schen Soldatenkörper darum, dass ein Mann die Schläge seines Vaters an seinen Sohn weitergibt. Es ist die Missbilligung, das Kleinmachen, das von einer Frauengeneration zur nächsten wie durch eine feuchte Zimmerdecke trieft.

Seit der Pubertät macht sie mich klein, mit Blicken und Kommentaren. Als ich damals mit dreizehn Jahren blutend, unbefriedigt, mit unreiner Haut, Rückenschmerzen und von Erwartungsdruck zerfressen vor ihr stand. Ihre Tochter. Ich war nie gut genug. Jetzt sollte ich es meiner Mutter heimzahlen, nun sie bluten lassen. Weil ich es könnte. So will es der Generationenkonflikt. In einem Märchen der Gebrüder Grimm isst der alte Vater des Bauern nicht am Familientisch, sondern abseits hinter dem Ofen in der Ecke. Die Eltern ekeln sich davor, den alten Greis zu sehen, wie ihm die Suppe aus dem Mund läuft und er mit zittriger Hand Suppe auf das Tischtuch schüttet. Als er sein Schüsselchen eines Tages zerbricht, gibt ihm sein erwachsener Sohn einen Holznapf. Wenig später sieht der Bauer seinen Sohn dabei, wie er ein ähnliches Schälchen schnitzt. »Daraus sollen Mama und du essen, wenn ich groß bin.« Die Eltern weinen daraufhin aus Selbstmitleid. Am Abend sitzt der Großvater wieder mit am Tisch. Der Greis, der nicht in der Lage ist, für seinen Lebenserhalt aufzukommen, stellt immer mindestens eine finanzielle Belastung für die aktiven Mitglieder dar. Aber in Gesellschaften, in denen sozialdemokratische Grundsätze herrschen, weiß jeder reife Mensch, dass ihn morgen das erwartet, was er seinen Eltern darreicht oder zumutet. Das wusste schon Simone de Beauvoir, die trotz ihres intellektuellen Status wohl kein würdevolles Leben im Paris des 20. Jahrhunderts pflegte. Nachdem ihr Lebensgefährte Sartre tot war, erlosch auch ihr professionelles Wirken. Sie veröffentlichte nur noch ein Buch. Wie der Mensch seine Eltern behandelt, ist ein ewiges Abwägen aus Weitsicht, Egoismus, Wirtschaftlichkeit und der Zumutung, den alten, sabbernden Greis täglich beim

Abendessen zu ertragen. Je größer der Kuchen der Erbschaft ist, an dem sie sich laben könnten, desto gerechter verteilen die Kinder ihn. Ein reicher Mann wird von seinen Nachkommen mit Hochachtung behandelt werden. Wöchentliche Anrufe, höfliche Testamentsbesprechungen unter den Geschwistern, ernsthaft besorgte Blicke, sobald sich der Gesundheitszustand des Alten verschlechtert. Mutter hat nichts zu vererben, aber mein schlechtes Gewissen, mich nicht um sie gekümmert zu haben, verdient sie nicht. So komme ich Woche für Woche.

Auch ich hoffe, im Alter von Mona würdig behandelt zu werden, würde ich Mama, ihre Omi, nicht besuchen, hätte ich keine Rechtfertigung, später dasselbe zu fordern.

Und so sitze ich mit brennendem Unterleib am Montagmorgen nach meinem Geburtstagswochenende auf diesem abgewetzten Hocker im Wohnzimmer meiner Mutter.

»Sie zeigen nur noch Türken und Schwarze im Fernsehen.«

Meine Mutter zappt durch die Programme. Ihr Altersrassismus ist schlimmer geworden.

»Ja, dann schalte doch um, wenn es dir nicht gefällt.«

»Es ist auf jedem Sender das Gleiche.«

Resigniert schaltet sie auf Phoenix, wo eine Guido-Knopp-Folge läuft. »Die Waffen-SS«. Mutter zappt jetzt nicht mehr.

Ich schweige, weil ich für heute aufgegeben habe. Es mag Gründe geben, warum die gesellschaftliche Teilhabe für ältere Menschen eingeschränkt ist. Die Empfänglichkeit für Populismus und Nazi-Porn im Alter ist nur einer von vielen.

Ich mustere ihre Haare. Auf den grauen Ansatz folgt ein orangener Hennaton, dann ein verwaschenes Braun. Würde sie mehr aus sich machen, könnte sie eine schöne alte Frau sein. Eine Gütige, die ihre Tochter, ihre Enkelin und deren Kind umarmt und Kekse backt. Aber Marlene Moosburger hat aufgegeben, stark zugenommen. Abends trinkt sie einen Demi Bordeaux, obwohl sie es vehement abstreitet. Ihre Haut ist blass, zerknittert, hell und durchsichtig wie Pergamentpapier, ihre Zähne sind gelb, ihr Zahnfleisch hellrosa, ihre Brüste unförmige Wülste unter der gelben Strickjacke. Wie leere Lederbeutel hängen sie bis zum Bauchnabel.

Ich werde nicht dick. Niemals. Und wenn ich mit sechzig nur noch Sashimi esse und Stevia-Cola trinken muss.

»Wann kommt Martha heute, Mama?«

»Ich denke, um zwei.« Mutter sieht nicht vom Fernseher auf.

Ich gehe in die Küche, hole den Kuchen und setze mich wieder neben sie. Er ist in eine Schachtel verpackt, zwei Stücke aus der Konditorei, altdeutscher Apfelkuchen. Ich öffne die Schachtel und halte sie meiner Mutter unter die Nase.

»Hier, ich habe dir Apfelkuchen mitgebracht.« Zeigte ich ihn ihr nicht, würde sie gar nicht realisieren, dass er da ist.

Meine Mutter würdigt die 3,90-Euro-Stücke von Dallmayr nur mit einem kurzen Blick.

»Sind da Haselnüsse drin, ich esse nämlich keine Haselnüsse.«

Ich verdrehe die Augen.

»Nein, keine Haselnüsse, Mama, da sind keine Haselnüsse drin.«

»Haselnüsse esse ich nämlich nicht mehr, davon bekomme ich Kopfschmerzen.«

»Nein, aber es sind keine Haselnüsse drin.«

»Stell ihn bitte weg, ich kann gar nicht hinsehen.«

»In den Kühlschrank?«

»Nein, da ist kein Platz.«

Ich schließe die Schachtel und stelle sie auf den Tisch. In zwei Tagen kann ich sie dann wegschmeißen.

»Du bist sehr dünn, Melanie. Nix dran. Warum isst du nicht den Kuchen?«

Mutter schaut weiter fern. Sie wurde zum Aufessen erzogen.

»Gut, Mama, es ist heute nur ein kurzer Besuch, ich muss zum Arzt und dann zur Arbeit. Sag Martha, dass sie die Tulpen in eine Vase tun soll.«

Ich greife nach meiner Tasche und küsse sie auf die Stirn. Die Wahrheit ist, ich will nicht noch einmal in die Küche. Nicht das dreckige Geschirr sehen, nicht die Essensreste und die leeren Weinflaschen, bevor die Pflegerin sie am Nachmittag wegräumt.

Auf dem Weg nach unten ist mir das Herz schwer. Mama. Ihre Welt ist verschwunden, meine im ständigen Wandel. München verändert sich permanent. Wie in einem Miniaturen-Wunderland werden Luxus-Wohnungen hochgezogen, alte Häuser totsaniert, Bauprojekte angestoßen. München wird ein seelenkalter, gesichtsloser Ort. Schon nach zwei Jahren überzieht ein schauriger grüner Moosfilm die neuen billigen Fassaden. In meiner Straße in Schwabing, gleich neben dem Frauenarzt, hat ein neues Lokal, das nach Fett und Geldwäsche riecht, aufgemacht. Niemand mag so recht auf den marokkanischen Sitzkissen, die auf einer Art orientalischem Teppich liegen, Platz nehmen. Selbst die Hipster und Touristen bevorzugen das WLAN nebenan bei meinem Stammitaliener. Jetzt ist der Laden leer und gastronomisch so gediegen wie ein Reste-Essen zwischen den Jahren. Jemand müsste zum Betreiber gehen und ihm sagen, dass er mit seiner Cola vom Aldi in Schwabing nicht weiterkommt – aber keiner will es machen.

Im Wartezimmer sitzen zwei siebzehnjährige Mädchen wie Hanni und Nanni und kichern. Sie haben ihre Smartphones in der Hand, ihre Fingernägel sind überzogen mit Acryl in glitzerndem Rot. Die eine hat pinke Strähnen im Haar, die andere Pippi-Langstrumpf-Zöpfe. Beide sind das Klischee von »Jung und schön«. Über die Kante meiner Wochenzeitung hinweg beobachte ich sie. Die beiden sind bei genauerer Betrachtung maximal fünfzehn Jahre alt. Früher gingen Mädchen noch mit ihrer Mutter zum Arzt. Ich kann Mona förmlich neben mir spüren, wie sie sich mit zwölf Jahren in meiner alten Strickjacke, die heute Mutter trägt, an mich schmiegte. Sie schmiegte sich sowieso immer sehr viel an. Diese Mädchen sind anders. Sie haben ihren Termin wohl über Doctolib ausgemacht und eine Erinnerung aufs Smartphone bekommen, schwänzen jetzt die Schule, für das neue Pillenrezept, weil sie da einen Zusammenhang mit ProChoice sehen. Sie sind angezogen wie für ein Neunziger-Revival, Schuhe mit dicken Balenciaga-Sohlen und Shirts mit nacktem Mittelbauchausschnitt, ein paar vergelte Strähnen vor den Augen. Avocados sind lecker und das Koks-Taxi unterstützt die marginalisierte Gruppe der Dealer. Jedenfalls stirbt der Planet. Und daran sind die Maskulinisten, die Neokonservativen, die Autobaukonzerne, Tönnies-Fleischbarone oder Royals in Privatjets schuld. Die Generation dieser Mädchen tanzt auf dem Vulkan der Bigotterie, die man sich nur nach zwei Dekaden mit Daddys als Bürgen für die erste eigene Wohnung aneignen kann: in Sitzblockade

Konsum zu ballern, dabei aber auf die Lieferkette zu achten. 560 Millionen Insta-Fotos am Tag zu liken, aber den Datenschutz hochhalten. Smartphones benutzen, aber eine Petition gegen den Kobalt-Abbau im Kongo unterschreiben. In Oxford Fine Arts studieren, aber in den Semesterferien beim Onkel im Medien-Unternehmen Praktikum machen. Billigtextilien verurteilen, aber ausnahmsweise bei Primark ein Shirt kaufen. »Feminismus!« rufen, aber Filmchen auf YouPorn konsumieren. Solche, bei denen die Frau kniet, liegt, sich bückt und bei jedem Stellungswechsel vom Mann mit seiner lächerlichen Erektion vor dem Bauch in Position gebracht wird. Sexismus ablehnen, aber »Blurred Lines« voll aufdrehen.

»Phil und ich sehen uns jeden Donnerstag. Das ist jetzt jede Woche unsere feste Verabredung.«

Die andere schaut gleichgültig. »Okay. Schläfst du mit dem?«

»Nee, *never.*«

Die beiden schauen weiter auf ihre Smartphones.

Ich sehe die beiden plötzlich mit Pastellfilter in Leberwurstrosa. Ich ertaste hochsensibel deine Schleimhaut, Luisa: Du bist total okay und sexpositiv. Dein Leben bleibt im Gleitmodus. Wir können über alles reden und unsere Geschlechtsteile offen benennen. Alles ist selbstermächtigt, deine Periode ist ein roter Fleck auf deinem Rock, den du nicht verstecken musst. Wärmflaschen gibt es *to go*, Stehkonferenzen in jedem Tech-Joint-Venture, bei Meetings checken wir uns ein und sagen, wie es uns heute geht, der süße Delfin-Dildo zur Selbstbefriedigung ist mit einer App am Smartphone verknüpft. Masturbieren lernen wir wie Emma Watson über die Website OMGyes ganz neu, Penetration sparkt keine Joy und wurde Jahrhunderte überschätzt. Die Menstruationstasse meldet deinem Smartphone, wenn sie voll ist. Ich schreibe dir eine SMS, dass ich zu spät komme, wenn ich im Reallife schon zu spät bin, checke neue Serien bei Netflix aus. Wenn er mir nicht mehr passt, swipe ich ihn weg oder er mich. Mädchen verschwenden sich an Jungs. Früher hatten sie wenigstens ihren Vorteil im Blick. Heute verschwendet sich Mona an ihren Mann Bert. Der ein Start-up für trüben Apfelwein betreibt und nicht aus dem Arsch kommt. Und sie ist promovierte Hausfrau.

»Moosburger.«

Ich bin dran. Dr. Heinrich Kinderle bittet mich herein. Wir kennen uns seit über zwanzig Jahren. Er hat Mona zur Welt gebracht. Da hatte er noch braune Haare und ich blonde Locken bis zum Hintern. Ich mag ihn, weil er unauffällig und nie indiskret ist, warme Hände hat und vorsichtig untersucht. Auf dem gynäkologischen Stuhl zupft er mit medizinischen Handschuhen meine Scheide auseinander und macht mehrere Abstriche. Er zieht die Handschuhe aus und gibt mir Zeit, mich anzuziehen. Andere Ärzte würden spätestens jetzt einfach loslabern.

»Es ist seit Samstagnacht, eigentlich Sonntagmorgen. Es brennt, tut wahnsinnig weh.«

»Nach Verkehr?«

»Ja.«

»Nach Wasserlassen.«

»Auch.«

Kinderle tippt unbeeindruckt in seinen Computer, dann blickt er auf.

»Alles okay, da ist ein leichter Riss in der Schleimhaut, ich schreibe Ihnen eine Creme auf, dreimal täglich auftragen, es sollte schon morgen viel besser sein.«

Ich nicke. »Das ist alles?«

Kinderle blickt erstaunt.

»Ja, natürlich, das ist nur eine altersbedingte vaginale Trockenheit, Sie benutzen die Salbe oder ein Gleitgel vor jedem Verkehr.«

»Vor jedem Verkehr? Ich bin doch nicht in den Wechseljahren, meine Mutter hatte sie erst mit fünfundfünfzig, hat sie gesagt.«

Ich schüttle ungläubig den Kopf.

Kinderle scheint gelangweilt.

»Sie sind auf jeden Fall in einer Übergangsphase, und das ist spät für Ihr Alter. Sie bekommen Ihre Periode vielleicht noch, aber das wohl nur noch ein Jahr. So wäre der normale Verlauf. Am besten wir machen eine Blutentnahme, für den Fall, dass Sie sich für eine hormonelle Begleitung der Wechseljahre entscheiden.«

Kinderle redet, aber seine Worte rasen an mir vorbei. Zum ersten Mal habe ich das Wort Wechseljahre gehört. Die fruchtbaren Jahre sind vorbei. Meine Gebärmutter fällt in eine Winterstarre, aus der sie nie wieder aufwachen wird. Ich werde keine Kinder mehr bekommen, das wusste ich vorher, aber jetzt klingt es endgültig. Ich könnte immer noch ein Wunder der Medizin sein, mit einer Eizellenspende aus der Ukraine, und mit fünfzig ein Frühchen per Kaiserschnitt aus mir herausschneiden lassen, das es dank Neonatologie ab der 27. Woche im Brutkasten schafft. Ein Angstkind, überbehütet, anfällig, gehelikoptert bis zum Uni-Diplom. Ich könnte es auch einfach lassen und so tun, als ob ich mich auf den Status der guten asexuellen Alten freue. Stricken lernen, Backgammon spielen, reiten oder eine dieser Sporttanten werden, die aus Sehnen und Hühnchenhaut bestehen, Spinning-Klassen besuchen und nach Indien reisen und sich von Amma umarmen lassen. Dann wäre alles gut. Ich fühle mich aber nicht danach. Ich hatte Samstag erst Sex mit einem Mann, der weder mein Ehemann ist, noch mein Freund sein wird. Wieder heiraten ist etwas für Alte.

»Wollen wir heute gleich Blut abnehmen?«

Ich nicke.

»Wechseljahre.«

»Ach, nehmen Sie es mit Humor, oder schreiben Sie was drüber. Es ist eine neue Phase in Ihrem Leben.«

»Noch nicht ganz«, gebe ich zu bedenken.

»Ja, aber in ein paar Monaten. Im Mittelalter wären wir beide längst tot.«

»Wie gut, dass meine Gebärmutter davon noch nichts weiß.«

Ich greife nach meinem Mantel.

Kinderle lächelt verschmitzt.

»Sie sehen super aus, Melanie. Schreiben Sie darüber.«

Der feine Dr. Kinderle wirkt plötzlich patriarchalisch, mansplainerisch und anmaßend.

Ich spüre, dass ich verletzt bin. Rasch, bevor sich das Wasser in den Tränenkanälen nicht mehr zurückhalten lässt, verlasse ich das Behandlungszimmer. Die Gleitcreme ist homöopathisch und nennt sich Vaginafrugat. Die Assoziation mit einem Obstsalat kommt unweigerlich auf. Die nette, patente Sprechstundenhilfe hat noch ein Muster. Ich stelle mir vor, wie die Creme von Elfen auf taufrischen Frühlingswiesen aus Gänseblümchen gepresst und dann in die Tube geblasen wird. Ich lasse sie mit dem Rezept in meiner Tasche verschwinden.

Während ich mit der U-Bahn in die Redaktion fahre, leuchtet mein Handyscreen auf. August schreibt.

»Heute Abend etwas essen, schöne Frau?« Seine Galanterie wirkt gespielt, aber ich kann jetzt jede Aufheiterung brauchen.

Als er um achtzehn Uhr vor meiner Tür steht, habe ich mir die halbe Tube Vaginafrugat in die Scheide und sicherheitshalber auch in den Analbereich gedrückt. Ich fühle mich schön, als ich August die Tür öffne. Meine Haare sind frisch geföhnt und wellig, ich trage roten Chanel-Lippenstift und einen farblich abgestimmten Kimono. Juliette Binoche ist über fünfzig, Heike Makatsch ist es schon und Katja Riemann längst. Und Iris Berben gilt mit ihren siebzig Jahren gemeinhin noch als attraktiv. Hat jemand von Maria Furtwängler gehört, von Karoline Eichhorn, Jessica Schwarz? Spielen die nicht alle im »Tatort«? Aber weniger in Kinofilmen, das muss ich wohl zugeben. Die Franzosen pflegen ihre Ikonen mehr. Isabelle Huppert, Fanny Ardant und Catherine Deneuve sind in Hauptrollen zu sehen. Im deutschen Kino spielt Katharina Thalbach die schrullige Alte, Uschi Glas die bitterfotzige Lehrerin.

Angeblich sind heute alle mit dreißig wie mit fünfzig und umgekehrt. Behaupten alle zumindest. Auf der Besetzungscouch sieht die Welt wieder anders aus. Die Filmfrau eines sechzigjährigen Schauspielers ist maximal fünfundvierzig, sonst ist sie nicht *fuckable*. Schriftstellerinnen, die nicht Elena Ferrante heißen, werden als Frauenliteratur abgestraft. Ich habe gelesen, dass Isabel Allende jedem Leser, jeder Leserin nur einmal antwortet. Und ihren Freund, einen Anwalt, per Fanbrief kennengelernt hat. Sie hat echt Klasse.

Sie hat ihm bestimmt nicht erzählt, dass sie alleinstehend ist, zumindest hat sie das Wort nicht benutzt, denn dann wirkt sie wartend und verzweifelt, und er denkt, dass sie hundert Katzen zu Hause hat und ihr Leid auf ihm abladen wird, ihn stalken, Briefe schreiben, Psycho-Gespräche führen und er fühlt sich dann in die Enge getrieben und ruft sie nachts um zwei Uhr nach dem Ausgehen auf dem Nachhauseweg an, dass er seinen Space, seinen Freiraum braucht.

Sie hat ihm bestimmt auch nicht eröffnet, sie sei noch in einer Partnerschaft, denn dann wäre sie eine promiske, verlebte Opportunistin oder eine dieser verletzten Ehefrauen, wundgescheuert von dreißig Jahren Beziehung, und er fühlt sich nicht exklusiv und kriegt keinen hoch, weil er an den Schwanz des anderen Mannes denken muss. Sie wird dafür versucht haben, ein wenig liebevoll zu sein, häuslich und ein bisschen fürsorglich, mal ein Gulasch oder eine Lasagne machen, dann wird er gedacht haben, dass er ohne die Annehmlichkeiten, die sie ihm im Alltag bereitet, nicht mehr leben kann. Sie steht barfuß vor dem Herd (aber mit sexy Nagellack an den Zehen), hat immer etwas am Köcheln, Wein im Kühlschrank, schreibt nebenbei noch einen Roman, plant Kurztrips, und er wird das Gefühl haben, sie wird ihn im hohen Alter pflegen und dass es Liebe ist. Wenn sie doch betrogen wird, ist sie souverän und lächelt es weg oder tut heimlich das Gleiche. Sonst wird er ihr etwas von einer persönlichen Krise oder einer chronischen Krankheit erzählen, in der er gerade steckt, beruflich ist er sowieso sehr eingespannt, auch sieht er sie und sich nicht zusammen, weil – okay, ja, weil sie diese wahnsinnig tolle Frau sei, aber das macht ja auch was mit einem, das mit der Außenwirkung, der wenigen Zeit zu zweit, immer ihren Mantel tragen zu müssen vor den Fotografen, und ob er wirklich eine neue Beziehung will als der »Mann von«, puh! Oder lieber nur ein freundschaftliches Verhältnis mit Übernachtungen? Weil er eigentlich gar nichts vom Leben will, als den Moment zu leben. Arme Isabel Allende. Ihr lebt dann in getrennten Wohnungen, seht euch am Wochenende, habt eure Schlüssel, falls der eine mal stirbt und die Rettungskräfte Zutritt zur Wohnung brauchen, und er hat natürlich seinen Freiraum, ihr spielt trotzdem Ehe, geht samstags auf den Wochenmarkt, da bekommst du deine Kräuter für die grüne Soße. Ihr probiert auch mal Stand-up-Paddeln aus und anderes mehr, bis er Francesca wiedertrifft, eine ehemalige Studentin, und er sich abermals über seine Gefühle klar werden muss, wer weiß, ob er mit fünfzig nicht doch noch Kinder will? Auf jeden Fall braucht er jetzt dringend einen Solo-Kurztrip, und es wäre besser, wenn er erst einmal eine Weile für sich sein könnte.

Gleich an der Tür umklammert August meine Taille und küsst meinen Hals feucht. Er stellt nicht einmal die Weinflasche ab, die er in der Hand hält. Wir landen auf meinem Chesterfield-Sofa, das mein Kater fluchtartig verlässt. Die Flasche landet auf dem Boden. Wir knutschen wie Teenager. Er presst dabei seine Zunge in meinen Mund; dass er ein schlechter Küsser ist, hatte ich gar nicht mehr in Erinnerung. Sofort ist mein Kimono offen und seine Hose auch. August dringt unsanft in mich ein. Die Gleitcreme tut ihren Dienst. Trotzdem spüre ich, wie sein Schwanz an meinen

45

Gebärmutterhals stößt. August mit seinem großen Schwanz, seinen behaarten Armen und seiner Rolex Replica (Thailand, man sieht keinen Unterschied) dran. Ich rutsche unter ihm heraus und beuge mich über seinen Schritt. An der Art, wie ich ihm einen blase, müsste er eigentlich merken, dass ich gedanklich schon im morgigen Tag festhänge. Um den Reiz zu verstärken, lutsche ich meinen Finger an und stecke ihm diesen in den Po. Doch bis zu seiner Prostata schaffe ich es nicht. Als es so weit ist, schreit August so laut herum, dass ich Angst habe, Herr Gottwald oben könnte die Polizei rufen. Dann liegt er wie ein Kind mit dem Kopf auf meinem nackten Bauch. Ich streichle seine Haare, empfinde aber Gleichgültigkeit. Er hätte mich locker noch lecken können, aber seine Pisspause scheint vorzugehen. Als er wieder reinkommt, steht er einen Augenblick im Türrahmen und schließt den Gürtel seiner Hose. Sein Penis hat sich für heute verabschiedet.

»Warum bist du nicht verheiratet?«, fragt August nach einer Weile.

»Das hast du mich schon mal gefragt.«

»Und?«

»Das habe ich dir schon erzählt. Ich war es. Aber jetzt nicht mehr. Und du?«

»Ich habe eine Ex-Freundin und eine fünfjährige Tochter in Stuttgart. Und dann kam das Angebot von Werner, nach München zu kommen.«

»Vermisst du sie?«

»Keine Ahnung, ich bin mit der Mutter nicht *on good terms.*«

Wenn ein Mann einen Anglizismus zur Umschreibung einfacher Zusammenhänge benutzt, weißt du, dass etwas nicht stimmt. *Alles easy, no problem, fair enough, more or less, anyway, nothing to write home about,* Lügner.

»Also zahlst du keinen Unterhalt.«

»Schon; mehr, als ich müsste. Es ist schön mit dir, Melanie.«

Postorgiastische Redseligkeit. Ich finde keine Antwort, also sage ich nichts.

Ich sehe es verschwommen. August kommt mit seiner Tochter zu Besuch, die fast so alt ist wie mein Enkelkind Louis. Ich ermahne sie, mit dem Trinkpäckchen nicht auf dem Sofa mit dem Brokatstoff herumzuhüpfen, dann setze ich meine Lesebrille auf und lese ihr aus Monas alten Kinderbüchern vor. August sagt, er müsse jetzt los, Einkäufe machen, und weil mir alles egal ist und ich froh bin, noch einen Mann abbekommen zu haben in den Wechseljahren, nicke ich ihm wohlwollend zu, obwohl er und ich wissen, dass er seine Tennispartnerin zu Hause besucht. Sie wird ihm das Hirn rausvögeln, und er wird kein schlechtes Gewissen haben, mir später zu erzählen, dass seine Erektionsprobleme wieder zugenommen haben, und weil ich die Frau sein werde, die ihn versteht, werde ich die Hand auf seinen Oberschenkel legen und nicken.

Das Wort Wechseljahre zu hören, fühlt sich an, als würde man in eine Sackgasse einbiegen. Die Wechseljahre sind schambehaftet, nicht erzählbar, sie gehören verdrängt. Das Leben einer Frau ist von Geburt an fremdbestimmt, gesellschaftlich genormt und vorgezeichnet, von der Jugend über die Mutterschaft bis zum Ende ihrer fruchtbaren Tage. Danach steht ihr angeblich die Welt offen, sie sei dann eine *Femme libre*, wie sie in Frankreich sagen. Aber das ist trügerisch, denn letztendlich ist es der Gesellschaft egal, was sie dann tut, solange sie keine Schulden anhäuft, die Umwelt verpestet oder die Kassiererin mit ihrer Langsamkeit und Geschwätzigkeit nervt. Soll sie doch auf den höchsten Berg in den Anden steigen oder ein Tantra-Seminar belegen, solange sie bitte ihre Mitmenschen mit ihren Vorstellungen von reifer Erotik verschont, oder, noch besser, sich einen Hund anschaffen, aufs Land ziehen, stapelweise Bücher lesen, anstatt weiterhin auf den Wichtigtuer-Partys der Medienwelt ihre Meinung zu sagen, da, wo die Alphas nur den jungen Kolleginnen zuhören, die ihre kinky, aber hochpolitischen Sex-Tagebücher als Gelegenheitshure veröffentlichen.

Es ist egal, was du ab Anfang fünfzig machst, es ist egal, dass du noch fast zwanzig Jahre Berufsleben vor dir hast und noch topfit bist. Jetzt geht es nur noch darum, zu verstehen, dass dein Leben vorbei ist, und dir den Lebensabend nett zu gestalten, jetzt geht es nur noch darum, sich selbst nicht auf die Nerven zu gehen. Denn du bist allein. All diese bumsfidelen Ratgeber über Neuanfänge, Frauen in ihren besten Jahren, die gerade noch ein Anrecht auf eine verhuschte Affäre haben oder einen harmlosen Mann und dessen Penis dann in einem Glas unter der Spüle aufheben, hängen mir zum Hals raus, bevor ich sie überhaupt aufgeschlagen habe. Alte Frauen sind tragische Figuren. Sie fallen einem aggressiven Ageismus zum Opfer, der sie schon mit fünfzig für alt erklärt. Im urbanen gebildeten Milieu bespielen sie B-Seiten, planen Ausstellungen in winzigen Privatgalerien, esoterische Klangschalen-Seminare oder buchen eine ganz tolle Band aus Senegal für eine Geburtstagsparty, was immer ein bisschen nach Sextourismus riecht. Sie besuchen Salsa-Kurse, wo der exotische Eintänzer ihnen für einen Abend das Gefühl gibt, noch begehrenswert zu sein. Mit sechzig sind sie dann reif für Studiosus-Reisen, Teriyaki-Kochkurse, und es warten Highlights wie Kinesiologie, Zumba und die Heilkraft der Steine auf sie, es stört aber auch niemanden, wenn sie an Schulen in Kambodscha als Freiwillige unterrichten oder in Nepal lernen, tibetisches Brot zu backen. Sollten sie dann noch die Kraft aufbringen, ihre Erfahrungen so ernst zu nehmen, dass sie sie in einem Buch verewigt sehen möchten, erscheinen diese in schrulligen Special-Interest-Programmen oder gleich als Selfpublisher-E-Book auf Amazon. Vielleicht ist die Ehe am Ende doch die einzige pragmatische Selbsteinweisung, mit der der größtmögliche Status einhergeht.

Ich beschließe, August rauszuschmeißen, bevor er geht.

»August, du musst jetzt los.«

Er hört mich nicht, sondern schnarcht mittlerweile auf meinem Bauch.

Ich rüttle sanft an seinem Kopf.

»Warum, erwartest du noch jemanden?«

»Nein, aber ich will jetzt schlafen.«

»Lässt du mich in dein Bett?«

»Nein. August, bitte.«

Genervt wuchtet er sich hoch und sitzt auf der Sofakante. Seine Haare sind verwuschelt. Für einen Augenblick ist er süß. Ich denke an diese Kindergeschichte, die ich Mona immer vorgelesen habe. Schaf und Wolf sind Freunde in der Ferne, dann wird Wolf krank, und Schaf pflegt ihn. Am Abend sagt Wolf zu Schaf, dass Schaf jetzt gehen müsse, weil es Wolf morgen früh besser gehen und er dann Lust bekommen würde, Schaf zu fressen. So trennen sich Wolf und Schaf.

August zieht seine Schuhe an, und ich begleite ihn zur Wohnungstür.

»Pass auf dich auf!« Er gibt mir einen langen Kuss. Als ich mich wieder auf die Couch fallen lasse, kann ich mich kaum an ihn erinnern. Das Leder ist noch warm von ihm.

Kapitel 3

Führungsschwäche

In der Redaktion will mich Werner vor seinem Auswärtslunch sprechen. Ich entdecke die Nachricht bereits auf dem Weg vom Parkhaus am Marienplatz ins Büro, als ich auf dem Handy meine Mails durchschaue. Eine Wurzelbehandlung wäre mir gerade lieber. Ich gehe mit einem Nicken an seiner Sekretärin vorbei, direkt in seinen Glaskasten mit der Panoramafensterfront mit Blick auf das Rathaus. Vor ein paar Jahren, als sich plötzlich alle ganz sicher waren, dass die Digitalisierung der Inhalte und ihre Monetarisierung durch die Idee des Paid Content den deutschen Journalismus retten würde, hatte der Herausgeber die Büros der Redaktion direkt neben die McKinsey- und Foodora-Zentrale im Stadtzentrum verlegt und einen Koons in den Eingang gehängt. Seit auch der Letzte kapiert hat, dass die ganze Strategie rund um Google-Driven-Clickbaiting für den Arsch war, geht es mit der Laune der Chefs und Aktionäre kontinuierlich bergab. Der Mietvertrag besteht jedoch noch bis 2025.

Als ich reinkomme, sitzt Werner (wie immer mit Lederkrawatte und weißem Hemd) an seinem Schreibtisch und starrt auf sein Handy. Wenn er mit dicken Fingern auf seinem iPhone herumtippt, hat er Ähnlichkeit mit einem Schimpansen, der das Ding im Urwald gefunden hat, aber im Rahmen seiner Möglichkeiten schon ganz gut damit zurechtkommt.

Er schaut hoch und legt es zur Seite. Werner und seine Mösen-Fotosammlung.

Ich setze mich ihm gegenüber auf einen Stuhl, wie ein unartiges Mädchen vor den Rektor, und lächle ihn scheinheilig an. Er weiß, dass ich weiß, ohne dass ich nach Paula, seiner Frau, fragen muss. Um ihn noch ein bisschen mehr zu verhöhnen, greife ich mir sein Softpack und zünde mir eine seiner Zigaretten an. Das hasst er.

»Was trinkst du?«

Werner lässt mir keine Zeit zu antworten, sondern springt ungelenk und viel zu schnell von seinem Schreibtischsessel hoch, reißt die Tür auf und ruft: »Gerda, hier, bring uns doch mal zwei Bordeaux-Gläser.«

Er schließt die Tür wieder, geht zurück zu seinem Schreibtisch und freut sich dabei wie ein Schulbub, der einen Streich plant.

»Alfred und ich hatten gestern Lust, die Flasche Médoc, die wir beim Staatsbankett geklaut haben, zu köpfen, komm, die machen wir jetzt noch leer …«

»Es ist zehn Uhr.«

»Wir trinken jetzt auf dich.«

Es klingt wie eine Zurechtweisung. Ich schiele auf die Uhr, in fünfzehn Minuten muss ich runter zum Layouter.

»Fein, einen Schluck.«

Werner lächelt.

»Also ganz kurz zum Fachlichen, warum ich dich sprechen wollte, Melli. Ich hab es auf deiner Party, die übrigens

52

super war, ja schon erwähnt. Eilika, weißt du noch, das Mädel, sie schreibt super ... bei deiner Feier. Ich habe sie als Mitarbeiterin für das Feuilleton verpflichtet. Hat mir einen Text über Handke geschrieben. Magisch. Und sie hat mir ein paar Essays geschickt. Sehr gute. Über Feminismus und Frauen und so. Dein Thema.«

Ich nehme einen großen Schluck Wein. Dass sich Werner nun plötzlich für Feminismus interessiert, wird mehr mit Eilikas Beinen als mit meinem Reden zu tun haben.

»Kurzum, ich möchte, dass sie bei dir im Ressort, also im Feuilleton, anfängt. Also fest. Und nicht dienstags, wie geplant, sondern montags die Kolumne übernimmt. ›Angst vorm Siegen‹, so würde ich sie nennen, du verstehst die Anspielung ... Erica Jong ...«

»... ja, ich bin ja nicht blöd.«

Plötzlich klinge ich gereizt.

»Du stellst eine Praktikantin fest an?«

»Haben wir nicht alle mal so angefangen?«

»Nein, wir kamen von der Journalistenschule, haben noch jahrelang in allen Ressorts ausgeholfen und waren dann irgendwann fertige Redakteure.«

»Ja, aber so läuft das doch heute nicht mehr, Melanie, so statisch.«

Ich stelle das Glas auf Werners Schreibtisch ab und beobachte, wie er seine ganze Impulskontrolle auffahren muss, um weltmännisch zu sein und den fehlenden Untersetzer nicht zu kommentieren. Nur die Ruhe. Jetzt nicht ausflippen.

»Kurzum, du gibst ihr meine Kolumne.«

Es trifft mich hart, ich bin sensibel gerade, der Sex mit August, die Wechseljahre, Mutter, Mona, jetzt auch noch der Job, eine der neuralgischen Phasen im Leben, wo einfach alles nur noch falsch läuft.

Werner spürt mein Entsetzen und windet sich.

»Jein. Du bekommst die Kolumne am Dienstag. Natürlich ist das Feuilleton dein Ressort, aber produktionsbedingt würde ich da gerne etwas kuratieren. Wir brauchen mehr junge Frauen. Menschen, die uns träumen lassen.«

»Aber der Kolumnenplatz am Dienstag hat nur eine halb so gute Leserquote.«

Wenig souverän stehe ich auf und bereue es gleich darauf.

»Bitte setz dich«, sagt Werner. »Melanie, bitte. Wir trinken doch hier in Ruhe Wein.«

Dieser Oberlehrer. Ich hasse diese Angewohnheit von mittelalten Männern, ihr Gegenüber, wenn es mal eng wird, an seine Kinderstube und die guten Sitten zu erinnern, als hätte seine Reaktion etwas mit Benehmen zu tun.

Werners Generation kennt wenige wütende Frauen, selten versteht er es, meinen Zorn zu moderieren. Wut hat für Männer wie Werner gemeinhin etwas Ungutes, so ist es für ihn das Beste, sie wie Freud sachlich falsch unter Hysterie abzulegen.

Um keine peinliche Pause entstehen zu lassen, labert Werner einfach weiter. Werner, der kleine Angeber, der an seinem ersten Tag vor zwanzig Jahren mit halblangen blonden Haaren im Cordjackett auf seiner Vespa vorgefahren ist. Er dachte schon damals, er sei der Coolste. Drei Jahre war ich ihm eine Freundin, habe ihm die Floskeln ausgetrieben in seinen Texten, die Worthülsen, die Binsen – und dafür hat er mich nicht einmal vögeln wollen, sondern für mein Talent respektiert. Als Werner dann in die Chefredaktion aufstieg, war das eine Entscheidung für sein Geschlecht. Dass ich seine Stellvertreterin wurde, ließ mich dem Herausgeber ein Mindestmaß an Anstand unterstellen, war im Grunde aber nur eine Farce.

»Ich dachte auch, dass du für uns mehr über dein Leben schreiben könntest.«

Mit zusammengepressten Lippen zündet sich Werner eine Zigarette an. Er nimmt sich die Zeit, den ersten Zug lange und nachdenklich auszublasen. Ich setze mich langsam hin.

»Na ja, du weißt schon. Familie in der zweiten Lebenshälfte, du könntest über dich und deinen Enkelsohn schreiben.«

Ich versuche, mich zu fassen. »Werner, du willst nicht ernsthaft, dass ich eine Oma-Kolumne schreibe? Ich bin erst fünfzig, meine Tochter ist fünfundzwanzig, ich bin gar nicht repräsentativ …«

»… aber du bist doch Oma.«

Jetzt stehe ich endgültig auf. »Ich muss das jetzt erst mal sacken lassen. Das ist grotesk.« Werner lächelt milde.

Auf dem Gang treffe ich meine Chérie.

»Komm, wir rauchen noch eine«, sagt sie und zieht mich in ihr Büro. Ich blicke mich um und dann bewundernd zur Decke. Chérie hat es durchgezogen. Sie lässt sich auf ihren Schreibtischstuhl fallen und wirft mir ihre Packung Lights über den Tisch.

»Ja, ich habe den Rauchmelder rausgeschraubt, wenn das deine Frage ist. Und nein, Werner hat noch nichts gesagt.«

Chérie ist meine älteste Kollegin und eine Freundin, könnte man sagen. Sie schreibt feuilletonistische Glossen und ist die heimliche Leiterin des Politikressorts, das heißt, wenn Werner, wie so oft, abkömmlich ist. Chérie ist einund-sechzig Jahre alt, kinderlos ohne Gram, ist weitgereist, belesen, gepflegt und anscheinend ohne jede Anspannung oder Verbissenheit. Ihre grauen Haare sind ungefärbt und heute zu einer Turmfrisur gesteckt. Dazu eine Brille mit lilafarbenem Gestell. Ihr ist es egal, wie alt sie aussieht. Sie ist Post-Meno, ohne Hormonpräparate und auf dem Weg, eine dieser netten Alten zu werden, so selbstzufrieden und mit sich im Reinen. Sie hat sich ergeben, ist in den Sechzigern angekommen, samt Jackett und zu kleinem Rucksack, Laufstöcken und Walking-Urlauben in der Schweiz. Ich bewundere ihre innere Aufgeräumtheit, gleichzeitig wünsche ich mir, nie so gleichgültig zu wirken wie sie. Ich schaue sie bewundernd an.

»Das war eine tolle Party am Samstag.«

»Danke!«

»Aber ich bin mir sicher, du hast dich wieder mal am besten amüsiert.«

»Meinst du August?«

»Ja, bitte setze nicht auf ihn.« Chérie verzieht das Gesicht. »Uhhh, ein fieser Typ. Er hat es natürlich rumerzählt. Aber keine Sorge, ich habe ihm Bescheid gesagt, diesem kleinen Mann.«

In mir steigt Panik auf.

»Was meinst du damit, er hat es rumerzählt? Ja, wir haben uns zweimal getroffen. Alles andere wäre Quatsch.«

»Ja, so etwas hat er auch gesagt. Vergiss ihn bitte.«

»Nein, also, was hat er denn genau gesagt?«

Ich spüre Angst.

»Herrgott, Melanie. Was solche Typen immer sagen, dass du nett, aber zu alt bist. Gib doch mal Ruhe.«

Ich lasse mich in den Stuhl gegenüber von Chéries Schreibtisch fallen.

»Dieser Arsch. Ich fasse es nicht.«

Geht es darum, dass ich ihn rausgeschmissen habe? Weil sich da nichts zwischen uns entwickelt hat? Ist »Alte« das neue »Schlampe«?

Ich höre nicht auf zu fallen.

Es kann doch nicht sein, dass auf einmal alles schiefläuft?

»Hast du von der Oma-Kolumne gehört?«, frage ich Chérie.

»Werner ist ein Arschloch. Aber das ist nichts Neues.«

Sie drückt ihre Zigarette aus. »Wir feiern bald silberne Hochzeit mit ihm, solange kennen wir uns hier alle schon, ich habe nie verstanden, woher du immer diese Kraft nimmst, dich über ihn aufzuregen.«

»Ach, es geht nur einfach nicht, dass Werner hier seine Love-Interests platziert …«

Chérie lacht. »Also, mit der Liebesgeschichte zwischen Werner und dir wird es vermutlich nichts mehr, aber wie wäre es denn mit einer ganz heißen Sex-Affäre?«

»Halt die Klappe!«

Wir lachen beide kurz auf, nicht zu lange, denn so lustig ist das alles ja gar nicht. Wenig später in der Wochenkonferenz ist dieses kurze Endorphin-Flackern auch schon wieder erloschen. Ohnehin gleichen alle Themen-Abstimmungen in großer Runde seit der allgemeinen Print-Krise, deren Beginn Historiker wohl später auf das Jahr 2005 datieren werden, einer vorgezogenen Trauerfeier.

Von unserer Welt, der mit den gedruckten Zeitungsseiten, stehen nur noch die Ruinen, und wir Journalisten, wir Menschen, die nur mit ihren Fingerspitzen arbeiten, stehen ratlos darin herum wie eine Gruppe Touristen auf dem Forum Romanum. Keiner kauft mehr gedruckte Zeitungen, und Anzeigen will auch niemand mehr schalten. Instagram, Nachrichten-Apps und Twitter sind vielen meiner langjährigen Kollegen auch wegen der Flut an Werbung zu schnell, zu grell. Sie hoffen darauf, sich auf dem Print-Ticket noch bis zur Rente schmarotzen zu können und dann ein bis zwei Bücher am heimischen PC zu schreiben. Mal was anderes zu machen. Einfach mal Mensch zu sein. Oder aber sie legen sich in ihrer Verzweiflung, mithalten zu wollen, Instagram-Accounts mit drögen Passbildfotos als Profil an, posten den ganzen Tag Nachrichtenmeldungen und wundern sich, dass ihnen keiner folgt. Soziale Medien sind persönlich, es geht um die eigene Person. So mancher Kollege und Ressortleiter musste einsehen, dass er sich sein ganzes Berufsleben lang wie ein Arschloch benommen und keiner Lust hat, auf seine Freundschaftsanfragen zu reagieren. Immerhin, das hatten auch Werner und die anderen Chefs akzeptieren müssen, liefen die Kultur- und Gesellschaftsbeiträge online besser als Themen aus dem Politik-Ticker, eine Filmrezension besser als jedes Merkel-Interview – in Zeiten des Verteilungskampfes um Klicks und Google-Optimierung können sie das nicht ignorieren.

Konferenzen im Krisenmodus beginnen und enden mit Belehrungen, wir kennen es schon gar nicht mehr anders, schlimmstenfalls mit offenen Drohungen, bis auch der letzte Redakteur Kündigungsfantasien bekommt. Auch der Konferenzraum ist ein Glaskasten mit offener Fensterfront, auf dieser Seite liegt der Marienplatz, intern heißt er »das Aquarium« und wegen seiner guten Akustik auch »das Aufnahmestudio«. Auch der Konferenztisch ist aus Glas. Werner versteht es wie immer, den Raum mit seiner ganzer Stimmgewalt zu füllen. Dreißig Redakteure haben sich nach minutenlangem Reinschlurfen, Kaffeeholen, Über-Eck-Reden gesetzt, weil Werner gesagt hatte, sie sollen jetzt mal alle den Blödsinn lassen. Als nur noch drei Kollegen flüstern und einer telefoniert, kann es in seinen Augen losgehen.

Ich sitze neben Chérie, mit dem Rücken zum Marienplatz, direkt neben Werner. August sitzt mir schräg gegenüber. Ich schiebe eine Haarsträhne hinter das Ohr und ziehe meinen Blazer aus. Unsere Blicke treffen sich. Nicht. Ich blicke an ihm vorbei an die Wand.

Werner spricht die uns bekannten Worte, es sei nun mal so, und daran sei auch nichts schönzureden, wenn die Zahlen nicht wieder stiegen, ja, dann müsse man langsam über eine Neuverteilung im Stellenplan nachdenken. Er fixiert den Betriebsratschef, der am hinteren Ende des Tisches gerade noch eine SMS zu Ende formuliert.

»Ja, Heiner, da brauchst du gar nicht so zu gucken.«

Aber Heiner guckt gar nicht. Nach und nach stellen die Ressortleiter ihre Themen vor: Eurorettung, Bankenkrise, die Verweigerung eines Biden-Besuchs. Wirtschaft; VW-Desaster, Großflughafen. Irgendwo hatte es wieder gebrannt. Ich stelle den neuen Roman von Leïla Slimani vor, die Kollegin Schneider habe ihn dankenswerterweise schon auf Französisch gelesen.

»Und die Außenpolitik bekommt ihre zwei Sonderseiten zur Waffenruhe in Myanmar am Sonntag, außerdem müssen wir ein Auge auf das CSU-Beben vor den Landtagswahlen haben, das macht aber dann Peter vom Desk aus«, sagt Chérie. Werner hält ausnahmsweise kurz die Klappe und schreibt mit.

Dann Stille. Nur ein Räuspern. Bis Werner wieder das Wort ergreift.

»Und nun möchte ich Sie alle noch bitten, unsere neue Kollegin freudig willkommen zu heißen. Eilika von Schausten. Bis vor Kurzem besuchte sie die Journalistenschule hier in München und hat Ethnologie in Tübingen studiert. Sie wird für unser Feuilleton eine engagierte Kolumne schreiben.«

Einstimmiges höfliches Klopfen auf Glas.

Am Ende des Tisches steht Eilika auf. In kurzer Latzhose und mit wippendem Pferdeschwanz. Ich muss zugeben, dass sie etwas von *young Melanie* hat. Und eine Augenweide ist. Ihre Zähne sind eindeutig gebleacht, ihre Porzellanhaut mit den Sommersprossen wirkt dagegen natürlich, ihr Becken ist nicht breiter als ihre Schultern, sie ist unverschämt zierlich. Es ist leicht, sie zu begehren. Ich sehe Lolita-Bilder. Die Art von Mädchen, die für Babysitter-Pornos besetzt wird. Der Vater kommt nach Hause und findet die Babysitterin auf der elterlichen Couch beim Masturbieren vor. Sofort packt er seinen dicken Pimmel aus, und sie bläst ihm einen, zehn Minuten später steckt er ihn einfach rein und kommt zwanzig Minuten später auf ihrem Bauch.

Eilika nickt höflich und setzt sich wieder, als unser Klopfen verstummt.

»Eilika«, ermutigt Werner die junge Kollegin. »Worum soll es bei der Premiere Ihrer Autorentätigkeit hier gehen?«

Eilika nickt schnell, es ist zu erkennen, dass sie sich über die Wertschätzung freut, die eine persönliche Ansprache des Chefredakteurs bedeutet.

»Ich hatte vor, diese Woche, zum Beginn, über das Reinheitsgebot der Sexualität zu schreiben, die heutzutage vorherrscht. Feministische Pornos wie die von Erika Lust, die Sex *overexplainen*, Kondom- und Tampon-Verpackungen, die mit humoristischen Sprüchen vollgedruckt sind. Einfach die Frage, wohin das führt, wenn Sexualität überall benannt – und damit für tot erklärt wird.«

In ihre Stimme hat sie etwas Mädchenhaftes gelegt. Sie spricht leise, sie macht sich klein. Werner und sein Kollege Alois Wellershaus, *two old white dudes*, schauen sich an. Und auch Betriebsrat-Heiner, der ansonsten mit rein gar nichts einen Vertrag hat, beendet seine Handy-Session überraschend und schaut hoch. August sowieso.

Wie in einem schlechten Film könnte man jetzt eine Stecknadel im Raum fallen hören. Der Trick mit dem Leise-Reden. Dann hören auf einmal alle zu. Ich kenne das, habe es selbst schon oft erlebt, werde aber trotzdem nie aufhören, es widerwärtig zu finden. Ich bemühe mich, konzentriert in meinen Schreibblock zu schauen. Chérie merkt das und berührt mich unter dem Tisch mit den Schuhspitzen ihrer Prada-Pumps. Doch ich merke es kaum, mein ganzer Körper fühlt sich taub an, und zum ersten Mal in meinem journalistischen Leben spüre ich eine beklemmende existenzielle Angst, die Angst, dass es morgen ganz unspektakulär zu Ende sein könnte.

Einfach so, es hat nicht mehr gepasst, es ist vorbei. Danke, auf Wiedersehen! Es gibt so viele dieser gebrochenen Biografien im Journalismus, eben noch eine große Nummer, einflussreich, auf jedem Podium gefragt, und dann, plötzlich, *out of fashion*. Ich sehe wieder verschwommen, wie ich mit hoch erhobenem Haupt die Redaktion verlassen, aus dem Journalismus aussteigen würde und wie ich dann zwei Jahre später mit einem Hund die Redaktion wieder mal, natürlich nur zu Besuch, betreten würde. Ich würde allen erzählen, dass meine Gartenparzelle am Tegernsee mein größtes Glück sei, dass ich endlich mit den Jahreszeiten leben würde, ja, erst jetzt wisse, was mir immer gefehlt hat. Und alle Kollegen würden nicken und denken, was ist nur aus der einst coolen und scharfzüngigen Melanie geworden? Ist sie einem esoterischen Stromschlag, einer Nervenschwäche erlegen? Wenn sich eine Frau ein neues älteres Ich aufbauen muss, bleibt ihr nicht viel mehr als Reue und Selbstkasteiung. Das sind die Kanopen, die im Sarkophag des alten weißen Mannes für sie vorgesehen sind; sie muss nur noch danach greifen.

Erzwungener Generationswechsel. Ich spüre keine Schuhspitze mehr, kein Herzklopfen.

»Ja dann«, sagt Werner. »Dann viel Spaß beim Schreiben, Eilika, wir sind gespannt.« Eilika nickt freundlich, das weiß ich, auch wenn ich nicht hinsehe.

Am Abend gehe ich mit Chérie zum Betriebsyoga im kleinen Konferenzraum B – auch so eine Idee des digitalen Zeitalters –, aber eine gute. Mittwochs um neunzehn Uhr, Moonlight Yoga. In einem Halbkreis sind zwanzig Matten angeordnet. Ein Dutzend Eames-Chairs wurden notdürftig weggeräumt, stehen an der Wand und dienen als Umkleidemöglichkeit. Eilika will am Anfang alles richtig machen, Anschluss finden und ist natürlich auch da. Als ich mir gerade den Pullover aus- und das T-Shirt angezogen habe, steht sie vor mir. Natürlich bauchfrei, das kleine Miststück. Ihre Nippel drücken sich durch den Stoff ihres pinken Tops.

»Frau Moosburger, Entschuldigung, das ist jetzt total unpassend. Aber ich wollte mich endlich mal richtig vorstellen.«

Eilika streckt mir die Hand hin. Chérie dreht sich lächelnd weg und tut so, als würde sie etwas für die Haare in ihrer Hermès Kelly Bag suchen. Wie auf dem Schulhof. Nur mit Designertaschen.

»Hallo, Eilika, freut mich. Nenn mich ruhig Melanie.«

Ich schüttle ihre kleine, kalte Hand. Dann yogt Eilika neben mir. Ihr kleiner, flexibler Gummikörper dehnt sich in alle möglichen Richtungen, ihre Pobacken öffnen und schließen sich beim vollständigen Krieger. Beim aufschauenden Hund sehen sie aus wie zwei perfekte Brötchenhälften. Sie wirft ihren Pferdeschwanz mit einer lässigen Kopfbewegung nach hinten – wie schmerzhaft! Meine Mutter schnitt meine Haare damals ab, wenn sie über die Schultern fielen. Als ich erwachsen war, tat ich es reflexhaft selbst. Eilika bekam von Mama immer giftfreie Komplimente. Sie nahm am Girls' Day in der Schule teil und machte beim Selbstverteidigungskurs mit. Sollte sie auch noch schreiben können, hätte sie vermutlich die Chance, mit diesem Hintern die Weltherrschaft an sich zu reißen. Sie braucht nur zu lange, bis sie es wirklich versteht, mit diesem Hebel aus Anziehung und Können umzugehen. Das ist das Fatale. Wenn du als Frau alles weißt über die Kraft, Wirkung und Manipulationskraft deines Körpers, bist du zu alt, dein Blick hat seine Unschuld verloren, du bist aus der Naivität, die deine Wirkung auf Männer ausmacht, herausgewachsen.

Ein bisschen Eilika würde Mona guttun. Ein gesundes Selbstbewusstsein, ein aufrechter Brustkorb, Betonung auf die Titten.

Die nächsten sechzig Minuten spiele ich »Finde den Fehler« bei Eilika und fühle mich schlecht dabei. Nicht, weil ich mich schäme, sondern weil ich ihn nicht finde. Ich schiele immer wieder von der Seite zu ihr hinüber, als würde ich die Positionen nicht kennen.

Upward dog.

Downward dog.

Ihre dunkelblonden Haare sind glatt und weich, wie einst meine. Straffe Oberarme, kleiner Busen, vielleicht eine Spur zu viel Hintern. Ihre Zehennägel sind dunkelrot. Schellack. Die Proletarisierung der Maniküre. Ihre Unterschenkel sind, soviel ich sehen kann, am Saum der Leggings über ihren Knöcheln glatt rasiert. Feindbeobachtung. Ich verleibe sie mir ein, beobachte ihre Technik, wie ein Bushi bei seinem Gegner. Ich wurde so oft in meinem Leben von Männern betrogen, dass ich einen an der Klatsche habe. Die andere Frau ist für mich ein angstbesetztes Bild. Ein einziger riesiger Körper mit einem schaumgummifesten, perfekten Po, einer kilometerweiten Lücke zwischen den Oberschenkeln und den buschigsten Augenbrauen, seit es Cara Delevingne gibt.

Mein Hintern dagegen ist knochig, mein Haar trotz Voluminizer und Stufenschnitt spröde und ohne jede Energie. Den Riss in der Schleimhaut meiner Scheide spüre ich kaum mehr. Bei der Endentspannung sehe ich August vor mir, wie er mit Eilika schläft. August, wie er mit Eilika in einem Whirlpool wie in einem Jungbrunnen plantscht. Ihre kleinen Brüste wabern an der Wasseroberfläche, dann sehe ich meinen Kimono, seine Hände auf meiner Brust, postkoitale Flashbacks. Wahrscheinlich werden wir uns nie wieder eines Blickes würdigen. August würde Eilika verfallen, ihr Körper ist kriminell, er würde ihr drei Kinder machen, bis seine Libido endgültig nachlässt, und sich nie wieder nach einer anderen umschauen. Für sie könnte er sich entscheiden, weil sie so unglaublich jung ist, für mich niemals. Er könnte Vater und Ehemann sein, ohne erwachsen werden zu müssen.

»Mel.«

Chérie knetet meine Schulter. Ich bin schon wieder eingeschlafen auf der Yogamatte. Langsam drücke ich mich mit einer Hand hoch. Eilika ist bereits weg – zumindest sehe ich sie nicht mehr. Die anderen packen ihre Sachen. Ich torkle zu meinem Stuhl, greife nach meinem Handy. Drei verpasste Anrufe von Martha. Panik steigt in mir hoch. Mutter!

Sie sei gestürzt, sagt Martha, nicht schlimm, nur zwei Treppenstufen.

»Warum war sie alleine auf der Treppe?«, schreie ich fast in mein Telefon. Ich kann meine Tränen nicht zurückhalten. Sie sei auf dem Gesicht gelandet, weil sie sich nicht rechtzeitig habe abstützen können. Und der Fuß, der Fuß sei wohl verstaucht. Ich spüre, wie mir schlecht wird vor Hass auf diese bescheuerte Martha, aber eigentlich auf mich selbst. Ich sollte Mutter zu mir holen, aber ich scheue davor zurück, eine merkwürdige fünfzigjährige Frau zu sein, die mit ihrer sterbenden Mutter zusammenlebt.

Ich stopfe meine Leggings in die Sporttasche. Meine Hände fühlen sich schwer wie Blei an, mein Herz ist verdreht. Wenn es um die eigene Familie geht, ist es erstaunlich einfach, hässliche und banale Gedanken an Sex, Macht oder den Job beiseitezuwischen. Sex und Wollust sind etwas für Menschen mit Langeweile. Das hier sind echte Probleme. Ich fahre in die Klinik. Chérie kommt mit. Ich liebe sie. Sie nimmt mir für einen Moment die Angst, dass da nichts mehr kommt.

Kapitel 4

Starnberger Wives

Es ist Sonntag, ich hocke auf dem Beifahrersitz eines Opel Combo, der aussieht wie ein kleiner Lieferbus, und habe eine Tasche mit Sandwiches zwischen den Beinen. Mona sitzt am Steuer, Louis, Monas Zweijähriger, Mutter und Bert sitzen hinten – Louis sogar in einem monströsen Dreipunktgurt-Kindersitz, eigentlich nimmt er anderthalb Plätze der Rückbank ein.

Es ist Familienfest bei den Moosburger-Redeckers, meine Schwester Maria feiert ihren 60. – und ich habe mich geweigert, hinten zu sitzen. Dafür reiche ich jetzt die Sandwiches aus Neandertalerbrot, Tomatenstreich, Spinat und Avocado durch. Nicht schwer zu erraten: Monas Rezept. Sie redet nicht mit mir, weil Bert hinten sitzen muss und seiner Beinfreiheit beraubt ist. Zu Mutter hingegen ist sie liebevoll, alle halbe Stunde hält sie an einer Raststätte, holt den Rollstuhl ihrer Großmutter aus dem Kofferraum, hievt sie zusammen mit Bert in das Ding hinein, kauft im Tankstellenladen mal Blumen, mal Wasser und wechselt die schwere vollgesogene Urinbinde. Es ist Stau, und deshalb dauert die eigentlich sonst vierzigminütige Fahrt eine halbe Ewigkeit. Am Wochenende müssen sie alle zum Starnberger See, in die Natur, einen Rucolasalat mit hochpreisigem Olivenöl in *Hugo's Beach Club* essen, dazu ein Weizen, auf dem Rückweg muss es dann noch ein Eis auf die Hand sein, da können sie sich gar nicht zurückhalten.

Mona hält mich für eine Egoistin, und wahrscheinlich hat sie nicht einmal unrecht damit, die Jahre der Entbehrung als ihre Mutter zählen nicht mehr. Dass ich die meiste Zeit außerdem gearbeitet habe, wer wollte darüber nachdenken? Der Kreis des Lebens. Ich nestle an meinen Verwundungen. Familienfeste, bei denen man sich selbst nur noch durch die Brille der Verwandten sieht, sind bei depressiven Verstimmungen Gift. Jedes Mal, wenn wir halten, stelle ich mich ein Stück weg, Richtung Autobahn, und rauche eine Light-Zigarette. Wie ein Teenager, der Liebeskummer hat und sich von seinen Angehörigen entfernt, um zwei Minuten Einsamkeit unter Menschen zu genießen. Es geht mir nicht gut. Wirklich gar nicht.

Das Fest steigt bei Maria zu Hause in Starnberg auch gleich am See – und das ist ungefähr wie ein Oktoberfest ohne Kotzwiese. Männer und ihre Frauen, Heteronormativität als Zwangsvorstellung, manche sind vertrachtet. Es sind Menschen, die ihren Reichtum schlecht verstecken können. Einigen kommt das Geld schon aus allen Poren raus. Frauen sind hier keine Gazellen, eher alte Milchkühe. Dafür sind sie aufgerüscht. Die Spitzenbluse von Lola Paltinger (119 Euro, »Verspielte Mode für Sie«), das leichte Sommerkleid von Talbot Runhof (in der *Bunten* zuerst gesehen), dazu Diamantstecker, roséfarbener Nagellack ziert braun gebrannte Hände mit vielen Altersflecken. Die strammen, vom Nordic Walking durchtrainierten Schenkel verstecken sie unter halblangen Röcken. Ihre Gesprächsthemen sind so flach wie das Straßenpflaster, kreisen um Karibikurlaube oder Bildungsreisen nach Peru, um Manfreds Pensionierung oder den neuen Assistenzarzt-Posten des Sohnes, das erste Baby der Tochter, das Ludwig heißt.

Willkommen in der Tristesse und Langeweile der bayerischen Provinz, deren Kulisse, die Anwesen und Gärten, aus *Schöner Wohnen*-Magazinen oder einer Tchibo-Werbung aus den Neunzigern zu stammen scheinen. Thomas Gottschalks Neunzigerjahre-Deutschland. Reibung erzeugt Wärme. In den Dörfern in Bayern entsteht die Reibung aus höflich kaschierten Frotzeleien und Altersgrant. Menschen missgönnen dem Nachbarn die neu betonierte Einfahrt oder den Jacuzzi im Anbau. Sie lachen diskret, wenn eine der Hausfrauen es mal wieder nebenher mit einer kleinen Firma für Produktdesign oder einer Kunststiftung versucht, kommen aber ganz sicher zur Vernissage und auch nur zur Vernissage. Hin und wieder erkundigen sie sich dann, wie es denn so läuft, und warten insgeheim auf die Nachricht des Scheiterns dieser Pläne. Argwöhnisch schaut eine Frau der anderen ins Gesicht, die Männer ignorieren sich dagegen gepflegt, grüßen knapp und benutzen Gleichgültigkeit als Schutzschild, denn die Frauen werden es schon richten mit ihren sozialen Kontakten, den Festen und den Brunch-Einladungen.

Als wir ankommen, sind bereits um die vierzig Gäste da. Eine Szene wie aus den frühen *Immenhof*-Filmen. Gartenstühle im saftigen Grün. Die Wespen werden vom Erdbeerkuchen gefächert. Bis einer den Deckel vom Tupper-Tortenbehälter holt. Der Gewürztraminer wird später gut zum Fischcurry mit Basmatireis und biologisch-dynamischem Wildkräutersalat vom Schuhbeck-Catering passen, hat der Sommelier gesagt. Im Garten steht eine lange Tafel mit weißen Tischdecken, Stuhlhussen, die von monströsen lila Schleifen zusammengehalten werden.

»Lila ist die Farbe der sexuellen Frustration«, sage ich leise zu Maria.

Sie nimmt mir sofort den russischen Zupfkuchen ab, den Mona gebacken hat und den ich nur versehentlich ins Haus getragen habe. Bevor sie beleidigt davonstampft, beugt sie sich noch zu mir. Sie ist die dicke, unattraktive Version meiner selbst. Ihre blonden Haare sind länger, sie trägt sie artig zusammengesteckt in einem Zopfdutt am Hinterkopf. Ihre Brüste sehen im olivfarbenen Dirndl merkwürdig aus. Sie werden umrandet von einer weißen Bluse, die an die Tortenspitze bei Hacktorte in Igelform erinnert. Fehlt nur noch das Petersilienröschen.

»Und heute benimmst du dich nicht daneben. Kein Alkohol, hörst du«, zischt sie.

»Und wo kann ich mich danebenbenehmen«, entgegne ich gleichgültig.

Maria rollt mit den Augen. »Der Wein steht auf dem Küchentresen. Quatsch du bitte nicht mit dem Personal vom Catering, ja?«

Marias Mann Paul ist leitender Anwalt einer Kanzlei für Immobilienrecht in Tutzing (man muss vermuten, mit butterweicher Erektion). Maria ist Hausfrau und hat selbst für die neokonservativen Verhältnisse meiner Eltern einen eher enttäuschenden Lebensweg genommen. Sie ist angepasst, stets engagiert, dienend, eine berufsunfähige Zahnärztin, ein Bandscheibenvorfall, eine dieser Frauen, die alles mit Weichspüler verpesten, ihre Urlaubslektüre im Supermarkt kaufen und dabei schamlos genug sind, diesen Schund auf geheuchelt naive Art Frauen wie mir auch noch zu empfehlen.

Wenn Maria mich ermahnt, heißt das, dass ich Themen wie BlackRock, Bankenkrise, Pharma, Glyphosat, Rechtsruck, Provinzrassismus und Immobilienspekulationen bei Tisch besser vermeiden soll – diese Themen gelten bei Moosburger-Redeckers als armselige Provokationen blasierter Linker, die allen nur die Laune verderben wollen, wenn doch gerade der Riesling so gut schmeckt – ich habe das schon einige Male in meinem Leben getestet.

Und so nimmt der Nachmittag seinen Lauf. Ärzte, Zahnärzte, Gynäkologen, der Bankdirektor der Kreissparkasse Tutzing, der Leiter des Bayerischen Staatsarchivs, der Leiter des Filmfonds Bayern plaudern angeregt, aber nie lacht das Volk laut auf oder wird lauter. Trust Funds, ein zu klein gekauftes Motorboot, der Ausflug in ein Weinanbaugebiet oder Segeln, das sind hier die Themen. Small Talk. Als wir alle noch kleine Kinder hatten, war es einfacher. Es fiel nicht so auf, dass wir uns eigentlich längst selbst überholt und überflüssig gemacht hatten. Ich, das schwarze Schaf, ich fiel schon auf. Ich erinnere mich gut an eine Party vor zehn Jahren, da war ich, zugegeben betrunken, mit dem Oberkellner im See baden; Mona, sie war noch ein Teenie, saß angesäuert bis Mitternacht wach im Haus und schämte sich für mich – ebenso wie der Rest der Familie. Als ich mit nassen Haaren wieder ins Haus kam, gingen alle wortlos ins Bett. Aber das ist lange her.

Mutter fühlt sich umgarnt wie ein rosa Honigpudel, der mit gezuckertem Klee gefüttert wird – wie sie da sitzt in ihrem Rollstuhl inmitten all der Gänseblümchen, umringt von alten Bekannten, denen sie, jeder einzelnen, den Unfallhergang schildern kann. Es ist rührend, sie noch am Leben zu sehen. Auch der direkte Kontakt mit Sonnenlicht, den sie in ihrer Stadtwohnung viel zu selten hat, kann ihr nur guttun. Mona sieht Louis zu, wie er in kurzen Hosen mit kleinen, dicken Kinderbeinen durchs Gras läuft.

Bert sitzt im Auto, telefoniert vermutlich mit seinem Start-up-Partner und verweigert sich mal wieder, als Frau traue ich mich das natürlich nicht. Ich unterhalte mich mit Hannah und Anita, zwei alten Schulfreundinnen von Maria, aber hauptsächlich mit mir selbst.

Sie wissen natürlich, dass ich die Journalistin in der Familie bin, und stellen mir seit zwanzig Jahren dieselben Fragen. Ob ich noch bei der Zeitung sei. Ob ich noch Bücher schreibe. Ob ich nach der Verfilmung meines dritten Buchs noch mal mit dem Fernsehen zu tun hatte. Irgendwann kommt Harald, ein markiger Bayer in den Sechzigern mit dunklen Locken, der Mann von Anita, und will mir einen Gutschein für ein Digitalabo der Zeitung abquatschen. Ich lüge, dass ich bestimmt noch Gutscheine im Auto habe. Die Provinz ist ein schlechter Ort, um sich selbst zu verstehen. Hier ist mein Leben immer so spannend wie eine Folge »House of Cards«, und das Leben aller anderen gleicht einer Rita-Falk-Verfilmung. Als ich vor der Toilette warte, höre ich das einzig interessante Gespräch des Tages mit.

Paul hat seine Rechtsgehilfin entlassen, er erzählt es Hans, seinem Partner. Er vermute seinen Notarkollegen Richard nach Feierabend auf ihr, außerdem habe sie geklaut, das wisse er sicher, weil er Donnerstag noch die Handkasse gemacht habe. Jetzt habe er die Maus vor die Tür gesetzt. Die fehlenden 30,58 Euro hat er ihr vermutlich zur Kündigung noch in Rechnung gestellt.

Manchmal schaue ich auf das Handy, das in meiner Handtasche geparkt in der Garderobe auf mich wartet. Ich frage mich, ob August den Anstand hat, sich bei mir zu melden. Die Antwort lautet vermutlich Nein. Ich frage mich, ob überhaupt noch ein Mann kommen wird in meinem Leben, der besser ist als der davor. Hier am Starnberger See führen alle auf eine mumifizierende Weise Ehen über mehrere Jahrzehnte. Die Frauen haben mit dem Schmerz und der Demütigung, betrogen zu werden, zu leben. Die Männer herrschen in aller Gelassenheit und später dann auch mit einer gewissen putzigen Anhänglichkeit über ihre Frauen, denen sie in Gesundheitsfragen (»Bitte nimm die Tabletten«) hörig sind. Mit fünfzig noch denselben Menschen zu lieben wie mit zwanzig, war mir leider nicht vergönnt. Und ich wollte es auch nicht. Es gab einfach kein gutes Modell. Viel zu viel schlecht gelebtes Leben, zu viel Ballast. Es wäre mir auch zu lang geworden. Die Paare hier zu sehen, wie sie sich im besten Falle zärtlich, aber lustlos anblicken, hebt meine Laune. Doch nicht alles falsch gemacht.

Die Unterhaltungen werden träger, die Luft gegen siebzehn Uhr kälter. Es wird plötzlich dunkel. Strickjacken werden rausgeholt. Nach der üppigen Mahlzeit vom Mittag, dem Kaffee und dem Kuchen sind wir fast schon beim Abendschnitzel angekommen. Ich bin beim siebten Glas Riesling und einem Wildkräutersalat ohne Beilage.

Ich versuche, mich mit Maria zu unterhalten, aber sie guckt beim Reden über meine Schulter, als würde sie Ausschau halten nach dem nächsten Gesprächspartner. Sie ist eigen, meine Schwester, immer wütend auf mich, seit ich damals aus unserer gemeinsamen Studentenwohnung ausgezogen bin. Das hat sie mir nie verziehen. Damals bin ich in ihren Augen in die Welt aufgebrochen, und sie hat den Absprung ins Sichere gewählt, Paul geheiratet und zwei Kinder bekommen.

»Du lallst.«

»Das stimmt nicht.«

»Und du wankst.«

»Wenn ich mich am Tisch festhalte, nicht.«

»Du weißt, ich würde mich auch um Mama kümmern.«

»Es reicht, wenn du Martha bezahlst. Das hilft uns schon sehr viel.«

»Du weißt, ich kann von hier nicht mehr machen.«

»Geht es dir gut?«

»Ja, wie soll es mir schon gehen. Paul eröffnet nächsten Monat in der Kanzlei eine neue Abteilung, ich besuche Ruben in Ecuador.«

»Möchte er denn, dass seine Mutter kommt?«

»Mona sieht dünn aus im Moment. Für eine Schwangere ist das nicht gesund. Will sie nicht mehr als zwei Kinder haben?«

»Muss sie denn überhaupt mehr als eins haben?«

»Nicht jede ist wie du.«

»Du warst nicht auf meiner Geburtstagsfeier.«

»Komm, wir gehen zu Mama.«

Maria läuft durch das Gras, der Boden ist kalt, ich spüre die Feuchtigkeit durch meine Sandalen.

Wir beschließen, Mutter ins Wohnzimmer zu schieben, wo es wärmer ist, und sie auf die Couch zu setzen, damit sie es bequem hat. Am Eingang des Hauses steht ein meterhohes sommerliches Blumengesteck aus Rosen zur Dekoration. Jemand hat Mutter daneben abgestellt.

Sie möchte noch nicht rein, aber wir sind jetzt ihre Erziehungsberechtigten, wir lassen ihr keine Wahl. Drinnen holt Maria eine Decke. Mutter wird von dem kalten Metall des Rollstuhls in eine eckige Form gebracht. Sie trägt wieder die gelbe Strickjacke und darunter ein langes Kleid mit bunten Blumen, das ihr Martha am Morgen angezogen hat. Ihre dünnen Haare sind zu einem Zopf frisiert. Es sieht nicht schön aus, eher notdürftig. Maria geht hinauf, eine weitere Decke holen. Ob sie wiederkommt oder ihre plötzliche Abwesenheit morgen auf eine Migräne schiebt, ist ungewiss.

»Dein Problem ist, dass du immer diesen roten Lippenstift trägst«, sagt Mutter plötzlich. Maria und ich hieven sie auf die Couch. Ich setze mich neben sie, starre hoch, die Decke an, lehne mich zurück. Meine Haare fallen locker auf das Kopfteil, gerade fühle ich mich in meinem hellblauen langen Marni-Kleid gar nicht mal so alt wie die vergangenen Tage. Zumindest bin ich die Einzige hier, die dünn ist, knöchern dünn.

»Danke, Mama, das ist sehr nett.«

Mutter mustert mich von ihrem Couchplatz aus, starrt auf meine Lippen.

»Nein, du solltest zarte Rosatöne tragen.«

»Wie die Schnepfen hier? Na vielen Dank!«

»Denk nicht, dass du etwas Besseres bist. Das bist du nämlich ganz und gar nicht.«

»Danke, Mutter, das hilft mir sehr.«

Ich starre immer noch zur Decke hoch zum Kronleuchter, wische mir über die Augen und schmiere meine Kajalreste sorglos auf dem fliederfarbenen Designersofa ab.

»Du hast nie einen Mann halten können, Melanie. Im

Gegensatz zu allen Frauen heute Abend hier. Gibt dir das nicht zu denken? Was nützt dir dein toller Job, vielleicht sind die anderen am Ende doch intelligenter als du.«

»Gut, war es das? Ich fahre heute Abend noch nach Hause.«

»Mit wem und warum?« Mutter wirkt überrascht.

»Weil ich euch zum Kotzen finde, schon mal daran gedacht?«

Mit einem Ruck stehe ich auf. Würde Maria nicht die Pflegerin und ihre Wohnung bezahlen, würde Mutter Flaschen sammeln müssen. Aber das sage ich nicht laut. Altwerden ist tragisch, Altsein ist abstoßend. Ich habe das Gefühl, dass, wenn ich mit Mutter spreche, auch die letzte fruchtbare Eizelle in mir den Kältetod stirbt. Außerdem hasse ich es, dass sie mich provoziert und ich dann gemeine Dinge sage. Ich habe etwas getrunken und sie auch. Niemand lässt mich so leicht meine Selbstbeherrschung verlieren, keine kann das so gut wie Mutter, ihre Kritik ist so unverschämt, so grundsätzlich. Ratgeber über Mütter und Töchter können mir hier nicht helfen, es gibt Momente, da würde ich sie kaltblütig von der Klippe schubsen und danach Kuchen mit Schlag essen gehen.

Ich gehe in die Küche, wo um den Küchenblock herum Lena und Edith stehen, zwei Freundinnen meiner Schwester in den Fünfzigern. Sie haben wenigstens die Gelassenheit zu trinken. Ich hole Limoncello aus dem obersten Regal. Die Flasche ist noch geschlossen, ich drehe sie mit einem Ruck auf. Lena spült drei Gläser im Waschbecken mit den Messingarmaturen. Ihr Mann Thomas ist ein Brötchen und immer höflich und freundlich. Ich glaube nicht, dass er sie betrügt. Wir sprechen kurz über Botox, dann über Thomas Bernhard, am Ende landen wir wie immer bei den Kindern, dann bei den Männern. Wir umschiffen das Unsagbare. In Konversationen mit lange verheirateten Frauen ist ihr Sexleben ein Tabu, dafür ist meines Klatschthema. Einmal, vor vielen Jahren, habe ich mich getraut und Lena gefragt, wie es denn bei ihr so laufe.

»Die Sorgen, die wir haben, werden sich nicht ändern, nur weil ich mit anderen darüber rede, weißt du, Melanie«, hatte sie gesagt. Und damit das Thema für immer beerdigt. Der Limoncello treibt meinen nachlassenden Alkoholpegel wieder in die Höhe. Auf einmal erstarre ich, durch die geschlossene Terrassentür sehe ich meinen Ex-Mann.

»Laurent, Laurent ist hier«, sage ich unüberlegt laut.

Lena blickt jetzt auch in Richtung Terrassentür.

»Offenbar. Maria hat ihn wohl mit seiner Frau eingeladen.«

Mir steht der Mund offen.

Da steht er also, angelehnt an einen weißen Pfosten von Marias Südstaaten-Veranda, wie immer ein bauchiges Glas Rotwein in der Hand. Wir haben uns drei Jahre nicht gesehen. Laurent Meier und seine junge Frau Olga, eine polnische Gelegenheitsschauspielerin. Laurents Haar ist schütterer geworden, er trägt immer noch die gleichen Hemden und einen dunkelblauen Cashmere-Pullover. Solche, die so weich sind, dass man Lust hat, den Menschen, die sie tragen, über den Rücken zu streichen oder sie gleich feste zu umarmen. Ich kann nichts tun, außer ihn anzustarren. Der Alkohol macht mich völlig schamlos.

Ich hätte ihn bis zu Ende geliebt. Hätte seine Affären brav ausgehalten, um dann im Alter zärtlicher und wieder zugänglicher zu werden, mich mit morschen Knochen und weißen Haaren über ihn gebeugt und mich ihm hingegeben und seine transparent werdende Haut mit Küssen bedeckt und nachts seinen Kopf und sein Gesicht gestreichelt. Doch Laurent hat eine andere Frau auserkoren, ihn in seinen Lebensabend zu begleiten. Eine andere, eine jüngere – der Klassiker. Er sieht das anders, das weiß ich, im Grunde interessiert er sich aber nur für sich selbst.

Zehn Jahre waren wir verheiratet, er hatte Mona kennengelernt, als sie acht Jahre alt war. Und nach drei Jahren zaghafter Annäherung zwischen den beiden war schließlich eine innige Beziehung entstanden. Ich sehe sie noch, wie sie sich ihm jeden Abend, wenn er nach Hause kam, in die Arme wirft. Für Mona hatte er das Zöpfeflechten gelernt. Das Pfannkuchenbacken. Seine penible Ordnung verlernt. Die Liebe zwischen den beiden, Laurent hatte sie sich ehrlich verdient. Er war in mein Leben und in Monas gekommen, ruhig dasitzend, ohne sich anzubiedern, ohne den *Fun-Dad* zu spielen – und hatte Monas Herz mit Beständigkeit, Zuverlässigkeit, seinem festen Händedruck erobert. Anders als ihr leiblicher Vater, den sie nur zweimal im Jahr, wenn er in München war, auf ein Eis am Viktualienmarkt traf.

Durch die Fensterscheibe kann ich sehen, wie Laurent seine Hand auf Olgas Hintern legt. Ich schaue sofort weg. Plötzlich bin ich nüchtern oder zumindest etwas in der Art. Ich will eigentlich los, es ist halb zehn, genug Zeit, um noch vor Mitternacht in München zu sein. Ich verabschiede mich schnell von Lena und Edith, suche meine Sachen zusammen, rufe mir ein Taxi und nehme dann den Ausgang über die Terrasse, sodass ich an Laurent vorbeikomme.

Draußen ist es jetzt angenehm warm, eine dieser lauen

Sommernächte, ich hole tief Luft und merke, wie mein Herz klopft. Seit Laurent die letzte Kiste Wein ins Auto geladen hat, habe ich ihn nicht mehr gesehen. Dann war er weg. Er hat kaum noch angerufen, ein letztes Mal noch an Monas 18. Geburtstag. Keine Ahnung, ob die beiden noch Kontakt haben.

Es hat eine Weile gedauert, bis ich kapiert habe, dass ich nie wieder ohne Wehmut sein würde. Seine letzten Sachen habe ich scheinbar achtlos in einem offenen Pappkarton auf die Straße gestellt, aber in Schwabing hat sich niemand für ein paar Krawatten, eine Bettleuchte und ein Dutzend DVDs interessiert, sodass ich über Tage zusehen musste, wie der Karton weiter vor unserer Haustür stand. Schließlich regnete es in Strömen, und ich musste ihn nass triefend mit allen Sachen in den großen schwarzen Müllcontainer entsorgen.

»Melanie, hallo!«

Laurent wird steif wie ein Brett, als er mich sieht. Er und Olga stehen in einer Runde von Männern. Olga lächelt süß, als wollte sie seine unpersönliche Art ausgleichen. Es ist klar, dass ich jetzt nicht den echten Laurent kriege, nur den durchinszenierten, den Werbeprofi aus der Galerie. Er spricht mit mir wie mit einem Kunden oder Käufer.

»Alles gut, wie läuft's, was macht die Redaktion?«

Sein Versuch, locker zu sein, ist mir peinlich.

»Hallo, Olga«, sage ich. Wir begrüßen uns mit zwei Wangenküssen. Die nächsten Minuten vergehen wie im Rausch.

»Gut, super, wie immer viel zu tun, trotz Printkrise. Werner geht es gut, Chérie auch. Seid ihr noch in Bogenhausen?«

Laurent und Olga blicken sich kurz an.

»Nein, wir bauen hier nebenan am Starnberger See. Deswegen sind wir vorbeigekommen. Ich werde sozusagen Vater.«

Ich blicke auf Olgas Bauch, auf die leichte Wölbung. Er wird mit sechzig Jahren Vater, ich komme in die Wechseljahre. Mit mir wollte er keine Kinder, zumindest nicht damals, wahrscheinlich hätte ich ihn in die Entscheidung hineinzwingen müssen, vielleicht wären wir dann heute noch zusammen.

»Wow, Glückwunsch, ich gratuliere euch.«

Ich umarme Olga fest. Unter Schock funktioniere ich am besten, ich spiele die faire, ausgeglichene Ex-Frau trotz Alkoholpegel sehr, sehr gut. Innerlich zittere ich, habe ein Ziehen im Hals.

»Wann ist es denn so weit?«, höre ich mich sagen. Jetzt redet nur noch Olga, vom Hausbau, vom Geburtstermin im kommenden Januar, ich höre sie, als würde sie in einem Nebenraum sprechen. Ich sehe aus dem Augenwinkel, wie sich Laurent von mir abgewendet hat zu einem der Weißkopfadler, sein Desinteresse an mir erscheint mir wie die maximale Verachtung. Ich könnte jetzt etwas Provokatives sagen, die Runde sprengen, aber mittlerweile bin ich nicht mehr das junge, exaltierte Ding, sondern die nervige frustrierte Alte. Also höre ich Olga geduldig zu, die immerhin höflich genug ist, freundlich und offen mit mir zu sprechen, vermutlich nutzt sie einfach die Gelegenheit und übt ihren Part als harmonieschaffende Hausfrau.

Eine Villa am Starnberger See ist mehr, als sie sich jemals hätte erträumen können. Als Laurent sie kennenlernte, drehte sie sich ihre Zigaretten selbst und stand kurz vor der Prostitution. Sie müssen sich auf einer der zahllosen Ausstellungseröffnungen kennengelernt haben. Sie in einem kurzen schwarzen Fransenkleid, es ist jedenfalls das erste Bild von ihr, das ich auf seinem Handy damals entdeckte. Es hat mich einige Mühe gekostet, den Code herauszufinden, am Ende war es der seines Laptops. Nach nur wenigen Wochen kam er immer später nach Hause, irgendwann gar nicht mehr.

Ich arbeitete zu der Zeit viel an einem neuen Sonntagszeitungsformat und widmete dem wenig Aufmerksamkeit, ehrlich gesagt hatte ich nach zehn Jahren auch einfach Vertrauen. Kurze Zeit später war durch meine Unachtsamkeit eine Tür zugefallen. Laurent zog aus, ohne dass wir darüber gesprochen hätten, wie ich die hohe Miete alleine aufbringen sollte. Ein halbes Jahr später reichte er die Scheidung ein, sechs Monate später war er wieder verheiratet. Es gibt Dinge, von denen man sich nicht erholt. Wozu auch?

Nun holt er also die Kinder nach, die er mit mir nicht bekommen wollte oder konnte. Denn ich hätte mich nie gegen eine Karriere entschieden, vielleicht war deshalb auch alles meine eigene Schuld, vielleicht hätte ich für Laurent einfach mehr Ehefrau sein müssen, es zumindest anbieten. Vielleicht hätte ich weicher sein müssen.

Da er sich nicht mehr umdreht, verabschiede ich mich von Olga und gehe hinaus in die Dunkelheit. Vor dem Haus wartet mein Taxi. Die Fahrt über die Autobahn tut mir gut, ich sortiere meine Gedanken. Ich werde das Gefühl nicht zulassen, wertlos und abgeschrieben zu sein. Wenn ich aufhöre zu lächeln, werden auf meiner Bühne die Lichter ausgehen. Aber nicht vorher. »Stopp!«, sage immer noch ich. Bislang habe ich im Leben immer ausgeharrt, bis wieder bessere Zeiten kamen, bis die Verletzungen abgeheilt waren. Je älter ich werde, desto länger dauert der Wundheilungsprozess, aber unmöglich ist er noch nicht.

Als mich die Lichter der Großstadt auf dem Mittleren Ring am Luise-Kiesselbach-Platz umfangen und wir nach Schwabing reinfahren, wo die Menschen am Sonntagabend noch auf den Straßen unterwegs sind, weil es eine lauwarme Sommernacht ist, als ich den Geruch von Benzin und Kanalisation durch das halb offene Fenster wahrnehme, bitte ich den Fahrer anzuhalten. Ich bin erleichtert, noch ein letztes Glas Wein in der *Bar Giornale* zu bekommen, in meinem Kleid nicht fehl am Platze zu sein und drei Zigaretten zu rauchen, eine Sache, die die Starnberg Wives nie machen würden: sich allein in das Außencafé einer Bar setzen. Noch weniger als meine Perspektivlosigkeit ertrage ich ihre zufriedene Langeweile. Ich spüre, dass ich meine Tage bekomme. Ich weiß, dass es das letzte Mal ist.

Kapitel 5

Muttermilch

Meine Mutter verbrachte den größten Teil ihres Lebens in Zeiten, als Sex mit Minderjährigen noch nicht grundsätzlich als missbräuchlich galt, Rassismus ganz offen über den Nachbarszaun gelebt wurde und Koks legal war. Meine Eltern wohnten in Grasbrunn, einer Gemeinde, die eine Stunde vom Stadtzentrum Münchens entfernt liegt. Das war eine Gegend mit langen Spielstraßen und Satteldachhäusern, deren Dachziegel bräunlich verwittert waren, Türkränzen und sauber gefegten Einfahrten. Grasbrunn war ein Viertel, in dem sich die Frauen der mittleren Einkommensschicht einmal die Woche Lockenwickler in die Haare drehten und sich mit einer selbst angemischten Intensivtönung aus Henna in ihrem fensterlosen Badezimmer mit eiergelben Fliesen die Haaransätze nachfärbten, um anschließend stundenlang mit Lockenwicklern durch die Wohnung zu laufen. Das galt als normal, nicht als sparsam. Frauen hüteten die Kinder, machten den Haushalt, kümmerten sich um die abstehenden Äste im Garten, um alles, was Gerhard Schröder zwei Jahrzehnte später als Gedöns beschreiben sollte.

Die Siebzigerjahre in Grasbrunn. Rudi Völler trug noch

Minipli, und Helmut Schmidt war Kettenraucher und Kanzler. Wenig später verdiente Jane Fonda mit Aerobic Millionen, jede Frau um die dreißig Jahre hatte ihr Buch im Schrank. Mein Vater fuhr einen alten Volvo und wählte ab 1980 die Grünen; wenn er ein Loch in der Socke hatte, wurde dies gestopft. Unterhosen trug er mehrere Tage, weil das gut für die Umwelt ist, sagte er. Das Ozonloch galt noch als Verschwörungstheorie kommunistischer Spinner, Physiker wie ihm. Meine Eltern trennten Müll und zweitverwerteten Eierkartons zum Basteln, lange bevor Recycling ein öffentliches Thema wurde. Sie heizten sparsam und aßen Roggenbrot statt Knack-und-Back-Croissants, schnitten die Scheiben so dünn, dass der kaltgeschleuderte Honig das Brot beim Beschmieren bis in die Kruste komplett verklebte. Unsere Spülmaschine war fünfzehn Jahre alt, als sie völlig verkalkt den Geist aufgab. Danach blieb sie da einfach unrepariert stehen, als unnützer Hausrat in der Küchenzeile, und meine Eltern spülten abwechselnd gleichberechtigt (aber sie viel mehr als er) mit der Hand.

Meine Mutter hob ihre bunten Lockenwickler in verschiedenen Größen in einem Koffer aus geflochtenem Stroh auf, den sie in einem Dritte-Welt-Laden in Schwabing gekauft hatte. Der Strohkoffer stand auf der Waschmaschine und durfte unter keinen Umständen von Kinderhänden angefasst werden. Hausfrauen wie sie, die mit einem Ingenieur und Physiker verheiratet waren, hatten keinen Zugang zur Oberschicht. Das Prinzip der Klassenmobilität durch soziale Kontakte und Selbstpräsentation funktionierte ohne Instagram noch nicht.

Doch je besser die Haare der Frauen frisiert waren – als würden sie gerade von einem Coiffeur aus Paris kommen –

und je besser sie sich kleideten, desto höher waren ihre Chancen im München der Achtziger, als wohlhabend wahrgenommen und beneidet zu werden. Das wusste meine Mutter. Und so trug sie ihren einzigen Diamanten stets an einer Kette um den Hals, ihre Perlenohrringe und ihre Longchamp-Tasche selbstbewusst mit sich durch die Innenstadt.

An den Freitagen und Samstagen musste ich sie begleiten, wenn sie nur einmal durch die Geschäfte schauen wollte. Sie trug dann ihre feinsten Sachen. Strumpfhosen, einen kurzen schwarzen Rock, einen gestrickten Wollmantel mit goldenen Knöpfen von Hallhuber, lange Lederhandschuhe von Roeckl. Ihre Haare onduliert und zurückgesteckt mit Haarklammern am Kopf. Meine Mutter galt für das damalige Schönheitsideal als schlank, heute würde sie mit ihrem leichten Bauchansatz, ihren großen Brüsten nicht mehr als dünn durchgehen, sondern als sehr weiblich.

Sie hatte aber eine perfekt geschwungene Silhouette, weil das Verhältnis zwischen ihrer Brust und ihrem Po stimmte, also beide gleich breit waren.

In der Stadt ging es meiner Mutter gar nicht darum, etwas zu kaufen, sondern mehr, sich sehen zu lassen, sich, was das Angebot im Kaufhaus Hertie anging, auf den neuesten Stand zu bringen. Viel Haushaltsgeld hatte sie nicht, also war ein echter Kauf, ein Gang mit einem Teil bis zur Kasse, ohnehin nur alle vier Wochen möglich. Berufstätig sein und nach Lust und Laune oder bei Frust das eigene Konto überziehen – das kannte meine Mutter nicht. Bei unseren Stadtbummeln gab sie die Marschroute und die Regeln vor. Sie durfte jedes Teil auf den kreisrunden Kleiderstangen anfassen, ich keines.

»Ich habe Durst«, beschwerte ich mich oft. Nach zwei Stunden langweilte ich mich.

»Wir trinken etwas, wenn wir wieder zu Hause sind.«

»Ich muss auf Toilette.«

»Daheim, die hier sind viel zu schmutzig. Keiner wäscht sich die Hände. Ekelhaft ist das.«

Mutter und Tochter Moosburger – wir konnten kein Geld ausgeben, wir gingen nicht aus, wir konnten nur etwas darstellen, indem wir uns beim Samstagsshopping am Marienplatz sehen ließen. »Es ist zur Freude der Augen«, pflegte meine Mutter zu wiederholen. Sie sagte es auf Französisch: »*C'est pour le plaisir des yeux.*« Es klang nicht nach Freude. Widerstand gegen dieses sinnlose Ritual war absolut zwecklos.

Ich wusste natürlich immer, wann ich die Geduldsgrenze meiner Mutter überschritten hatte, unter ihrem bösen Blick zerfiel ich zu Asche. Das hatte ich recht früh erfahren. Zum Beispiel wenn ich als Siebenjährige versehentlich ans Telefon gegangen war und dann vergessen hatte, sie über den Anruf ihrer besten Freundin zu informieren; wenn mein Übungsheft zu viele Eselsohren hatte und voller Bleistiftschmierereien war, schlug sie mir mit der flachen Hand auf die Wange.

Oder auf den Po.

Zog mich am Ohr oder riss mich an den Haaren, so wie sie es wohl von ihrer Mutter kannte. Einmal war es mir eingefallen, in alten Fotos meines Vaters zu kramen. Als sie mich mit dem alten Schuhkarton am Boden – ich ging noch in die Grundschule –, Dutzende Bilder um mich herum, erwischte, drohte sie mir mal wieder mit Schlägen, aber dann hatte sie eine bessere Idee.

»Warte nur, bis dein Vater nach Hause kommt, du kleine Pest«, rief sie mir beim Verlassen des Zimmers zu. Seine Schläge taten mehr weh als ihre.

Mein Gesicht in den Händen meiner Eltern – wie unter Leuchtröhren wechselte es seine Farbe von Rot zu Rosa zu Gelb. Es ist eine Kunst, sein Kind so zu schlagen, dass am nächsten Tag keine Striemen oder, schlimmer noch, blaue Flecken bleiben. Meine Eltern beherrschten diese Kunst beide.

Meine Mutter ist Französin, sie kam mit Anfang zwanzig nach Deutschland, weil sie meinem Vater der Liebe wegen gefolgt war. Die beiden heirateten mit Ende zwanzig in München-Schwabing standesamtlich. Die Übersetzung ihrer Dokumente hatte ein Vermögen gekostet, das erzählten meine Eltern oft, sodass die kirchliche Trauung zum Leidwesen meiner deutschen Großeltern ausfallen musste. Aufgeschoben, nie nachgeholt.

Für meine Mutter war es fortan eine Strafe, in Deutschland zu leben. Postfaschistisch war im Zusammenhang mit der Bundesrepublik ihr Lieblingswort. Dass Frauen aus Frankreich für ältere Kriegsveteranen im Flüsterton noch »die Huren aus Paris« waren, machte ihr Leben gewiss nicht einfacher.

Sie verachtete Worte wie Bescherung, Mülltrennung, Endlager, AKW und Autobahn und lag mit meiner deutschen Großmutter, die das Bad und die Küche Pril-Blumensauber hielt, immer im Clinch. Deutsche waren im Selbstverständnis meiner Mutter nie vertrauenswürdig, sondern gerissen.

Der Obsthändler – ein notgeiler Plauderer.

Der Postbeamte – ein unverschämter Spießer.

Polizisten – grundsätzlich alte Nazis.

Deutsche Mütter – selbstgerechte Frauen mit dickem Po.

»Hast du die gesehen, die isst bestimmt mehr als zwei Würstchen mittags«, sagte meine Mutter einmal, als sie mir auf dem Nachhauseweg mal wieder den Rest von meinem Leberwurstschulbrot verweigerte. »Reiß dich zusammen, Melanie! Wir essen gleich zu Abend.«

Neben meinem Vater, einem stolzen, groß gewachsenen Mann mit dichten bayerischen Männerlocken bis in den Nacken, war ich die zweitgrößte Zumutung in ihrem Leben. Nie fleißig genug, nie gut genug angezogen, die meiste Zeit sollte ich sie nicht von wichtigen Dingen wie Zeitschriftenlesen, Einkaufengehen an Freitagen und Samstagen oder Kochen abhalten. Wenn sie mit einem anderen Erwachsenen redete, hatte ich Sendepause. Redete ich, verbrannte ich bei lebendigem Leib unter ihren glutroten Augen.

Als Schulkind sollte ich dann das Märchen von einem möglichen sozialen Aufstieg verkörpern und leben. Ich trug einen rosa Janker, schwarze Lackschuhe und einen Plisseerock. Meine glatten blonden Haare schnitt meine Mutter mir ungefragt und stets zur Ponyfrisur auf Schulterlänge. Flehentliche Bitten meinerseits, mal eine Hose anziehen zu dürfen, um weniger unter den Mitschülern aufzufallen, wurden kategorisch ignoriert. Ich habe früh gelernt, Kleidungsstücke und Anweisungen stoisch anzunehmen.

Und was machte ich ihr doch für Mühe! Das frühe Aufstehen, das Mehr an Wäsche, der Verzicht auf ein Berufsleben, auf Treffen mit Freunden. Der Mutterrolle ordnete sie alles unter. Mutterschaft war für sie wie eine kaschierende Creme, der gefallene Vorhang ihrer eigenen verpassten Chancen und Möglichkeiten – schuld waren die Kinder, also vor allem ich. Meine zehn Jahre ältere Schwester lief einfach so mit.

Und das ließ sie mich nicht nur spüren, sie sagte auch: »Ich muss mich halt um dich kümmern, ja was soll ich denn machen, ohne meine Familie, die ist in Frankreich, die haben sich, haben es besser. Und jetzt hör auf, an deinen Nägeln zu kauen, Schluss mit den Erdnüssen, davon bekommst du schlechte Haut.«

Süßigkeiten kannte ich nur aus der Werbung, Toffees, Gummibärchen, Schaumküsse waren für Asoziale, Menschen, denen ihr Leben schon vor der Jogginghose entglitten war. Solche, die im Wohnzimmer rauchten und eine dieser Snackschubladen im Wohnzimmerschrank hatten.

Aber der Alltag mit mir hielt für meine Mutter auch kleine Lichtblicke bereit. Mit ihrer französischen Freundin Monique genoss sie den Austausch am Schultor über ihre misslungenen Schulkinder, wir gingen in die zweite Klasse. Monique hatte einen Sohn namens Christoph, der auffallend hübsch war und von seiner Mutter ebenso schick angezogen wurde (weißes Hemd, blauer Pullunder) wie ich.

»Ich frage mich immer, wie ich das Wissen in diesen Betonkopf einhämmern soll, es hat keinen Sinn«, klagte Monique. Während sie das sagte, klopfte sie ihrem siebenjährigen Sohn, der neben ihr stand, mit der Faust gegen die Schläfe. »Und jetzt steht auch noch Legasthenie im Raum, ich könnte nur noch heulen.«

»Ich habe aufgegeben, Melanie geht morgens vor der ersten Stunde in den Förderunterricht. Das ist ihre letzte Chance«, erwiderte meine Mutter seufzend.

Abends zwang meine Mutter mich, in einem Übungsheft mit einem Bleistift alles vorzuschreiben, bevor ich die Hausaufgaben in das Schulheft übertragen durfte. Ich erinnere mich an den Schein der viel zu hellen Nachttischlampe auf das Kästchenpapier spät am Abend. Meine Augen brannten.

»Nein, du dumme Gans, hier schau, die ganze Reihe ist falsch. Wegradieren!«

Mir die Aufgaben zu erklären, hielt Mutter für überflüssig, ich sollte es so begreifen. Und an meine strebsamen, folgsamen Cousinen in Frankreich denken.

»Ich verstehe auch nicht, was ich mit dir falsch gemacht habe.«

Es gab keinen Tag im Leben meiner Mutter, an dem sie sich nicht ausgemalt hätte, wie es gewesen wäre, wenn sie bei ihrer Familie in Frankreich geblieben wäre. Deutschland war ihr Exil, meine Schwester und ich nur das Pfand, das sie daran hinderte, sofort ihre Sachen zu packen. Jeder Abstand zu den Deutschen war ihr recht. Sie meldete mich in der französischen Ballettschule an, kochte ausschließlich Gerichte ihrer Kindheit wie pampige Gemüsesuppen und Hühnchen à la crème. Jedes verlängerte Wochenende war für sie ein willkommener Anlass für die Flucht ins Heimatland, in ein Dorf im Norden Frankreichs, wo über mehrere Kilometer öder Landschaft der Tirache verteilt ihre Familie lebte. Mit meiner Schwester saß ich dort jeden sumpfig-heißen Sommer die Zeit in verwilderten Gärten an Tümpeln tot, wo wir uns beim permanenten Surren der Libellen und Mücken gegenseitig von den süßen Jungs in unseren Klassen erzählten.

Mit zwölf Jahren war ich dann die Erste, die verstand, dass mein Vater nicht wiederkommen, sondern sich mit einer fünfzehn Jahre jüngeren Frau ein neues Leben aufbauen würde.

Meine Mutter galt schon Jahre zuvor als depressiv, jetzt schleppte sie sich durch. Hielt sich nach einer angemessenen Trauerphase von einem Jahr nach ihrer Scheidung einen Freund, um es nicht mit sich selbst aushalten zu müssen. Jedes Mal, wenn Rüdiger uns besuchte, ließ er mehrere Hundertmarkscheine auf dem Küchentisch liegen. Ihre Treffen mit ihm hatten einen Geschmack von milder Prostitution, ohne dass ich als Jugendliche das korrekte Wort dafür kannte. Wir lebten zu dritt in einer Wohnung eines Mehrfamilienhauses, die zu klein für unsere Möbel aus dem ehemaligen Familienhaus waren. Der Kiefernholztisch stand asymmetrisch im Raum. Die Küche hatte nur zwei kleine Fenster im oberen Drittel der Wand, die zum Lüften vorgesehen waren. Die Katze, die einst den Garten geliebt hatte, brachten wir jeden Tag durch das Treppenhaus vier Etagen runter und abends wieder hoch.

Für meine Schwester und mich schien sich Rüdiger nicht sonderlich zu interessieren, ein einziges Mal gingen wir mit meiner Mutter und ihm Waffeln mit Kirschen und Sahne im Dallmayr essen.

»Wie soll ich jetzt nach Frankreich zurückgehen, ihr seid doch noch in der Schule. Soll ich euch aus eurer gewohnten Umgebung rausreißen? Wollt ihr euren Vater nie wiedersehen? Ich könnte ja, aber das mache ich nicht«, sagte sie oft zu uns.

Vor dem Scheidungsrichter kämpfte sie erbittert um das alleinige Sorgerecht für Maria und mich, hat mir mein Vater später einmal erzählt.

Zu Hause war unser Heranwachsen permanenter Anlass

zum Spott. Meine Pubertät schien meine Mutter anzuwidern.

»Iiih, wie du dir die Augenbrauen gezupft hast. Schrecklich, deine Krallen. Uhh, und dafür nehmen sie im Nagelstudio Geld«, rief sie laut.

Als ich mir mit sechzehn Jahren den Bauch piercen ließ, weinte Mutter laut. »Komm, komm, wir gehen jetzt zum Arzt und lassen es entfernen.« Sie kreischte förmlich durchs Badezimmer. Mein erster Freund Richard, heute ein Anwalt in Bogenhausen, war ihr zu dick.

»Wie ein Schwein«, urteilte meine Mutter. Wenn wir allerdings Streit hatten, war er ihr gerade noch gut genug, mich zu demütigen.

»Ja, du bist halt eine Hexe, kein Wunder, dass dir die Männer weglaufen.«

Als ich mit Anfang zwanzig Mutter wurde, hatte sich der Typ Gott sei Dank schon im vierten Monat der Schwangerschaft aus meinem Leben verabschiedet. Gerade noch rechtzeitig, um den Beleidigungen zu entgehen. Ich besuchte damals die Journalistenschule in München, wohnte noch bei Mutter und war ein weiteres Mal für sie ein gefundenes Fressen.

»Deine Großtante Henriette hat sich damals auf dem Dachboden aufgehängt. Damals wurde man als Frau nicht alleine schwanger.« Vor ihren Freundinnen gab sie dagegen die tadellose Feministin.

»Melanie und ich werden das Baby zusammen großziehen, sie muss ja zur Schule. Nicht auszudenken, wie viel Geld ich schon in ihre Ausbildung gesteckt habe. Das soll nicht umsonst gewesen sein.«

Das winzige Mona-Baby verhätschelte sie, ich dagegen bekam so viel Zuwendung wie eine ungeschickte Amme.

»Los, dein Kind weint, steh auf!«, rief sie durch die Wohnung. Verzweifelt versuchte ich, Mona zu beruhigen, die wie ein rotes, wundes Päckchen brüllend auf meinem Schoß lag, und wusste nicht weiter. Wenn wir dagegen mit dem Kinderwagen im Park unterwegs waren oder in *Kay's Bistro* zu Mittag aßen, gab es wieder Grund zum Angeben.

»Sie ist zauberhaft, die Kleine. Melanie und ich bekommen sie schon groß«, erzählte sie unseren Bekannten bei Erdbeersekt und dem Salat von der Tageskarte.

Auf der Abschlussfeier an der Journalistenschule hielt ich vor allen Absolventen, deren Familien und den Professoren die Rede. Mutter trug an diesem Tag einen violetten Samtrock mit passendem Jackett von Jil Sander. Sie sah gut aus. Mona war an diesem Tag genau zwei Jahre alt geworden und schlief an der Schulter ihrer Großmutter.

»Also lange kann ich sie nicht mehr halten, der Arm wird mir schwer«, rief sie mir auf dem Weg zum Rednerpult nach. Ich sprach hektisch, verhaspelte mich zweimal, schwitzte. Mutters Blick durchbohrte mich, als wäre sie kurz davor, von ihrem Platz aufzuspringen und mir das Kind in die Arme zu drücken. Mutters süße Milch, sie hatte immer eine giftige Note.

Am Abend der Abschlussfeier war mir dann klar geworden, dass ich das Band zwischen Mutter und mir, die Nabelschnur also, kappen musste. Ich zog bei ihr in Schwabing aus, sie krümmte keinen Finger, als ich meine Kartons die sechs Etagen aus ihrer Altbauwohnung hinuntertrug. Ich entschied mich für Georg, einen schratigen Redaktionskollegen. Nach der Journalistenschule hatten Georg und ich

Jobs bei derselben Zeitung bekommen, er war Hauptmieter einer Eigentumswohnung im Glockenbachviertel, die seinen Eltern gehörte, und er vermietete ein Zimmer unter, als WG. So waren es auf einmal Mona, Georg und ich. Georg war ebenso wie Holger, Monas Vater, ein strammer Schwabe, ein guter Kerl, der sich bemühte, es allen recht zu machen. Er hatte ein wahnsinniges Sendungsbewusstsein, aber nichts zu sagen. Trotzdem verstanden wir uns.

Wenn ich länger arbeiten musste, löste er die Babysitterin ab, badete Mona, legte sie in ihr Kinderbettchen und knipste das Sternenmobile an. Ich habe ihn nie in mein Bett gelassen, obwohl wir eine gute Familie abgegeben hätten. Meine Mutter tobte.

»Dass du einen fremden Mann so nah an dein Kind ranlässt. Aber dein Verantwortungsbewusstsein gegenüber deiner Tochter war ohnehin nie ausgeprägt. Was? Schau nicht so. Ich mache mir halt Sorgen um mein einziges Enkelkind.«

Mittlerweile ging Mutter steil auf die sechzig zu, es ärgerte sie zunehmend, ihren Körper nicht mehr im Griff zu haben. Ihre Prada-Bluse aus Seide passte nicht mehr, die Knöpfe spannten. In viele Pumps kam sie nicht mehr hinein.

»Ich fahre jetzt in Urlaub, und danach mache ich ein Bleaching.«

»Ein Lifting meiner Brust.«

»Eine Beauty-Kur in Vichy.«

»Dann lasse ich mir die Haare wachsen und färbe sie dunkelbraun.«

»Im Januar mache ich eine Diät.«

»Und fange mit Yoga an.«

In ihr drinnen nagte es. Dass angesichts ihrer verblühenden Schönheit ihre Gemeinheiten nachließen, besorgte mich jetzt fast.

Ich war Mitte dreißig, sie fünfundsechzig Jahre alt, Mona ein Teenager – auf einmal brauchte sie uns, wir sie aber nicht mehr.

Und die Rolle der Oma lag ihr nicht so.

Ich hatte das Verblassen meiner Mutter genossen und war die soziale Leiter in großen Schritten hinaufgestiegen.

Weil Mona mit zwölf Jahren alleine bleiben konnte, mittlerweile wohnten wir zu zweit, ging ich wieder aus. Auf Cocktailpartys, zu Vernissagen, Hochzeiten und Gartenfeten, bei denen das Käfer-Fingerfood auf silbernen Tabletts zirkulierte. Bei solchen Anlässen stach ich mit meinen Designer-Minikleidern, meinen Catsuits aus einer Masse mit schlaffen Unterarmen in Abendkleidern zuverlässig heraus. Mutter hatte mich das Hungern für die Figur mit der Muttermilch gelehrt, jetzt zahlte es sich aus. Ich glänzte als französisch und jung geblieben. Meine Haut hatte noch eine hervorragende Spannkraft, meine Kleidung war stets *spotless* und elegant.

Ich war nie weit gereist, doch sehr belesen und taktisch in der Konversation. Direkte Fragen mied ich, ich beherrschte den Small Talk wie sonst nur Jazz Johnson.

Frage nie nach Beruf oder Visitenkarte, nach Beziehungsstatus oder Vermögen, sondern finde es im Gespräch heraus. Es gibt so viele höfliche Wege, unverschämt zu sein. Lasse dich nie bei einer Lüge ertappen, sondern flunkere so, dass es nicht nachvollziehbar ist. Wenn du noch nie in Indonesien warst, aber die Konversation darum geht, erzähl, dass du Bali immer als einen magischen Ort empfunden hast. Wenn dann jemand in der Runde genauer nachfragt, erzähle, dass du mit deiner Großmutter im Alter von acht Jahren auf einer Kreuzfahrt warst. Wenn du dir keinen Kaffee leisten kannst, sag: »Oh, ich habe heute schon drei Lattes getrunken.« Verteile Komplimente, hilf beim Aufräumen, wenn ein Glas runterfällt, erinnere die hohen Tiere an ihre brillanten Sätze, die sie natürlich nie gesagt haben.

Weltreisende Grannys, Galanterie und Verachtung, ein gut gepflegtes Designer-Täschchen von Chanel (ein Erbstück, wie ich behauptete), ich fakte mich durch.

Am Ende der Partyjahre traf ich Laurent. Er war der Typ, der neureich geboren war und keine Manieren hatte. Der ohne Scham alle Cashews aus dem Schälchen mit der Edelnussmischung für sich aussortierte. Den Brotkorb im Restaurant leer aß. Die kleinen Handtücher aus dem Poolbereich mitgehen ließ. Seinen Porsche im Halteverbot abstellte. Fickte und ejakulierte, ohne zu fragen, ob die Frau gekommen war. In die Dusche pinkelte. Und niemals putzte. Oder etwas wegräumte, weil er nie ohne Hauspersonal gelebt hatte.

Meine Mutter identifizierte Laurent sofort als echten Mann. Mütter der Siebzigerjahre sind die schwarzen Reiter des Patriarchats.

Laurent redete viel, die Hälfte davon stimmte, vor allem aber überzeugte sein Charme, mit dem er Halbwahrheiten und Komplimente kugelrund lutschen konnte. Mutter hing an seinen Lippen. Und Laurent mir am Hintern. Es gab nie jemand Besseren als mich, innerhalb von Tagen, nachdem er mich das erste Mal bei seiner Vernissage gesehen hatte, war ich seine Lichtquelle, um die alles kreiste. Sein Flittchen im Bett, er schob mich an meinem Po durch Menschenmengen, stellte mich stolz allen wichtigen Leuten vor.

»Das ist Melanie, Feuilletonchefin der *Münchner Zeitung*. Fürchtet sie, bewundert sie.«

Mutter tat ein Übriges, mir Laurent heiß zu reden. Dass ich einen Mann in meinem Leben brauche. Der mich schützt. Der es mir besorgt. Der mich erst vollständig macht. Der mich von der Schande befreit. Mutter gab mir Tipps. Wie ich ihn umschmeicheln sollte. Mit sanfter Stimme sollte ich reden. Nicht so rechthaberisch sein. Fröhlich, flirtend. Ein bisschen kochen, vielleicht Trennkost. Mutter sehnte sich in meine Beziehung hinein.

Sie ging auf die siebzig zu, einen Mann hatte sie nie wieder gefunden. Ein Teil von ihr trauerte wohl meinem Vater nach, der längst neu verheiratet war und in Tirol lebte. Mutter drehte immer noch ihre Lockenwickler, doch ihre Haare waren nach Jahren des Färbens weniger und dünner geworden. Sie nahm weiter zu, ihr Wollmantel mit den goldenen Knöpfen wurde von ihrem Körper geformt.

Laurent und ich heirateten. Mona begleitete uns auf Hochzeitsreise, sie war vierzehn Jahre alt. Auf den Malediven hörte sie iPod und schaute tagsüber stumm aufs Meer. Ich verlor meine Mutter aus den Augen. Ich war so glücklich und versuchte, es wie die Kinder zu halten, die sich bewusst von ihren Eltern entfremdet hatten. Aber es funktionierte nicht.

Meine Mutter rief weiter an. Besuchte Mona, und Mona besuchte sie. Sie schickte Karten und Päckchen. Laurent und ich lebten mittlerweile in einer Zweihundert-Quadratmeter-Wohnung in Schwabing mit Flügeltüren, Stuck und glänzenden Dielen, die ein Vermögen kostete. Mutters

Wohnung war nur einen Kilometer entfernt. Wir lebten unser vollbeschäftigtes Leben. Gingen arbeiten, abends aus, zu Events und Eröffnungen, brachen auf zu Reisen durch Südostasien. Mona blieb manchmal während der Schulzeit bei ihrer Großmutter. Ich war in den Vierzigern, das Alter, in dem du erkennst, dass aus dir nichts Besonderes mehr wird, du aber glücklich bist. Stieg weiter in der Redaktion auf, bekam mehr Verantwortlichkeiten, traf wichtige Leute, schrieb Bücher, vertraute Laurent.

Wir waren zehn Jahre zusammen, als er mit mir Schluss machte und die Scheidung wollte. Mutter feierte in der Woche ihren 80. Geburtstag. Die Nachricht, dass Mona und ich in eine kleinere Wohnung ziehen würden, traf meine Mutter hart. Sie wog mittlerweile mehr als neunzig Kilo und schleppte sich die Treppen hoch in den sechsten Stock ihres Zuhauses. Verließ dieses nur noch zum Einkaufen einmal am Tag. Wir bauten einen Treppenlift ein, aber auch das stellte sie nicht zufrieden. Ich ärgerte mich, dass ich mehrere Tausend Euro investiert hatte. Am Ende half es nur, sie zu ignorieren. Mutter vergrub sich in den nächsten Monaten immer mehr in ihrer Wohnung und war auf alles wütend. Auf ihren alten Körper, auf »die Ausländer«, die neuen Zeiten, darauf, dass keiner mehr in den Gemüseläden und Cafés Deutsch spreche, auf ihre Töchter. Die »Zigeuner« hatte sie besonders im Visier. Für meine Mutter waren das die Flaschensammler, die im Innenhof die Mülltonnen nach Pfand durchsuchten. »Sie kommen mit einer Metallscheibe und öffnen damit die Haustür. Ich habe es gesehen.«

Dass meine Ehe gescheitert war, erfüllte sie mit Zorn und Trauer.

»Laurent hat dich verlassen, Melanie. Weil du dich nicht

um ihn gekümmert hast. Weil du immer nur arbeiten gegangen bist. Du hast dich nicht um deine Tochter gekümmert, nicht um ihn. Du bist so kalt.«

Egal, wie sehr ich versuchte, Mutters Schimpfen zu überhören, die fiesen kleinen Nadelstiche trafen mich. Mittlerweile ist sie fünfundachtzig Jahre alt, ihr Haar ist weiß, ihre Knochen sind morsch, im Inneren ist sie voller unaufgeräumter Gefühle, voller Wut und Verzweiflung. Sie sieht mich, ich, die ich ihr am ähnlichsten bin, und beneidet mich um meine Vitalität. Ich sehe sie und habe Angst, irgendwann so alt, so verzweifelt zu sein wie sie. Ich kümmere mich um sie, behandle sie wie eine chronische Krankheit, die man mit sich rumschleppt. Ich habe es mir nie leicht gemacht mit ihr.

Nach Marias Fest am Starnberger See musste eine Entscheidung her. Meine Schwester lebt ihr Leben außerhalb der Stadt, sie hat sich nie um Mutter gekümmert. Ich gehe arbeiten, ich kann nicht immer da sein. Sie hat mich als rotzverschmiertes Kind durch eine Kindergartentür gereicht. Nun muss ich Hilfe annehmen. Sie abgeben.

Es macht mich traurig, dass sie nach meinem Vater nie wieder eine Liebe gefunden hat. Sie kann nichts dafür, und gleichzeitig ist es alleine ihre Schuld, dass sie sterben wird, ohne für jemanden das Wichtigste zu sein. Ihre Haare sind weiß geworden, ihre Wimpern ausgefallen, nun kann sie nur noch auf sich selbst blicken, weil ihr das Gegenüber fehlt, dem sie beim Älterwerden zuschauen kann. Ihre inzwischen fast durchscheinende Haut wird nie wieder zärtlich berührt werden.

Als ich ihr an diesem Mittwoch sage, dass sie ins Heim muss, bricht sie in Tränen aus.

Kapitel 6

Kleine Bratze

Sie befeuchtet ihre Lippen. Dann lutscht sie an ihrem pinken Cocktailstrohhalm mit Flamingo aus Krepppapier. Sie sieht so schön aus, dass es mir ins Herz sticht. Sie ist die Ex-Freundin von meinem Freund. Und ich will bonbonfarbenen Mädchen-Sex mit ihr. Wir tauschen Blicke aus. Im Muschi Obermaier. Einer Bar in Berlin-Mitte. Ich gehe auf sie zu. Ich will ihr Gesicht zwischen meinen Händen zerdrücken, wie er es einst getan hat. Sie aufessen.

Ich breche ab, setze meine Lesebrille ab und blicke aus dem Fenster. Es ist neun Uhr morgens, Freitag, ich bin in der Redaktion, und die ersten Sonnenstrahlen kündigen einen weiteren glutheißen Sommertag an. Ich blicke wieder auf den Bildschirm und steige in der Mitte des Textes wieder ein, da, wo die Ich-Erzählerin (Eilika) gerade dabei ist, die fremde Frau in Gedanken wie ein kleines Pony zu reiten, und dabei eine Parallele zu Benoîte Groult zieht.

Benoîte Groults abwesende Geste lässt sich auch als eine Allegorie auf das weibliche Selbstverständnis in kontrareaktionären Zeiten lesen.

Spontan bekomme ich Lust, meine Stirn auf den Tisch zu legen. Eilikas erster Text ist ein Riesenhaufen unlesbarer

Scheiße. Ein peinliches Zeugnis, was zu viel MDMA-Konsum anrichten kann. Keine These, keine Struktur, kein Tempo, Bilder, die nicht stimmen. Wenn ich ihr das sage, stehe ich da wie die frustrierte alte Schachtel. Die böse Vorgesetzte, die gemeine Fotze. Was für ein Clusterfuck!

Im Lichtstrahl, der auf meine vom Reinigungstrupp blank geputzte schwarze Schreibtischplatte fällt, sehe ich Staubpartikel herumwirbeln. Heute wäre ein fantastischer Tag fürs Freibad mit meinem Enkel Louis. Enkel, was für ein Wort. Das Wochenende hängt mir nach. Sie hatte Sex mit ihm, wahrscheinlich völlig entarteten, schmutzigen, wie er es immer wollte, aber bei mir nicht bekommen konnte. Jetzt ist sie schwanger. Er hat mich nicht mehr angesehen, gar nicht mehr. Am Starnberger See war ich Luft für ihn, nicht mehr da, nur eine Frau, mit der er vor ewigen Zeiten mal geschlafen hat, die er aber nie schwängern wollte.

Zehn glückliche Jahre, Monas Aufwachsen, helle Tage im Bett, Weltreisen, Geburtstage, Ausflüge, alltägliche Abendessen, eng umschlungen auf der Couch liegen – und das jeden verdammten Abend. Er hat die besten zehn Jahre meines Lebens in den Schmutz getreten. Ohne es zu merken, ohne sich noch einmal umzudrehen. Meine Melancholie würde er nie verstehen.

Laurent lebt in seiner eigenen Welt, in der er immer recht hat und die anderen einfach nur ignorant sind. Laurent behandelt Frauen wie seine Künstler, er himmelt sie an, solange sie rentabel sind, nach der Ausstellung erinnert er sich kaum noch an ihre Namen, auch wenn es für ein kurzes Intermezzo auf dem Klo mit Abspritzen auf dem Rücken gereicht hat.

Ob Olga weiß, dass er es mit ihr genauso machen wird? Laurent wird Grausames mit ihr tun: Er wird sie ablegen, aber nicht verlassen, sie im Alltag ignorieren und nachts in seiner Galerie nach Vernissagen schamlos betrügen. Dann zu Hause so tun, als wenn nichts wäre. Sich morgens mit viel Ruhe und Geduld einen Filterkaffee an der japanischen *Hand-drip-machine* zubereiten und diesen in einem seiner kakigrünen Bobo-Keramikbecher mit Hafermilch auffüllen. Eine Zigarette auf dem Balkon rauchen, während sie das Baby auf dem Sofa stillt, und dabei keinerlei Gefühl dafür haben, dass das die fünf Minuten am Tag sind, in denen es möglich wäre, seine Frau zu fragen, wie es ihr geht. Wenn er seine Zigarette dann im übervollen Messing-Aschenbecher, der im regensicheren Bereich des Balkons auf dem Teakholzboden steht, ausgedrückt hat, wird er sofort losmüssen, sich seine AirPods in die Ohrmuscheln drücken, sodass er nur noch Tschüss rufen kann und aus der Tür verschwindet.

Sie wird sich vorkommen wie ein besseres Möbelstück und ihn innerlich verspotten für seine lächerliche berufsjugendliche Erscheinung. Sie wird angeekelt sein davon, wie er sein Leben weiterführt und sie nun mit dem Kind dasitzt. Sie wird Fernreisen nach Fidschi planen und machen, Fotos auf sein Handy senden, die er nebenbei mit Herzchen liket, auf seine Kosten teuer einkaufen, Louboutin-Schuhe, Céline-Taschen, die sonst nur von berufstätigen Frauen getragen werden, die sich selbst etwas gönnen, aber ihr Hass gegen ihn wird nicht weniger werden, und das wird sie noch wütender machen.

Sie erkennt dann, dass sie gefangen ist, weil sie ihn liebt und keinen Bock auf vierzig Quadratmeter außerhalb von

München und den Mindestunterhalt hat. Er wird sie weiter wie Scheiße behandeln.

Und das ist dann ihr Leben. Ihre kleine, ein bisschen wattierte Existenz, die nur dafür gut ist, seinen Nachkommen zu hätscheln, aus ihm oder ihr einen genauso willensschwachen Menschen zu machen. Willensschwach wie seine Eltern.

Ich gebe Eilikas Kurzwahl ein.

»Eilika, würdest du bitte kurz in mein Büro kommen.«

»Hallo, Frau Moosburger! Geht es Ihnen gut? Ich komme sofort.«

»Melanie, sag bitte Melanie.«

Ich komme mir bescheuert vor, ihr das immer wieder zu sagen.

Drei Minuten später steht Eilika vor mir. Heute trägt sie ein ärmelloses Sommerkleid mit Blümchen und ein Paar Sandalen. Ihre Fußnägel sind schwarz, ich tippe auf Rouge Noir, passend zu ihren schwarzen Fingernägeln, ihre Haare sind zu einem neckischen Seitenzopf geflochten, sodass auch jede Schulmädchenfantasie konsequent und pädophil zu Ende bedient wird.

»Setz dich, ich wollte mit dir über deinen Text sprechen.«

»Ja, sehr gerne.« Sie lächelt. Die dumme Bratze.

»Gut, ich mache es kurz. Wir können noch nicht mit deiner Kolumne raus, lass sie uns übernächste Woche einplanen. Wir müssen daran arbeiten.«

Eilika blickt mich an. Sie versucht nicht einmal, ihr Entsetzen zu verstecken. Als ich so alt war wie sie, habe ich vor Angst geschlottert, wenn Vorgesetzte etwas zu sagen hatten. Sie wird dagegen sofort kess.

»Oh, wirklich, wieso?«

Ich versuche, ruhig zu bleiben.

»Der Aufbau stimmt nicht, sie ist sehr frivol, du solltest dich nicht so entblößen. Viele Worthülsen, es ist einfacher, wenn ich dir Anmerkungen mache, und wir gehen später alles noch einmal durch.«

»Ja, okay, aber Werner …«

Ich hebe die Augenbrauen. Sie duzt Werner?

»Werner hat gesagt, dass wir nächste Woche loslegen.«

»Ja, dann wird Werner wohl noch eine Woche warten müssen, ich spreche mit ihm.«

Eilika schüttelt den Kopf.

»Melanie, können wir den Text nicht retten und alles machen wie geplant? Mir liegt viel daran, mit dir zu arbeiten.«

Ich schaue sie an. Sie glaubt, dass ich auf ihre Masche reinfalle. Dass ich mich jetzt geschmeichelt fühle. Zum Schein lenke ich ein.

»Komm rüber, schau mal auf meinen Bildschirm.«

Eilika lächelt, sie geht neben mir in die Hocke. Ich schaue auf sie herunter.

»Willst du keinen Stuhl?«

»Nein. Ich habe das in Indien gelernt, ich kann das stundenlang, so dasitzen.«

Ich nicke trocken, obwohl es sehr lustig aussieht, wie sie ihr Becken vor- und zurückwippt wie ein kleines Äffchen.

Ich öffne den Text.

»Hier, schau mal, der Aufbau. Hier kommt die These, aber du brauchst so lange, bis der Einstieg zu Ende ist. Vieles ist wirr, zu viel Fantasie. Hier weiß ich zum Beispiel gar nicht, wo ich bin.«

»Und wenn ich es umschreibe?«

Eilika wippt.

»Fang doch nächste Woche an, mit Ruhe.«

Ihre Mundwinkel fallen herunter. Das Spieläffchen will offenbar nicht mehr seine goldenen Blechbecken schlagen. Hektisch steht sie auf und sieht dabei aus wie ein trotziges Schulkind.

»Aber Werner … Es ist meine Kolumne …«

Eilika klingt weinerlich.

»Du bist ehrgeizig, bleib es. Ich spreche mit ihm.«

Eilika wirft ihren Seitenzopf nach hinten. Sie ist noch so jung. Wie Mona. Gerade mal Mitte zwanzig. Eigentlich weiß sie gar nichts. Vielleicht, dass sie Journalistin werden will, aber was bedeutet das in Zeiten von TikTok noch? Jetzt steht sie vor mir und hat Tränen in den Augen. Sie presst die Lippen aufeinander. Ich bekomme Panik, dass sie jetzt losflennt.

»Eilika, mach das nicht. Du hast gerade erst angefangen, du wirst noch sehr viele Kolumnen schreiben. Es ist wirklich keine große Sache. Ich mache das mit allen Autoren so.«

Es wäre der Moment, sie in den Arm zu nehmen, weil ich da plötzlich eine Tochter sehe, aber das wäre zu direkt und unprofessionell. Und Eilika ist anders als Mona. Mona hat eine Ehe, ein Kind, eine Wohnung mit doppeltürigem Kühlschrank, eine Einbauküche dank Ikea-Ratenzahlung.

Eilika ist einfach nur ein kleines Mädchen, deren Körper das Ecstasy vom Wochenende noch nicht abgebaut hat – und die in ihrer WG-Küche erzählt, dass ihr neuer Job sie *ausburnt*. Jemand, der Literatur mit der Ästhetik von Cam-Sex vergleicht, für den »quick und dirty« hyperkreativ meint, aber eigentlich nur schnell bis hingerotzt ist. Eine, die über die weiße Wohlstandshipsterblase in großen deutschen Städten lästert, auf Kunst-Prekariat macht, obwohl sie mit ihren nonbinären Buddys in den hundertzwanzig Quadratmetern wohnt, die ihre Eltern als Geldanlage gekauft haben. Sie würde nur zwei, drei sehr gute Kolumnen in sechs Monaten hinbekommen, bevor sie dann hinschmeißt, um sich an ihren Debütroman *Drei Sorten Blau* zu setzen, über einen sexsüchtigen Hedonisten in der Berlin-Szene, den die Melancholie überfällt und der fortan sein Matratzenbett in Neukölln nicht mehr verlässt. Das Buch würde dann tatsächlich ein mittlerer Verkaufserfolg werden und (und das ist ja viel wichtiger) bei drei mittelalten männlichen Kritikern, die sie auf Partys beim Koksen kennengelernt hat, gut ankommen. Dann würde es freundliche Beachtung in einer Literatur-Talkshow im Fernsehen finden. Etwa ein Jahr nachdem Eilika die TV-Ausschnitte mit dem Kritikerlob dann in schlechter Bildqualität in ihrer Insta-Story hochgeladen hat, hätte sie wohl einen Job in einer Galerie oder an der Uni, aber nur Teilzeit, da bleibt mehr Zeit zum Schreiben.

Eilika ist kein schlechtes Mädchen, nur eine kleine Spießerin wie viele andere, eine, die in zehn Jahren ein City-Loft, dank der Eltern des Start-up-Boyfriends, und auch zwei Kinder haben wird, und jeder Arbeitgeber sollte bitte dafür Verständnis haben, dass sie sie zu Hause beschulen möchte. Eine, die nichts wirklich will, aber auch rein gar nichts nicht probieren möchte, vielleicht im Rahmen eines Praktikums.

Ich wollte damals um jeden verdammten Preis Journalistin werden. Ich wäre auf der Stelle in Flammen aufgegangen, hätte ich mich nur einen Meter von diesem Ziel entfernt. Diese schnelllebige Welt des Blattmachens war mein Leben, wie der Herzschlag, Deadlines, damals gab es noch einzelne ratternde Schreibmaschinen. Ich wollte so sein wie sie, diese alten, leicht zynischen Redakteure. Ich wollte ihre Lässigkeit und Souveränität, die es ihnen erlaubte, die weltpolitische Lage messerscharf und klug zwischen drei Zigarettenbreaks in ein Papier stanzen zu können. Ich spiegelte mich in ihrer inneren Gelassenheit, das globale Chaos einzuordnen. Schreiben sortiert bis heute meine Gedanken.

Für Eilikas Generation geht es nur um ein kleines bisschen Leben. Alles ist *alright* und mit Pastelltönen und Juno-Filter auf schön gebürstet. Alle schmoren bei konstant frühlingswarmen vierundzwanzig Grad in ihrem eigenen Saft und verfassen stündlich Statusmeldungen für die Socials. Oder sitzen im Café, tanzen auf sexpositiven Partys im Club, wo es möglichst darum geht, in aller Öffentlichkeit eine gute Zeit zu haben. Ich breche nicht ihr Herz, wenn ich ihr sage, dass ihr Text schlecht ist, ich stärke nicht einmal ihren Willen.

»Melanie, entschuldige.«

»Ja.«

Eilika steht nun an meiner Bürotür. Mit ihrem kurzen Kleid an das Holz gelehnt, sieht sie aus wie ein Girl vom Babystrich im Bahnhofsviertel.

»Wenn es Sie nicht stört, spreche ich mit Werner.«

Ich blicke etwas hochnäsig auf sie herab, gerade noch so, dass sie es nicht wahrnimmt.

»Bitte.«

»Und da wäre noch eine andere Sache.«

»Ja?«

»Nun, ich feiere am Wochenende Geburtstag bei mir, und weil ich doch auf Ihrer, Entschuldigung, deiner Party war, dachte ich, ich lade dich ein. Ich wohne auch in Schwabing.«

Sie kommt zurück und legt ein winziges Post-it auf meinen Schreibtisch.

»Ich habe alles draufgeschrieben. Würde mich freuen.«

Ich schiele von oben auf das kleine gelbe Stück Papier und erkenne eine mit Kugelschreiber gemalte Blume neben den Zeilen. Ich brauche eine stärkere Lesebrille. »Ich muss schauen.«

»Gut.«

Eilika lächelt.

»Gut«, sage ich und wende mich mit meinem Bürostuhl in einer Neunzig-Grad-Drehung demonstrativ zum Laptop. Ich bin erleichtert, als endlich die Tür zufällt und ich wieder in Ruhe meine Wunden lecken kann.

In Gedanken sehe ich Olgas Gesicht. Ihre rotblonden Locken. Die Wölbung ihres Bauches. Olga ist seit Jahren meine Gedankenspirale. Ich habe in Summe seit der Trennung schon mindestens ein Jahr nur über sie nachgedacht. Die Gedanken an sie haben mich um die ganze Welt begleitet. Keine Reise, kein Aussichtspunkt, an dem sie mir nicht in den Sinn kam, ich kann ihr nicht entfliehen. Olga belagert mich wie Erinnyen, jederzeit bereit, mich durch ihre allgegenwärtige Präsenz in den Wahnsinn zu treiben.

Ich schreibe die erste Kolumne über meine zweite Lebenshälfte und schalte dabei auf Autopilot, nebenbei google ich mal wieder Olga, die schon damals zu meiner Enttäuschung nicht nur eine arme Osteuropäerin ohne Schulabschluss war, sondern Performance-Künstlerin und Gast bei diversen Art-Messen. Jetzt bleibt mir wenigstens die Hoffnung, dass ihr das Kind beruflich das Genick brechen wird.

Mein Telefon klingelt.

Werner.

»Die Eilika war gerade da. Wir drucken die Kolumne diesen Montag. Ist mal was anderes.«

»Wirklich?«

Ich habe aufgegeben.

»Ja, aber du betreust sie weiter. Ich muss da jetzt für den Start ein Machtwort sprechen, das wirst du verstehen.«

»Gut, wie du magst. Was soll ich dazu noch sagen.«

»Danke, Mel!«

Ich lege auf. Man soll seine Schlachten wählen. Eilika könnte sich mit einem Transparent auf das Verlagshaus stellen und rufen: »Hier sind mein Arsch und meine Titten.« Eine Woche lang Femen-Proteste dort veranstalten, und die Werners dieser Welt würden das höchstens interessant finden und womöglich noch applaudieren. So will es das Gesetz der alten weißen Männer und der opportunistischen jungen Frauen. Also, wozu protestieren?

Samstagabend kann ich Chérie nicht überzeugen, mich zu Eilikas Party zu begleiten. Sie geht immerhin mit mir auf einen Spritz in die *Bar Giornale*. Es ist früher Abend, Menschen plappern um uns herum, das Straßenpflaster wird von einer rosa untergehenden Sonne angestrahlt, es ist T-Shirt-Wetter abends um neun. Eine merkwürdige Hitzeglocke liegt über München, das Pflaster ist warm wie lebendiges Fleisch. Fast greifbare Gerüche strömen aus der Kanalisation, der heiße Wind drückt noch bis in die späte Nacht gegen die Schläfen. Tausende Menschen sind in den Straßen unterwegs, mit ihren Fahrrädern, E-Bikes, Rollerblades, Joggingschuhen bevölkern sie jeden Quadratzentimeter öffentlichen Straßenlands. Es ist zu viel Mensch, wenn alles nach Schweiß, nach süßlichen Parfüms, nach gegrilltem totem Tier riecht. Es ist, als würden wir alle harmonisch schmelzen und dahinwabern wie Fettaugen auf einer Brühe.

Zum Spritz bestellen Chérie und ich eine Kanne Eiswürfel. Wir sitzen dicht gedrängt auf Holzstühlen, die bei jeder Bewegung ein knarzendes Geräusch machen. Mit dem ersten Schluck Spritz steigt die Lust, eine Zigarette anzuzünden. Ich rauche in heißen Sommernächten Kette.

»Lass die Kids feiern«, sagt Chérie. »Warum willst du dahin?«

Mit ihrer Raucherstimme ist sie unverwechselbar. Sie zündet sich eine Gauloise an. Chérie raucht so viel, dass ihr Lachen manchmal keinen Ton im Kehlkopf auslöst, zu belegt, zu trocken sind ihre Stimmbänder.

»Ach, ich bringe ihr nur eine Flasche vorbei und haue wieder ab.«

»Aha. Warum steigst du Eilika so nach? Sie nervt dich doch mit ihrer *Belle de jour*-Attitüde?«

»Aber das stimmt doch gar nicht.«

Chérie zuckt mit den Schultern.

»Nun, ist mir so aufgefallen.«

»Ich will einfach nur ausgehen.«

»Und dann musst du auf eine Studentenparty gehen?«

»Ach, warum nicht?«

Sie versteht es nicht. Chérie lässt mich nicht aus den Augen heute. Ich habe ein seidenes *Oscar de la Renta*-Kleid an, das aussieht wie ein Wasserfall aus Chiffon, dazu einen langen, breiten schwarzen Lidstrich und trage wieder die goldenen Riemchensandalen. Es ist offensichtlich, dass ich mir Mühe gegeben habe.

»Du siehst gut aus«, sagt Chérie und streichelt meine Wange. Wir lächeln uns an, aber es funkioniert nicht.

»Du solltest mitkommen, und dann gehen wir zu Christian in die Bar, versprochen«, bettle ich.

»Wie geht es deiner Mutter?«

Chérie hat kein Talent, Themen zu wechseln.

»Am Montagmorgen fahre ich sie ins Heim. Mona hilft ihr am Wochenende beim Packen.«

»Und die Wohnung?«

»Es ist ihre. Bleibt erst mal so. Natürlich müssen wir tausend Sachen reinigen, verkaufen, aber das hat Zeit.«

Chérie nickt. Sie merkt, dass es mir schwerfällt, darüber zu sprechen. Ihre Eltern leben seit Ewigkeiten in Frankreich. Ihr älterer Bruder kümmert sich, ihr bleibt nur das Anrufen. Sie will mich trösten.

»Wir fahren nächstes Wochenende mal raus. Nur du und ich. Ein Ausflug ins Grüne. Ganz kitschig.«

Ich nicke. »Gut, meine Liebe.« Ich muss sie einfach anlächeln.

»Und sonst?«

Ich zucke mit den Schultern. Tatsächlich fühle ich mich seit Tagen eigenartig leer. Als wenn meine Geburtstagsfeier ein *turning point* gewesen wäre, der Punkt, an dem die Dinge eine tragische Wendung zu nehmen begannen. Seitdem fühlt sich jeder Tag – die Affäre mit August, Konflikte mit Werner, dieses erstickende Familienfest am Starnberger See – hart erkämpft an. Die Geschmeidigkeit ist weg. »Laurents Frau Olga ist schwanger, Mona ist wie immer sauer auf mich, ich habe die erste Oma-Kolumne für Werner geschrieben, und meine Affäre erzählt im Büro, dass ich zu alt bin.«

Die Wechseljahre erwähne ich nicht. Das tut zu weh.

Chérie lacht laut auf.

»Du bist verrückt. Schau dich an, du hast absolut keinen Grund, auf den ekelhaften Neid der Mitmenschen reinzufallen. Fünfzig ist das schönste Alter. Da beginnt die Freiheit.«

»Ach«, sage ich. Weil ich ernsthaft gerührt bin, mich aber trotzdem nicht besser fühle. Das Leben ist wie eine Speise, die nicht sättigt. Tiefe Trauer, die ich nicht zuordnen kann, drückt auf meine Brust. Ich habe Weltschmerz wie zuletzt mit siebzehn. Wechseljahre sind die zweite Pubertät. Aber ohne die Coolness.

»Das Schlimme ist, ich weiß nicht, was mit mir los ist. Es ist das Gefühl, alles zu haben, aber nichts zu bekommen. Als wäre alles plötzlich nichts mehr wert.«

»Du verlierst gerade deine Mutter.«

»Nein, das ist es nicht. Wenn ich nur wüsste, was es ist. Nichts macht mehr Sinn. Die Arbeit langweilt mich, Werner hört nicht zu. Es ist, als wäre ich unsichtbar.«

»Ich sehe dich.«

Sie legt ihre Hand auf meine. Eine Minute sitzen wir schweigend da und hören der Straßenkapelle zu.

Ich fühle mich etwas verloren zwischen all den Menschen, den glücklichen, den betrunkenen, den flanierenden und den Liebespaaren, als ich die Leopoldstraße zur Party hochschlendere. Ich kaufe eine neue Packung Zigaretten am Kiosk, der Verkäufer schaut kaum hoch, als er mir das Rückgeld und die Zigaretten gibt, er guckt Bundesliga auf dem Handy. Ich gehe mit gemischten Gefühlen zur Party, ein bisschen wie zu Schulzeiten.

Eilikas Wohnung liegt in einem modrig riechenden Hinterhof mit sehr viel Efeu. Jungle-Musik wummert, der Hof funktioniert wie ein Trichter, der die Bässe verstärkt. Vor

mir liegen sechs Etagen ohne Aufzug in einem herunter-
gekommenen Altbau, es riecht streng nach nicht kastrier-
tem Kater. Ich folge der Musik, schiebe die Tür auf, die
schon einen Spalt offen steht. Eine Welle aus Hitze, Schweiß-
geruch und Rauch schlägt mir entgegen. Die Wohnung ist
dunkel und brechend voll.

Ich dränge mich durch den langen Flur, links im Badezimmer eine Wanne voll mit grünen Beck's-Bierflaschen,
rechts an der Wand ein Buffet mit Suppe, Baguettestangen
und Käseplatte von Aldi. Ein Stillleben aus Abfall.

In der Küche finde ich den letzten sauberen Plastikbecher
und schenke mir den Rest aus einer Sektflasche ein. Es ist
stickig. Erst im Wohnzimmer, einem Raum mit einer Bü-
cherwand und einer durchgeranzten langen Ledercouch,
erahne ich wieder so etwas wie Luft.

Eilika steht auf dem Balkon. Als sie mich sieht, kommt
sie die paar Schritte fast übereuphorisch, high oder beides
auf mich zu. Wir umarmen uns kurz und innig.

»Melanie, ich fasse es nicht, du bist gekommen! Komm,
ich führe dich herum. Was trinkst du?«

Ich hebe meinen Plastikbecher mit Sekt hoch.

»Nein, ich meine einen richtigen Drink.«

Sie verschwindet in ihrem Schlafzimmer, das neben dem
Wohnzimmer liegt und wo der DJ auflegt, und kommt mit
einer Champagnerflasche zurück. Sie nimmt mir den Sekt-
becher aus der Hand, geht auf den Balkon, wirft die Flüssigkeit gekonnt in den sternenklaren Nachthimmel und füllt
den Becher mit Champagner auf. Sie hat wie am Abend
meiner Geburtstagsfeier ihren schwarzen Hosenanzug an,
der mich an den Stil der jungen Jane Birkin erinnert.

Der DJ legt »Diamant« von der Love Hotel Band auf, ein

paar Girls im Wohnzimmer lassen dabei asynchron ihre Arme kreisen.

»Komm, ich zeige dir alles«, sagt Eilika. An einer Hand zieht sie mich durch ihre Wohnung, vorbei an Dutzenden Körpern. Die Hand eines Unbekannten landet im Vorbeigehen auf meinem Po. War das Zufall, Absicht?

»Also, Küche, das Zimmer meiner Mitbewohnerin, mein Schlafzimmer, Ben legt hier heute Abend auf, er ist Resident im *Baby*, supersüß, er spielt heute Abend umsonst für mich.« Ihre Stimme überschlägt sich fast.

Ich nicke zu allem, was sie sagt. Hinter der Schlafzimmertür knutscht ein Mädchen mit einer Tätowierten, aber zu spät, um genauer hinzuschauen, Eilika zieht mich ins nächste Zimmer, bis wir wieder im Wohnzimmer stehen. Sie ruft mir etwas zu, ich verstehe kein Wort. Es ist ohrenbetäubend laut. Ben, der DJ, spielt jetzt Techno. Die Luft ist zum Schneiden dick. Rauchen hier eigentlich alle? Ich spüre, wie ein Tropfen Schweiß meinen Rücken herunterrinnt.

»Das. Ist. Farah. Und Pia«, brüllt Eilika gegen die Beats an. Zwei junge Frauen, die in ihrer Erscheinung völlig banal wirken, schütteln mir kraftlos die Hand.

Der Abend nimmt seinen Lauf. Pia und Farah haben von Eilika eine Kurzbeschreibung von mir bekommen. Ich bin »die tolle Frau, mit dem Bestseller über Alltagssexismus«.

»Das Buch hat mich total verändert«, ruft Eilika ihren Gefährtinnen zu. Pia und Farah hängen an meinen Lippen und wollen den »Wie schreibt man ein Buch?«-Talk mit mir. Wir plaudern locker und laut in der Küche, wechseln dann auf den Balkon zum Rauchen. Beide sind sich einig, dass Spicy Ginger mit Wodka lecker und es eine große Ehre ist, mich kennenzulernen. Nach dem dritten Zigarettenbreak verlieren wir uns. Die beiden wollen auf der Toilette Rauschgift nehmen. Ich lehne dankend ab.

Ich halte immer noch meinen Champagnerbecher in der Hand und gehe die Buchrücken in der Regalwand durch. Ein Typ mit zerzausten braunen Haaren und halb offenem Hemd spricht mich an. Er muss Mitte fünfzig sein, viel zu alt für diese Party. Vielleicht ein väterlicher Freund von Eilika.

»Keine schlechte Fete«, ruft er gegen die Musik an. Ben, der DJ, hat jetzt eine Ballade von Flying Lotus aufgelegt, ich kann wieder mehr von dem, was gesprochen wird, verstehen.

Der Typ mustert mich. Ich scheine ihn zu amüsieren, gestrandet auf dieser Party und so ohne Begleitung. Ich versuche, ihn abzuschütteln.

»Ich glaube, ich bekomme Migräne, fürchte ich.«

Der Typ schaut mich belustigt an.

»Oskar. Ich bin der Nachbar von oben drüber.«

Ich mustere ihn, belustigt.

»Verstehe.«

Ich wende mich ab und versuche, dem Gespräch zweier junger Frauen, die auch vor dem Regal stehen, zu folgen. Durch die Wand aus Musik dringen nur Wortfetzen zu mir.

»Und dann sagt er, dass er mich knallen will. Kannst du dir das vorstellen?«

»Wie primitiv! Sind denn alle verrückt geworden.«

»Es war sehr *weird*, aber es hat mich angetörnt.«

Ich wende mich wieder Oskar zu, der wie ein treuer Hund immer noch an derselben Stelle steht.

»Sollen wir eine Zigarette auf dem Balkon rauchen«, ruft er mir zu.

Er betont das Wort »Zigarette«. Entweder er ist süß oder ein Langweiler. Ich will gerade vor ihm in die Küche flüchten, als ich hinter den wogenden Köpfen auf der Tanzfläche im Schlafzimmer plötzlich August erblicke. Das darf doch nicht wahr sein, was für ein *dirty old man*, sich hier auf einer Party voller Teenager sehen zu lassen.

Schnell hänge ich mich an Oskars Arm.

»Komm, wir gehen rauchen.« Aus dem Augenwinkel sehe ich August, der mir wie ein *jerk* zuwinkt, mit einer Begleitung im Arm, die mich ignoriert, weil sie wohl keine Ahnung hat, wer ich bin. Ich schaue diskret zu ihm und lache laut auf, als hätte Oskar gerade einen sehr lustigen Witz gemacht. Es ist so bescheuert, sich wie die hinterfotzige Schulzicke zu benehmen. So erbärmlich, aber es funktioniert jedes Mal.

Sofort geht es mir besser, als ich auf dem Balkon den ersten Zug aushauche. Die Nachtluft fühlt sich endlich etwas kühler an, die Glut des Tages wird schwächer. Oskar trägt italienische Ledersandalen, eine Cordhose, ein fein gestreiftes blau-weißes Hemd mit gestärktem Kragen, eine TAG Heuer mit braunem Lederarmband. Er hat unverkennbar Stil, gute, glänzende Zähne. Er könnte ein Weingut in der Provence führen oder ein gewöhnlicher Heiratsschwindler sein.

»Ich bin Eilikas Kollegin«, sage ich etwas blasiert.

»Bestimmt ihre Chefin«, erwidert Oskar.

»Korrekt.« Ich schiele an Oskar vorbei zu August, der gerade Eilika und zwei ihrer Freundinnen zutextet. Er wirkt wie ein Daddy, viel zu alt, viel zu notgeil und total hilflos, wie er versucht, im Takt der Trance-Musik mitzujazzen. Oskar dreht sich um.

»Kennst du da jemanden?« Er scheint verunsichert.

»Melanie, ich bin Melanie. Nein, da ist nur ein alter Gefährte von mir.«

Oskar nickt.

»Erfreut.«

Er nimmt den Rest der Zigarette zwischen Zeigefinger und Daumen und drückt sie in einem Aschenbecher aus, der auf dem Boden steht.

»Hey, Oskar!« Eine schmale Brünette umarmt ihn.

»Alice!«

Man scheint sich zu kennen.

»Bringst du mir nächste Woche das Buch zurück? Ich brauche es für die Diss. Hast du es gelesen?«

Kurz hänge ich in der Luft und fühle mich plötzlich unwohl.

»Alice, das ist Melanie Moosburger. Die stellvertretende Chefredakteurin der *Münchner Zeitung*.« Ich bin beeindruckt und kann mir ein Lächeln nicht verkneifen. Oskar dreht sich zu mir. »Eilika hat gesagt, dass du ein ganz besonderer Gast für sie bist und ich mich um dich kümmern soll.«

Das Biest. Allerdings beeindrucken mich Eilikas Rochaden als Gastgeberin. Alice lässt sich nicht abschütteln und quatscht Oskar voll. Sie hat keine Brüste, aber ein schulterfreies Oberteil aus Seide an, ihre Nippel stielen mich wie die Augen eines Aliens an. Sie hat eindeutig eine Essstörung. Ihr Brustkorb wirkt durchtrainiert wie ein Schildkrötenpanzer. Neben ihr fühle ich mich auf einmal wie ein *pity fuck*.

Es ist drei Uhr morgens, und die Party nimmt noch einmal Fahrt auf. Es läuft *2 many dj's,* und ein paar Idioten haben angefangen, mit Wasserpistolen um sich zu schießen. Die MDMA-Bowle, die in der Küche auf der Abdeckung vom Gasherd steht, scheint zu wirken.

Neben Oskar und Alice fühle ich mich fehl am Platz, er spricht nur noch mit ihr, ich stehe daneben wie die Alte, die auch noch mitmischen möchte. Wie in einem dieser Pornoclips, in denen die MILF einem jüngeren Paar Anweisungen gibt, dabei aber eigentlich völlig ignoriert wird, weil der Typ das Mädchen ficken will.

Wenn August mich jetzt sieht. Wie demütigend!

Ich ergreife die Flucht. Auch in der Küche haben sich feste Konversationspärchen gebildet, niemand mingelt mehr. Also tue ich so, als würde ich mir etwas zum Trinken suchen.

Ein Girl mit blauen Haaren fummelt mit einem Kerl in der Ecke, der ein langhaariger Singer-Songwriter sein könnte. Mein Magen verdreht sich schon beim Anblick von Alkohol, ich merke, wie mir übel wird. Seit heute Abend um neun Uhr habe ich konstant durcheinandergetrunken. Ich suche das Bad und finde eine geschlossene Tür. Ich öffne sie langsam und halte mich an der Klinke fest.

Und da sehe ich sie. Eilika. Ihre nackten Beine und Füße hält sie eng umschlungen um den Rücken von DJ Ben, der dabei ist, ihr winziges Gesäß auf einer antiken Holzkommode zu vögeln. Eilika ist wunderschön, als läge ein Sepia-Filter über diesem Bild. Vermutlich hat sie diese Porno-Skills junger Frauen heutzutage, die sich selbst trainieren, möglichst ohne Vorspiel und unabhängig von jeder Gefühlslage wie ein munteres Girl verfügbar zu sein. Hashtag aboutlastnight. Haha! Oder: #runningoutofinstagramcontent. *Not anymore.* Haha!

Sex, der unmittelbar vor deinen Augen stattfindet, hat immer etwas Grobes, Gewalttätiges. Ihre langen Haare fallen auf seine Schulter, sie kneift die Augen zusammen, er hält ihre Hüften fest. Ich ahne, dass ich dieses Bild nie wieder aus meinem Kopf bekommen werde. Es ist so schön, so voller Leben.

Ich schließe die Tür wieder, langsam, nur einen Augenblick zu spät. Kurz öffnen sich Eilikas Augen. Ich kann nicht sicher sagen, ob sie mich gesehen hat.

Konsterniert haste ich an klebrigen, nach Alkohol stinkenden Leibern vorbei zur Tür.

»Melanie. Du willst doch noch nicht gehen?«

Oskar steht vor mir. In mir steigt noch mehr Übelkeit auf. Ich sollte wirklich los, bevor ein Unglück passiert.

»Entschuldige, ich habe mich gar nicht um dich gekümmert.«

»Du musst dich nicht kümmern, vielen Dank. Ich muss jetzt leider los.«

Ich will nur noch weg hier.

»Ach komm, jetzt trinken wir noch etwas zusammen.«

Mir ist das zu blöd. Ich brauche sicherlich nicht Oskars Entertainment. Ich schäme mich vor Eilika, meine Haut klebt vor Hitze. Ich will einfach nach Hause. Eilika hat eine Mitleidsnummer aus mir gemacht, diese kleine Schlampe. Ihr liegen alle Schwänze der Welt zu Füßen. Jene, die sie nicht zum Sex braucht, manipuliert sie sich zurecht. Ich habe immer die Frauen verachtet, die dachten, sie könnten mit weit geöffneten Beinen jeden Widerstand im Leben beseitigen.

Und ich? Ich benutze eine Gleitcreme und suche beim Yoga meinen Beckenboden. Ich bin fünfzig Jahre alt, und allen Anstrengungen, den Beauty-Bürstchen und Peelings zum Trotz habe ich meinen Zenit überschritten. Selbst wenn ich mir die Schamlippen mit Silikon auffüllen lasse, bin ich die lästige alte Schachtel, die Bitterfotze für den Höflichkeitstalk, die Oma aus *La Boum – Die Fete*, ohne einen Funken Erotik.

Oskar lässt nicht locker.

»Was ist? Komm, ich habe noch einen Rum gelagert.«

»Hier?«

»Nein, in meiner Wohnung. Alice ist eine meiner Studentinnen. Ich konnte sie nicht einfach da stehen lassen. Aber jetzt haben wir uns gar nicht richtig unterhalten.«

Es wirkt, als würde er betteln.

Ich zögere zu gehen.

»Na komm schon.«

Ich gebe nach.

Als die Sonne aufgeht, sitzen wir in Oskars Arbeitszimmer mit den großen Fenstern. Sein Schreibtisch ist aus Mahagoniholz, ebenso wie seine Regale. Überall liegen stapelweise Bücher, Manuskripte, Haufen von Papier.

Er raucht nun Pfeife, hat die Füße auf der Tischplatte. Es hat etwas Schrulliges, einen Hauch von altem Mann. Wir sprechen über die Irankrise, seinen Beruf als Historiker und Professor an der Uni, ich liege auf einem Sofa mit grünem Samtbezug neben dem Schreibtisch. Mein Kopf dreht sich jetzt weniger, trotzdem ist zu viel passiert in dieser Nacht. Ich komme nicht nach.

»Wirklich, das muss ich dir nicht sagen, die Kinder da unten sind nett, aber manchmal spreche ich auch gerne mit

Erwachsenen. Ich bin oft genug Lehrer, ich bin es manchmal müde, Dinge zu erklären.«

»Du magst mich also. Aber nur für die After-Hour.«

Ich hebe mein Whiskeyglas.

Oskar zwinkert.

»Das habe ich nicht gesagt.«

»Ich schlafe aber jetzt nicht mit dir.«

»Schade!«

Wir lächeln uns an. Aber nur kurz. Wir checken uns ab.

»Ich muss mich gerade noch von etwas erholen.«

»Klingt ernst. Bist du verheiratet?«

Ich schüttle den Kopf.

»Geschieden.«

»Und du?«

»Ich war nie verheiratet. Ich habe zwei Töchter, aber die sind schon erwachsen. Mit ihrer Mutter war ich nur kurz zusammen. Nun bin ich seit Jahren Single.«

»Wenn du das so betonst, hat es etwas Unaufrichtiges.«

»Du musst sehr enttäuscht worden sein, Melanie.«

»Ich stelle es nur fest.«

Wieder lächeln wir uns an. Ich will nicht mit Oskar schlafen. Dafür ist der Moment zu magisch aufgeladen. Ich will etwas zum Träumen mit nach Hause nehmen.

»Ich habe vorhin aus Versehen die Gastgeberin beim Sex gestört.«

Oskar lacht kurz auf.

»Wirklich? Mit wem?«

»Ich glaube, es war der DJ. Es ist mir so peinlich. Ich bin doch ihre Chefin.«

»Ach, ihr müsst das gelassen nehmen. Das passiert in Altherrenclubs doch auch.«

»Trotzdem. Es ist nicht gut, wenn wir zu viel übereinander wissen.«

Oskar zuckt mit den Schultern. Es freut mich, dass es ihn so gar nicht interessiert.

»Gehen wir morgen Abend essen?«

»Ganz altmodisch?«

»Wieso, weil wir keinen Sex hatten?«

»Fang nicht wieder an.«

»Nein, entschuldige. Darf ich dich morgen Abend vielleicht ausführen?«

Ich nicke. Wir schauen uns an und wissen beide, dass es eine Einlassung ist.

Es ist sechs Uhr morgens, als ich nach Hause schlendere. Ich sehe immer wieder Eilikas Blick, der auf mich gerichtet ist. Für einen Moment tauschen wir in meinem Kopf die Rollen. Es fühlt sich warm an, sie zu sein. Ein Wesen, das von allen geliebt und gestreichelt wird wie ein Rassekätzchen mit kleinem Gesicht und Knopfaugen. Die ersten Sonnenstrahlen scheinen golden auf den Asphalt. Meine Haare sind zerzaust, mein Kleid ist schmutzig von der Party. Für einen winzigen Moment tue ich mir nicht mehr leid.

Kapitel 7

Oskar

Armer kleiner Louis, er kann nichts für seine Eltern. Wie er da sitzt im Sand, wie seine kleinen, speckigen Hände mit einer Schaufel Kuchen aus krümeligem Dreck formen. Und dann dieser Sonnenhut, den ihm seine Mutter unter dem Kinn festgebunden hat.

»Na, Sandtiger, amüsierst du dich?«

Ich streichle ihm über die Wange. Sein Gesicht fühlt sich pappig an von der Sonnenmilch. Seine Mutter cremt präventiv. Louis strahlt mich mit seinen vier Zähnchen an und blinzelt dabei.

Er ist Zucker.

Der Spielplatz am Glockenbach ist im Sommer um halb zehn Uhr morgens schon so voll wie ein Münchner Biergarten am frühen Abend. Die Morgensonne flutet die grauen Straßenzüge und den Asphalt mit weißem Licht, die Hitze ist jetzt schon drückend, der mit Sand gepuderte Boden noch etwas feucht vom Tau der Nacht. Hier, unter dem alten Baumbestand, ist die Kühle noch spürbar. Mütter in Leinenkleidern von Hess Natur und Wickeltaschen von Isabel Marant genießen ihren Auftritt und gesellen sich zu den stets nervösen Mamis Mitte vierzig. Diese nehmen es mit der elterlichen Bindung in den ersten Lebensjahren sehr ernst und sitzen nicht am Rand auf der Bank, sondern mit im Sand. Oder sie stehen mit wedelnden Armen unten am Klettergerüst, um einen möglichen Absturz des Kindes zu verhindern. Alle Frauen hier haben mich längst als die Großmutter von Louis eingebucht.

Ich bin nicht interessiert an einem Small Talk, bei dem sie sich die eigene Unerfahrenheit als Mutter spiegeln lassen. Und das strahle ich aus.

»Entschuldigung, hättet ihr vielleicht ein Feuchttuch?«

Ein Perlhuhn mit Hermès-Tuch und großer hornbrauner Gucci-Sonnenbrille im Haar hat sich von hinten angeschlichen. Diese Art, eine Frau mit Kind immer im Plural anzusprechen, gehört zur grotesken Weltanschauung der Supermütter hier.

»Nein, leider nicht.«

Wir lächeln uns vergiftet an. Es bleibt die einzige Annäherung an diesem Morgen. Dienstags ist immer mein Vormittag mit Louis. Dafür gehe ich erst um zwölf Uhr ins Büro, Mona geht in der Zeit zum Kundalini-Yoga. Das ist die Art von Yoga, bei der es um Tantrismus und das Dritte Auge, nicht ums Bewegen geht. Ein Kindergarten für Louis kommt für Mona und Bert vor dem dritten Lebensjahr nicht infrage. Mona hat ihren Mann bereits mit neunzehn Jahren kennengelernt, die beiden verstehen sich gegenseitig als Liebe ihres Lebens, als wechselseitigen Schutzschild gegen das eigene verdorbene Elternhaus.

Bert ist ein flexibler Loser. Er entstammt einer Freiburger Hippiefamilie. Seine Mutter stillte ihn bis zum siebten Lebensjahr. So erklärt sich Bert sein unerschütterliches Grundvertrauen in das eigene Geschick. Ich erkläre mir damit seine hoffnungslose Naivität. Bert findet nicht nur, dass die Zeugen Jehovas Menschen mit »einer Ansicht« sind, er würde vermutlich auch Nachhaltigkeitsurlaub in Nordkorea buchen oder ein Seminar gegen Drogenkriminalität bei Rodrigo Duterte.

Er leitet ein Start-up namens »Cold Press Brainfuck« für trüben Apfelwein, der aus gesetzlichen Gründen nicht Cidre genannt werden darf. Wobei es allein der Nennung des Namens bedarf, um bei mir einen kalten Moment der Fremdscham auszulösen. Ein Jahr zogen Bert und die damals hochschwangere Mona über Wochenmärkte, um ihre trübe Mischung unters Volk zu bringen. Wie viele der Tester nach dem Verzehr des gärenden Drinks Magen-Darm-Beschwerden hatten, ermittelten die beiden nicht, wohl aber, dass der finanzielle Gewinn für ein bescheidenes Leben im hochpreisigen München reichen könnte.

Ich lasse meinen Blick über den Platz schweifen. Eine Mutter zwingt ihre Tochter gerade, sich an der Wasserpumpe die Hände zu waschen. »Das ist Vogelkacka. Das ist bäh«, sagt sie immer wieder. Im Grunde quält sie das Mädchen mit ihren eigenen Neurosen. Das Perlhuhn von eben hat inzwischen ein Feuchttuch gefunden und quatscht mit einer Eso-Mutter, die ihr Kleinkind in einem mit Wasser und Pisse gefüllten Matschteich in der Mitte des Sandkastens baden lässt.

Oskar fällt mir wieder ein. Er hat ein dunkles, warmes Lachen und schöne Hände. Ein Wunder, dass er nicht verheiratet oder in einer Beziehung ist. Er ist braun gebrannt, seine Haare wie Salz und Pfeffer, sein Brusthaar oder was ich davon sehen konnte, ist leicht ergraut. Weiße, einzelne Haare auf dunkelbraunen. Vielleicht ist er zu eigenbrötlerisch, zu kauzig für eine Frau. In meinem Alter haben Frauen nur noch das Recht auf nette Typen mit Macken. Die Narzissten und Angeber stürzen sich glücklicherweise auf die Zwanzigjährigen. Die älteren Frauen bekommen Rotwein, staubige Arbeitszimmer und Konversation mit Tiefe. Oskar hat es mir angetan. Ich bin verliebt in den Gedanken, mal jemand ganz anderen als Laurent zu daten. Mich mit einem stoffeligen, liebenswerten Mann, der mein Herz aufpäppelt, neu zu erfinden. Heute Abend treffen wir uns um acht Uhr auf der Brücke am Eisbach. Er will mich gleich am nächsten Tag nach unserer ersten Begegnung sehen, das hat Stalking-Potenzial oder ist pure Romantik.

Hier, Melanie, willkommen in deiner Zukunft! Du hast die Ausfahrt zur gut Alternden mit Lachfältchen und grauen Strähnen noch nicht verpasst. Oskar und du, ihr lauft als Silver-Surfer-Pärchen durch die Wellen der Ostsee wie in einem Versicherungswerbespot. Euer Geist ist frei, dein Hals noch nicht faltig. Ihr werdet eines Tages mit morschen Knochen die Art von Sex haben, die bei jüngeren Menschen Rührung statt Erregung auslöst. Taumeln, lesen, liegen, euch abends auf dem Sofa den Kopf kraulen, über die Schrulligkeit des anderen lachen und zu einem grauen, weichen Knäuel zusammenwachsen. Dein Herz wird nicht mehr hart sein, Melanie, nicht mehr besessen vom Erfolg, dein Körper nicht mehr Ergebnis deiner eigenen Konservierungsversuche. Wenn ihr am Wochenende im Straßencafé dicke Zeitungen lest, wird Oskar jungen, klapperdürren Gemüsestangen hinterherschauen, aber demütig genug sein, zu wissen, dass er zu dir gehört. Am Abend werde ich das schulterfreie, aber biedere Kleid von Laura Ashley tragen und mich nicht fragen, ob ich schon überprojiziere.

»Wir sind zu Hause.«

Ich werfe Monas Schlüssel auf den Tisch neben der Wohnungstür. Mona wohnt in einer engen Dreizimmerwohnung im Glockenbach. So eng, den Mieten in München sei Dank, dass der Weg in die Küche durch das elterliche Schlafzimmer führt. Aus Diskretion bleibe ich an der Tür stehen. Louis stolpert hinter mir herein.

»Mama, nicht, der Sand in den Schuhen …«

Mona stürmt herbei und nimmt Louis schnell auf den Arm. Sie trägt noch ihre fleischfarbene Baumwolleggings vom Yoga.

»Hallo, kleiner Liebling!«

Sie hält ihr Kind, er patscht seiner Mutter sofort aufgeregt im Gesicht herum. Sie streicht ihm über den Kopf, löst das Band vom Sonnenhut, seine Haare sind verschwitzt. Sie nimmt ein Mulltuch, massiert seinen Kopf trocken und ignoriert mich dabei. Die perfekte Symbiose zwischen Kind und Mutter ist wiederhergestellt, ich bin zum kostenfreien Personal degradiert. Genervt manövriere ich den Buggy herein, der, laut Hausverwaltung, nicht im Treppenhaus stehen darf. Mona hält ihr Kind auf dem Arm und mustert mich dabei.

Die Mutterrolle gibt ihr das Selbstbewusstsein, sich über mich zu stellen. Frauen wie Mona betrachten ihre Fruchtbarkeit als Segen.

Sie verschwindet zu Bert ins Schlafzimmer. Sie einigen sich flüsternd, dass der Ausschlag auf Louis' Po schon sehr viel besser geworden ist. Dann kommt Mona wieder rein.

»Ihr wart wieder auf dem Glockenbach-Spielplatz?«

»Ja«, sage ich resigniert.

»Den ganzen Vormittag?«

»Ja, Mona, den ganzen Vormittag.«

Mona ist der Meinung, dass ich ihrem Kind nicht genug Abwechslung biete. Zu viel auf mein Telefon starre. Das Konzept des Bondings, der bedürfnisorientierten Kindererziehung, nicht verstanden habe. Mona, Herrgott, es waren andere Zeiten. Ich war nicht verheiratet, Kinder waren noch keine Projekte, sie liefen mit. Ich wollte überleben, nicht untergehen, uns durchfüttern. Wie oft hatten wir dieses Gespräch.

Mona versteht das nicht. Sie sagt, dass ich immer zu gut, zu gepflegt aussehe. Dass das das Einzige ist, das mir immer wichtig gewesen sei. Den Männern wie ein Kätzchen hinterherschleichen zu können, gefügig, anbiedernd bis zur Selbstaufgabe. Ausgerechnet sie sagt das, die dienend und heteronormativ bis zum Anschlag ist.

Für jeden Mann sei ich eine andere gewesen, sagt sie. Die Dandy-Lady, die Unschuldige, ja, sogar die angefunkte Party-Maus – die Phase hat es in ihrer Erinnerung auch gegeben. Mona erzählt mir, dass sie manchmal als Kind im Bademantel auf der Treppe sitzend nachts auf mich gewartet habe. In ihrer Pubertät habe sie sich dann jedes Mal geschämt, wenn ich über den Witz eines Typen fake-lachte. Sie glaubt sogar, ich hätte versucht, ihrem ersten Freund, mit dem sie ausging, als sie sechzehn war, schöne Augen zu machen.

Und jetzt, Mutter, was ist jetzt?, fordert sie mich heraus. Schmerzt das Herz, die Hüfte, von all den Verfehlungen, von all dem Egoismus, der jetzt nicht mehr gutzumachen ist? Louis wird nie sagen, dass er keine Mama hatte. Mir, ihrer eigenen Mutter, bleibt nur, die Scherben aufzukehren, herumzuerzählen, dass Mona dank ihrer immer berufstätigen Mutter so gelungen ist.

Mona backt Kuchen, kocht Gemüse ein, schneidet Louis nicht die Haare, weil die Anthroposophen sie für Lebenslinien halten. Sie bleibt zu Hause, statt ihr zweijähriges Kind zu einer Tagesmutter zu bringen. Sie schaut auf den Stapel Post im Wohnzimmer. Der Anblick provoziert sie. Er ist eine Erinnerung daran, was alles noch zu tun ist, dass es nie endet und der ganze Scheiß (Berts Steuererklärung, die Rechnungen, die Unterlagen zum Yoga-Retreat, an dem sie nicht teilnehmen wird) letztendlich doch immer an ihr hängen bleibt.

»Mama, wie kann es sein, dass ihr den ganzen Tag im Glockenbach wart? Bei dem Wetter? Fahrt doch zur Plantsche, in den Wald. Nein, ihr geht nur dahin, wo Oma auf ihr Handy starren kann und einen Kaffee bekommt.«

Sie setzt Louis in seinen Laufstall und packt die Stofftasche mit dem Spielzeug und den Windeln aus. Ich schaue ihr lächelnd zu, sie versteht meine Milde als Häme.

»Ja, für dich bin ich die Blöde, die Zu-Ordentliche. Die kein Laisser-faire hat, die No-Fun-Tante.«

»Mona-Schatz, das habe ich nie gesagt.«

»Du denkst es, Mutter, ich bin nicht blöd.«

Mit einem Feuchttuch wischt sie die Wickelunterlage sauber. Es wirkt pingelig. Ich sage nichts. »Respektierst du mich nicht als Mutter, musst du mir zeigen, wer hier die Kontrolle hat? Das ist lächerlich, Mama. Das hat mir mein Therapeut schon öfters gesagt.«

»Was hat er gesagt? Dass ich eine schlechte Mutter war?«

»Nein, dass ich deine Provokationen klar benennen soll.«

»Und was für Provokationen bitte? Dass ich gerne auf

einem Spielplatz sitze? Den Louis übrigens auch gerne mag.«

Mona schüttelt den Kopf. In letzter Zeit überspringt sie die ersten drei Stufen der Eskalation gleich hin zur Grundsatzdebatte.

»Oma geht es sehr schlecht. Ich helfe ihr heute Nachmittag beim Packen, also im Grunde packe ich.«

»Und ich bringe sie Montag hin. Ins Heim.«

»Es ist alles so traurig.«

»Ach, Moni, sie wird es gut haben. Es ist ein Seniorenstift vom Roten Kreuz, kein Heim.«

»Ja, du hast recht.«

Wir wissen beide, dass das gelogen ist.

Am Abend überlege ich, ob ich die Tube Vaginafrugat in meiner Handtasche verschwinden lassen soll, entscheide mich aber dagegen. Meine Regelblutung hat nach zwei Tagen wieder aufgehört, auf meiner Slipeinlage ist nur noch ein winziger Fleck. In meinem Körper wird es Herbst. Ich peele mein Dekolleté mit einer Granulat-Lotion, klopfe Revital-Birkencreme ein, rubble meine Brüste mit der Slendertone-Massagebürste und gebe Vitamin-A-Säure auf mein Brustbein – das ätzt die winzigen Altersflecken weg. Immerhin scheint es psychologisch zu wirken, ich fühle mich gereinigt und – mit einer Hautschicht weniger – jünger.

Zur verabredeten Zeit stehe ich noch vor dem Badezimmerspiegel. Schnell renne ich raus, steige aufs Rad und fahre am Schwabinger Bach entlang. Die gewohnten Szenen rasen an mir vorbei. Verliebte, Straßenmusiker, alte Paare mit Dackeln, Labradoren und anderen Modehunden tummeln sich auf dem Spazierkies. An der Eisbachwelle im Englischen Garten sind ein paar Surfer bereit, sich das Genick zu brechen. Ich schreibe Oskar schnell, dass wir uns lieber in diesem kleinen Biergarten an der Isar treffen. Er schreibt »ok« ohne Satzzeichen zurück. Den Rest des Weges auf dem Rad verbringe ich damit, darüber nachzudenken, warum ein Hochschulprofessor wie er in privaten Textnachrichten so wenig Wert auf Satzzeichen legt.

Von Weitem winkt Oskar mir zu. Es wirkt wahnsinnig bemüht. Ich parke schnell mein Fahrrad, damit er aufhört. Mein erstes Date in den Wechseljahren. Auf einmal ist mir alles peinlich.

»Entschuldige, ich habe erst da oben gewartet, ich wollte nicht unhöflich sein.«

Das Wort »unhöflich« erscheint mir in diesem Zusammenhang unpassend.

Oskar sammelt seine Zeitungsseiten zusammen, die er auf einer Parkbank gelesen hat. Weil er nur ein hellblaues, kaum gebügeltes Hemd trägt, fühle ich mich *overdressed*. Als er sich nach dem Papier bückt, fällt mir der kreisrunde Haarausfall in der Mitte seines Kopfes auf. Ich brauche erst einmal ein Bier. Oskar geht vor zu einer Bude und kommt mit zwei Flaschen Augustiner zurück.

Wir spazieren langsam an der Isar entlang. Studenten haben ihre Fahrräder ins Gras gelegt und gammeln an den Ufern auf karierten Decken. Es ist frischer als gestern. Die Luft hat sich merklich abgekühlt.

Unser Gespräch ist weniger unangenehm, weniger laut als unser erstes auf der Party, aber noch fühlt sich alles fremd an. Ich zupfe mein Blümchenkleid beim Gehen zurecht. Oskar trägt zu meiner Überraschung noch die beige Hose von Sonntagmorgen, zumindest lassen die tiefen Sitzfalten im Schritt darauf schließen. Er schwitzt stark. In seinem blauen Hemd haben sich auf der Höhe der Achseln dunkelblaue Stellen gebildet. Er tut mir ein bisschen leid. Einen Moment denke ich daran, wie ich hier mit Laurent einmal einen Pärchenabend verbracht habe und wir unsere Füße ins Wasser hielten. Der aktuelle Flirt muss immer der Vergangenheit standhalten. Das ist nicht fair, aber eine Gesetzmäßigkeit. Laurent wusste, was ich wollte. Wir kannten uns. Ich hatte ihm beigebracht, meine Brüste beim Sex anzufassen. Ich ließ ihn einschlafen, wenn er gekommen war. Eine Beziehung aufzugeben, bedeutet auch immer, seinen Liebhaber zu verlieren. In Laurents Fall erwies sich das als besonders bedauerlich.

»Wie ist es dir ergangen seit gestern?«

Oskar stößt den Small Talk an. Es folgt ein Gesprächsblock über die Stunden nach der Party, darüber, dass weniger Alkohol mehr sein könnte, dass man früher mehr vertragen hat, heute also weniger, dass es aber keinen wirklich guten Grund gibt, das Trinken auf Partys zu lassen, dass man es aber doch lassen sollte, andererseits, ist das Leben nicht zu kurz? »Dann habe ich noch mit meinen Töchtern telefoniert. Josephine, die Jüngere, sucht momentan einen Studienplatz. Sie will in London Design studieren, vermutlich braucht sie ein Stipendium. Ich helfe ihr da mit Kontakten.«

»Wirklich? Ich bin eine schlechte Mutter. Ich habe Mona nie geholfen. Heute hat sie einen Abschluss in BWL.«

Ich hasse diese Kinder, die sich von ihren Eltern den Arsch hinterhertragen lassen. Oskar denkt nicht daran, sich zu rechtfertigen, und nickt nur. Ich frage nach der Mutter seiner Kinder (Malerin, aber derzeit arbeitslos), nach seinen Plänen (nächsten Sommer mit den Töchtern nach Sizilien), nach seinen Träumen (keine besonderen). Ich bemerke, wie er in meinen Ausschnitt schielt. Um ihn dabei nicht zu stören, schaue ich extra in eine andere Richtung in die Bäume. Später essen wir am Wasser. Wir sitzen auf Bierbänken und bestellen Obazda, Brez'n und eine Karaffe Weißwein.

»Du bist ungewöhnlich, Melanie. So frei. Die meisten Frauen …«

»… in deinem Alter …«

Oskar lacht. »Nein, das wollte ich nicht sagen … ich meine, es gibt wenige Frauen, die so sind wie du. So frei. So eigenständig. Wolltest du immer Journalistin werden?«

»Ja. Immer.«

Wieder nickt er nur.

»Du hast Glück, dass deine Mona schon verheiratet ist, ein Kind hat.«

»Ach, ich hätte sie lieber in einem klimatisierten Büro gesehen, auf Reisen.«

»Aber, es ist ja klar, weil du ein Freigeist bist, ist deine Tochter konservativ. In solchen Dingen gibt es doch selten Übereinstimmung zwischen Eltern und Kindern.«

Ich versuche, das Gespräch von den Kindern wegzulenken und frage Oskar über seinen Beruf aus. Ein Kennenlernen in der Mitte des Lebens bedeutet weniger Klärungsbedarf, niemand will sich mit fünfzig Jahren noch streiten.

Das Thema Griechisch-römische Archäologie hat sich schnell erschöpft. Nach einer kurzen Pause sagt Oskar: »Ich habe mit einem kleinen Team eine Ausgrabungsstelle auf Sizilien, von der Uni, in zwei Wochen fahre ich hin. Wir könnten in Bari Pasta essen und spazieren gehen, also wenn du mitkämst.«

Oskar öffnet mir ein Fenster mit einer Aussicht auf unser

Leben, und nach zwei Weißwein tusche ich mir den Rest dazu.

»Es wäre malerisch«, sage ich.

Der Kellner kommt vorbei.

»Ich verbringe gerade den ersten Abend mit einer besonderen Frau, bringen Sie uns eine bessere Flasche, die beste, die Sie haben.«

Der Kellner nickt und schaut uns beide an.

»Tut mir leid, das war sehr direkt, ich bin nur gerade merkwürdig froh.«

Ich nicke und schäme mich für ihn.

Es ist bereits dunkle Nacht, orangene Lichter schmücken das anliegende Waldstück, Mücken flirren in den Baumkronen. Um uns herum noch wenige besetzte Plätze. Ich beuge mich über den schmalen Biertisch vor und küsse Oskar. Unsere Lippen berühren sich, unsere Zähne krachen aneinander. Ich versuche, den Kuss zu retten, und drehe meinen Kopf leicht zur Seite, er schiebt mir sanft seine Zunge in den Mund, ich schiebe meine darunter. Es fühlt sich nicht synchron an.

Ich gehe um den Biertisch herum, was zwei Sekunden dauert und kurz Beschämung bei uns beiden auslöst, wir lachen, ich setze mich halb auf seinen Schoß, schlinge die Arme um ihn herum und versuche es noch mal.

Gott im Himmel, mach, dass er kein schlechter Küsser ist.

Beim zweiten Mal gelingt es mir wieder nicht, seine Zunge aus meinem Mundraum zu halten, wohl aber, es nicht komplett unangenehm zu finden. Für den Kellner müssen wir wie zwei brünstige Alte aussehen, zumindest nach nichts, was man auf YouPorn hochladen würde. Wir knutschen. Aber gut wird es nicht mehr. Am Ende wische ich mir diskret die Spucke aus den Mundwinkeln.

Hand in Hand schlendern wir zu ihm. Für Widerstand bin ich zu beschwipst.

Wenn ich Laurent geküsst habe, war das wie eine Verheißung. Beim Küssen bekam ich Lust auf mehr. Vermutlich könnte ich heute noch mit ihm schlafen.

In Oskars Wohnung ist es stickig und heiß. Er öffnet die Fenster zum Hof. Wir legen uns auf die Couch in seinem Arbeitszimmer, auf der ich schon gestern Nacht lag. Es hat fast schon etwas Vertrautes.

Wir küssen uns weniger mechanisch und bleiern, gut ist es noch lange nicht, aber vielleicht kommen wir dorthin. Mit seinen 1,90 Metern legt er sich barfuß auf mich drauf, Hemd und Hose behält er an. Ich sehe mich selbst von außen, wie ich von diesem Lulatsch erdrückt werde. Es sieht bestimmt nicht gut aus.

Während wir fummeln, fällt mir wieder ein, wie er nervös wie ein Schulbub die zwei ersten Bier geholt hat, und finde ihn wieder süß. Er ist doch mein Oskar, und das ist unser zarter Start. Mit ungeschickten Fingern fängt er an, meine trockene Scheide zu reiben, was schmerzhaft ist. Ich spucke mir in die Hand, lasse diese in meinen Slip gleiten, um wenigstens die gröbsten Verletzungen und seine Enttäuschung über meine mangelnde Feuchtigkeit abzuwenden.

»Ich begehre dich sehr, Melanie«, sagt Oskar und stöhnt auf. Bald ist er nackt, weil er sich selbst Hemd und Hose auszieht. Es hat etwas Erbärmliches. Durch seinen Baumwollslip spüre ich seinen erregten Pimmel. Er pikst in meinen Oberschenkel. Dass er das kann, entlarvt ihn als Mikropenis. Alles wird gut, Melanie. Als er in mich eindringt, spüre ich Erleichterung, aber null Erregung.

Es ist nicht schlimm, wenn der erste Sex nicht gut ist, wir können üben. Ich habe Mühe, seinen Schwanz durch meine Beckenmuskulatur in meiner Scheide zu halten, ständig flutscht er raus. Ich beende die Missionarsstellung, indem ich mich auf ihn draufsetze. Er kommt innerhalb von dreißig Sekunden.

Ein Stein fällt mir vom Herzen.

Ich kuschle mein Gesicht an Oskars Brust. Er küsst meine Stirn. Es ist die erste formvollendete harmonische Handlung, die wir vollziehen. Ich stehe auf, ziehe mir sein Hemd an, das nach Schweiß riecht, und hole mir ein Glas Wasser. Als ich wieder reinkomme, liegt er noch immer auf der schmalen Couch, irgendwie nackt, doch von der Zimmertür sieht es so aus, als hätte er ein Kleid aus Körperbehaarung an.

Die Art von Pelz, die in Siebzigerjahre-Erotikfilmchen zu sehen ist. Ich lege mich wieder zu ihm. Er legt sein Bein auf meine Beine. Ich lege meine Hand auf seine Brust. Wir bleiben eng verknotet bis zum Morgen liegen. Weil wir zu aufgekratzt zum Schlafen sind, unterhalten wir uns über Blödsinn. Ich mache kein Auge zu und höre auf einmal meine Mutter wie in Kindheitstagen meinen Namen durch unseren Garten rufen. Ein Flashback. Ich erzähle es Oskar, und er muss laut lachen. Ich fremdle mit seinem Körper, aber unsere Herzen scheinen einander merkwürdig zugeneigt.

Um sechs Uhr morgens stehe ich auf, weil ich um neun in der Redaktion sein muss und vorher nach Hause will.

Oskar möchte mir Kaffee kochen, aber ich zwinge ihn, liegen zu bleiben.

»Schön, dann kann ich mich gleich hier hinsetzen und arbeiten, und dich behalte ich an mir.«

Wir sehen uns wie zwei Schwerverliebte an.

»Willst du nicht doch einen Kaffee? Ich habe auch Müsli.«

Mir fällt auf, dass ich noch nicht ganz verstanden habe, ob das hier sein Büro, seine Wohnung oder beides ist. Ich beschließe, nicht zu fragen. Dieser Typ ist so harmlos, so gutmütig, dass er nur in mich verknallt sein kann. Ich habe es so satt, Single zu sein. Ich will wieder an andere Dinge denken als an Aufhübschen, Essengehen, immer dieselben Fragen beim ersten Date. Ich will angekommen sein und mir mit jemandem die Zukunft ausmalen. Ich schlüpfe in mein Kleid und gebe Oskar einen letzten Kuss. Er ist okay. Ich schleiche durch das Treppenhaus und hoffe, um alles in der Welt nicht Eilika zu treffen. Zu Hause steige ich endlich unter die Dusche und lasse mir das Wasser übers Gesicht laufen. Mit geschlossenen Augen tusche ich mir die Erinnerung an Oskar richtig schön, schmirgele die harten, dissonanten Stellen einfach weg, glätte die Gesprächspausen zu einem schönen Konversationsfluss. Das hier ist meine Geschichte, der erste glückliche Morgen seit Wochen.

In der Redaktion ändere ich noch drei Worte an Eilikas erster Kolumne und gebe sie auf Werners Wunsch frei. In einer Stunde ist sie online, in zwei Stunden im Druck. Heute soll es mir egal sein.

Kapitel 8

Frakturen

Mit fünfzig bin ich noch jung, das sage ich mir ständig. Das stimmt natürlich nicht und ist bescheuert. Aber ich sage es mir immer weiter vor. Wie ein Mantra. Mein Kopf ist voller nicht eingeräumter Gedanken, voller selbst relativierender Lügen. Ich bin es müde, für alles Schubladen zu finden. Ich werde vielleicht, die Barmherzigkeit des Schicksals sei gelobt und gepriesen, einen Freund haben. Mit dem Rauchen aufhören. Mir dieses Rudergerät aus Kirschkernholz bei Manufactum bestellen und morgens damit dreihundert Pull-ups schaffen. Jeder Veganer hat heute einen Body-Mass-Index von 17. Laurent ist einundsechzig Jahre alt, aber er wird zum ersten Mal Vater. Männer machen das so. Sie haben erst kleinere Geschwister, dann die Kinder ihrer Liebhaberinnen, irgendwann braucht die Profilneurose mehr Futter, und sie machen sich selbst eines. Mona war jahrelang Laurents Baby, dann sein Mädchen. Heute ist sie erwachsen, und der Kontakt ist eingeschlafen. Ich habe sie gefragt. Als hätte es nie eine Mona in Laurents Leben gegeben. Als hätte er sie nicht von Kindergeburtstagen abgeholt, ihr nicht eine Tasche mit Einhörnern darauf geschenkt, nicht ihre Abiturparty in seiner Galerie geschmissen.

Das eigene Baby ist der traurige Versuch, das eigene Älterwerden zu kaschieren. Babys wirken bei Männern wie Anti-Aging-Cremes bei Frauen. Ein Typ mit einer Babytrage vor der Brust gewinnt zehn Jahre. Ein Babybruder oder eine Babyschwester für das Kind sind dann nichts weiter als weitere Versuche, die Zeit einzufrieren. Bei Frauen wirken die Anti-Aging-Cremes nicht, schon gar nicht diese Gesichtsmasken aus dem Tiefkühlfach. Haben sie noch nie.

Frauen werden unsichtbar, Männer machen den typischen Anwendungsfehler in der Midlife-Crisis und zeugen ein Kind. Laurent wird bald versuchen, sein Kind zwischen Dutzenden kleinen Kindern auf dem Spielplatz zu finden. In der Zeit schreibe ich eine Oma-Kolumne und versuche, beim Corefit meine Rückenschmerzen loszuwerden. Das ist das Nullsummenspiel des Alters für eine Frau. Weil der Uterus vertrocknet, verschwindet die Lebendigkeit aus dem Leib. Weil die Wechseljahre kommen, werden wir wehleidig wie Babys.

Früher profitierte Laurent von meiner Jugend, heute von der seiner jungen Frau. Als wir uns kennenlernten, war ich fünfunddreißig Jahre, und Laurent war in meinen Po verliebt. In die ganze Melanie, aber auch in meinen Po.

Samstagvormittags im Bett genoss er es, seine Finger in ihn hineingleiten zu lassen. Das entsprechende Gel lag am linken Bettpfosten bereit, von der hohen Flügeltür aus gesehen. Helle Morgen im Bett. Wir waren Gainsbourg und Bardot. In einer Altbauwohnung mit Stuck und hohen Decken. Bodenlange weiße Vorhänge wehten durch das offene Fenster auf uns zu. Zur Zerstreuung führten wir sexualisierte Philosophie-Gespräche wie in einem Nouvelle-Vague-Film.

»Gut, wir probieren es.«

»Ich will, dass du mir in die Augen schaust dabei.«

»Ganz fest.«

»Ich könnte jetzt schon kommen.«

»Dann mach das.«

»Ich will noch nicht.«

»Fühlt es sich gut an.«

»Ein bisschen tut es weh. Warte, ich will das.«

»Darf ich kommen?«

»Schau mich an dabei. Guck nicht weg. Schau mir in die Augen. Hier bin ich.«

»Ich komme, ich kann nicht mehr warten.«

»Schau hin, schau mich an.«

»Tut es dir nicht mehr weh?«

»Nein, mach weiter.«

»Du bist so schön. Ich will dir nicht wehtun.«

»Ein bisschen wirst du mir wehtun müssen, sonst bleibt es nicht spannend zwischen uns. Damit es etwas bedeutet.«

»Okay, ich komme jetzt.«

Als er fertig war, gab Laurent mir immer einen langen Kuss.

»Willst du alles mit mir teilen? Wir wollen nie Geheimnisse haben.«

»Ich kann jetzt unmöglich reden. Warte, aber das braucht es doch.«

»Vielleicht nicht. Wenn man beginnt, die Dinge mit sich selbst auszumachen, dann ist es zu spät für die Liebe. Dann stirbt die Beziehung.«

»Ich würde aber nicht alles mit dir teilen. Wenn ich Viagra nehmen müsste, weil ich nur noch eine Fünfundvierzig-Grad-Erektion habe. Und Bettnässe auch nicht.«

»Aber das müsstest du. Ich will alles von dir wissen. Auch wenn du Anscheiß-Pornos mit kleinen Asiatinnen guckst.«

»Ich verspreche es dir.«

»Du bist ein guter Mann.«

Wenn Laurent kam, hielt er mich dabei fest im Arm. Es gibt wenige Männer, die verstehen, dass Frauen ganz fest gehalten werden wollen. Wenn es der richtige Mann ist, wollen sie nicht mehr losgelassen werden.

Laurent brachte damals ungebändigten glitzernden Luxus in mein Leben. Er war elf Jahre älter als ich, ein erfolgreicher Galerist, ich die Kultur-Journalistin mit der Sechzig-Quadratmeter-Mietwohnung, alleinerziehend, mit einer Tochter. Wir verliebten uns schnell und fatalistisch. Nach der ersten Nacht fragte er mich schon, ob ich ihn heiraten will. Ich lachte ihn aus.

Ich zog zu ihm und hörte auf, im Supermarkt Preisschilder zu beachten. An meinen Händen funkelte es über Nacht. Ein blauer Smaragd vom Juwelier Bucherer für meinen ersten Hochzeitstag. Ein Jahr später ein in Diamanten eingefasster Rubin. Wir bestellten fast jeden Abend Sushi im *Koi* als Take-away, keine halbe Stunde danach zur Abholung in weißen Papiertüten bereit, sanierten das Bad mit zwei Waschbecken und einer runden, frei stehenden Badewanne aus rosa Kupfer, arbeiteten so viel und so lange, damit nur die beste Nanny der Stadt auf Mona aufpassen konnte. Meine Finger glitzerten von Jahr zu Jahr mehr – wie die einer reichen Ehefrau. Das bisschen Rückenfreihalten, Bekanntschaften-Kleinreden, Mona in unser Paarsein integrieren. Meine Geduld schützte unser Glück vor dem eisigen Zugwind von außen.

In der Redaktion machte ich die Ansagen und verteilte

die Themen auf Seite 3. Zu Hause war ich haushaltsliebend und Kochshow-affin, benutzte Raumduft-Diffuser und versuchte, Laurent von einem weiteren Kind zu überzeugen. Er wollte nicht. Die Jahre vergingen. Wir bauten eine Empore aus weiß gebeiztem Holz in Monas Zimmer und sie wieder aus, als Mona größer wurde, keine Zahnspange mehr, aber einen BH trug. Wir züchteten Bonsai- und Zitronenbäume im verglasten Balkonzimmer, gingen für hundertzwanzig Euro den Haarschnitt zum Friseur. Die Langweile wohlgenährter Menschen schlich sich ein. Wir buchten ein Callgirl, um zu verstehen, warum Laurent nur noch aus der virtuellen Pornhub-Welt Erregung ziehen konnte. Verletzender war nur die Tatsache, dass er sich nicht einmal die Mühe machte, es zu verbergen. Wenn er sich einen runterholte, war die Tür zu seinem Arbeitszimmer selten geschlossen, den Cache seines Rechners leerte er kaum.

Mein Verlangen wurde für ihn zur Bedrohung.

»Komm zu mir. Wir trinken ein Glas Wein auf der Couch.«

»Gleich. Bin gleich da.«

»Laurent?«

»Entschuldige, ich musste noch einmal telefonieren.«

»Komm nur kurz her.«

Wenn er dann den Kopf an meine Schulter legte, wusste ich, dass er kein Bedürfnis verspürte, mich auszuziehen.

Ich fragte mich im letzten Jahr unserer Ehe oft, ob er noch wusste, wie versaut wir am Anfang gewesen waren. Am Schluss machte er alles mit sich selbst aus. Unsere Gespräche bestanden nur noch aus kleinlichen, pingeligen Optimierungsversuchen unseres Alltags.

»Bitte sag mir das nächste Mal, wenn ich Pommes esse, dass ich es nicht sollte. Es tut mir nicht gut.«

»Vielleicht sollten wir einen Luftreiniger für die Wohnung anschaffen, diese Pollenzeit macht mir gesundheitlich zu schaffen.«

Wir diskutierten, ob wir *Geolino* statt *Zeit Leo* für Mona abonnieren sollten, ob es aus Nachhaltigkeitsgründen noch vertretbar war, nach Bali zu fliegen, ob der geschlossene Topf beim Kochen der Pasta nicht unitalienisch sei (aber klar ist er das!), ob sich die Anschaffung eines Entsafters lohne oder das Reinigen der Einzelteile zu viel Mühe mache. Ich arbeitete noch mehr, wurde in die Chefredaktion befördert, Laurent plante eine zweite Galerie. Auf den Zeitungsfotos vom Eröffnungsabend halten wir uns im Arm. In der Bildunterzeile steht irgendetwas von »Power-Couple«. Längst hatten wir mehr Geheimnisse als Gemeinsamkeiten. Unsere inneren Monologe verhielten sich wie divergierende Kreise. Ich bat ihn, eine Paartherapie mit mir zu machen, von fünf Terminen schaffte er es zu den ersten beiden. Die weiteren drei Termine verbrachte ich allein mit der anfangs mitleidigen, dann wütenden Paartherapeutin.

»Ganz ehrlich, Sie haben doch auch keinen Bock mehr«, platzte es irgendwann aus ihr heraus. Aber ich war nicht zornig, ich versuchte wirklich, meine Ehe zu retten. Wollte niemand anders begehren. Das Leid, das Laurent mir durch seine Gleichgültigkeit zufügte, hatte etwas Würdevolles. Wir hatten eine Ehekrise. Wir würden sie überwinden.

Man sollte es vorher wissen. Und über die Jahre hinweg unauffällige Geldsummen zur Seite schaffen. Einen Safe für Schmuck und Wertpapiere bei der Bank anlegen. Teure technische Geräte zum Schein verlieren und sie in einer Garage zwischenlagern oder gleich bei eBay verkaufen. Umzugsunternehmen raussuchen, sich über Preise informieren und sie mit den Links für Nachsendeaufträge bei der Post und für das Anfertigen von Klingelschildern in einer Excel-tabelle speichern. Für den Moment, wenn das eigene Mär-chen einen Totalschaden erleidet und alles, was damit an Praktischem verbunden ist, so unglaublich schwerfällt. Wenn ein glückliches, eng umschlungenes Aufwachen plötzlich in weite Ferne rückt, als hätte es das nie gegeben. Einen Plan B zu haben, ist deshalb wichtiger, als sich den gemeinsamen Lebensabend auszumalen. Wie will man le-ben, später, allein, ohne Sex?

Meine Mutter sah mit zwanzig Jahren aus wie die junge Sophie Marceau. Es sind die schönsten Mädchen, die die Männer heiraten, die sich später eine andere, jüngere su-chen. Hätte ihr jemand vor fünfzig Jahren gesagt, dass Zimmer 249a in einem städtischen Seniorenstift des Ro-ten Kreuzes ihre letzte Station sein würde, ein zwanzig Quadratmeter kleiner Raum mit PVC-Boden, der sich gut wischen lässt, hätte sie diese Behauptung weit von sich gewiesen und mit einem jugendlichen Lachen gerufen: »Nein, wenn ich sterbe, dann triumphierend!« Und dann hätte sie sich eine Zigarette angezündet.

An dem Tag, an dem Mutter ins Altersheim zieht, regnet es in Strömen. Die Fahrt wird nicht vom Pflegedienst über-nommen, hatte die Frau am Telefon gesagt. Ein netter tür-kischer Taxifahrer trägt also meiner Mutter die drei Kartons hoch, randvoll mit den Dingen, die sie für mitnehmenswert befunden hat. Drei Kisten, ein kompostiertes Leben. Alles, was bleibt. Wir schauen durch die nassen Autofenster zu, wie er sich abmüht.

»Bitte passen Sie auf, ich halte sehr an diesen Dingen fest«, hatte Mutter mit zittriger Stimme zu ihm gesagt.

Als er ihren Rollstuhl aus dem Kofferraum holt und ausklappt und mir schließlich hilft, sie hineinzusetzen, scheint er mich strafend anzusehen.

Seine Augen sprechen Bände: »Eine Mutter bringt man nicht ins Heim. Du schuldest ihr das Leben. Soll sie dir ihren Tod verdanken?«

Mutter schaut mich mitleidheischend von unten an. Sie hat dicke blaue Wollsocken an und unförmige Sportschuhe. Martha hat sie am Morgen das letzte Mal angezogen. Mutter sieht passabel aus, bis auf diese Socken. Es war Marthas letzter Tag als häusliche Pflegekraft für Mutter, vielleicht hatte sie es eilig gehabt. Eine neue Kundin wartete schon.

Aber nicht nur Martha hat sich dem Lauf der Dinge entzogen. Mona hat ebenfalls abgesagt, Louis habe in der Nacht Fieber bekommen. Vielleicht komme sie später noch nach. Maria hat nicht mal angerufen.

Und so ist es also an mir, Mutters letzten Umzug zu begleiten, wir machen ihn gemeinsam. Schon in der unpersönlichen grau gehaltenen Empfangshalle laufen Mutter Tränen über die Wangen. Ich bringe es nicht fertig, sie zu umarmen. Es ist schlimmer, als ich es mir vorgestellt habe. Topfpflanzen aus Plastik stehen in Betonrotunden, die mit Blähton aufgefüllt sind. Die Sitzreihen im Eingangsbereich sind senfgelb und abgenutzt. Die Aufzugtüren braun, im Fahrstuhl riecht es nach Urin.

Zweiter Stock. Zimmer 249a. Ein typisches Krankenhauszimmer mit einem kastenförmigen Fernseher in einer Halterung oben an der Wand. Der Taxifahrer hat die Kisten direkt daruntergestellt. Ich muss die Tür blockieren, um

Mutter mit ihrem Rollstuhl ins Zimmer schieben zu können. Regentropfen laufen von den Fensterscheiben. Mutter scheint es wenig zu interessieren, dass es sich um einen freundlichen Sommerregen handelt. Wir schweigen uns an. Es ist alles hundertmal besprochen. Mein Nachfragen an der Rezeption unten zeigt keine Wirkung. Wir warten eine lange Stunde, bevor jemand auftaucht. Eine Pflegerin schaut durch die halb offene Tür herein.

»Hallo, ich bin die Gabi. Ich mache noch eine Windel bei Ihrer Zimmernachbarin Frau Brennicke und bin dann ganz bei Ihnen, Frau Moosburger.«

Als ich unseren Familiennamen höre, zucke ich zusammen. Mutter weint, die Tränen rollen wieder über ihre Wangen. Zusammengekauert in ihrem Rollstuhl sieht sie aus wie ein Kind, wie eine kleine Puppe. Sie nimmt ein zerknittertes altes Stofftaschentuch aus ihrer Jackentasche, das mit den eingestickten Blumen, um sie abzuwischen. Ihre Haare sind unordentlich, kaum gekämmt, als hätte sie sich an diesem Morgen aufgegeben.

»Bring mich hier weg, Melanie, bitte!«

Mutter schaut in ihre Hände.

Das ist der Moment, vor dem ich am meisten Angst hatte.

»Mama, du weißt, das geht nicht. Was willst du tagsüber bei mir alleine? Und bei dir kannst du nicht bleiben, Martha ist überfordert. Ich komme dich jeden Tag besuchen. Weißt du, das habe ich dir doch versprochen …«

»… nein, Melanie …«

»Mama, ich muss arbeiten.«

»Melanie, nimm mich mit, ich will nur hier weg.«

Jetzt weint Mutter bitterlich. Ich bringe es nicht über mich, sie zu umarmen, und halte nur ihre Hand. Die ständigen Demütigungen, fünfzig Jahre lang, ich kann meine Mutter nicht umarmen. Ihre Tränen sind mir peinlich, ich will nicht, dass sie auf meinen Blazer rotzt. Um vierzehn Uhr ist Wochenkonferenz. Nervös schaue ich auf das Handy. Ich hole Mutter auf dem Gang eine Flasche Sprudel, setze mich aufs Bett und schaue durch meine Nachrichten.

Keine von Oskar. Schon seit zwei Tagen nicht. Sonntagmorgen haben wir uns verabschiedet. Sonntag nicht. Montag auch nichts. Das ist nie ein gutes Zeichen, wenn sich der andere nach der ersten Nacht nicht in den vierundzwanzig Stunden danach meldet.

Als ich mit Mona schwanger wurde, war mein erster Gedanke: Ich schaffe das mit meiner Mama. Doch meine, inzwischen geschiedene Mutter war schockiert: »Das geht nicht«, sagte sie entsetzt. »Das vermasselt dir das ganze Leben.« Ich war Anfang zwanzig, als ich begriff, was hinter den Depressionen und der Missgunst meiner Mutter steckte, wie sehr mein Vater sie über die Jahre ihres Zusammenlebens gedemütigt hatte.

Gabi kommt rein, eine kleine, rundliche rothaarige Frau. Ich bin sofort erleichtert. Ich schaue zu, wie sie Mutter in die Fernbedienung und das Wochenmenü einweist. Gabi hat diese freundliche Professionalität. Mein Handy klingelt. Es ist Chérie. Ich gehe schnell dran.

»Hey, du.«

»Mel, wir haben hier einen Riesenstress. Es ist wegen Eilikas Kolumne.«

»Was ist passiert?« Panik steigt in mir auf.

»Die Zitate dieser Linken-Politikerin, die sie zitiert.

Nichts davon war autorisiert. Hast du kein Fact-Checking gemacht?«

Mein Herz schlägt bis zum Hals.

»Doch, doch, natürlich«, lüge ich. »Ich bin gleich da.«

Ich merke, wie meine Knie butterweich werden.

»Scheiße!«

Gabi ist gerade beim Hühnerfrikassee auf Reis, als ich sie unterbreche.

»Mama, ich muss los.«

Sie schüttelt den Kopf.

»Melanie, nein!«

»Ich bin morgen früh wieder da, ich verspreche es.«

Ihre Hand greift nach meiner. Ich drücke ihre kurz, lächle Gabi an.

»Keine Sorge, Frau Moosburger, wir machen es uns hier nett.«

An ihrem ersten Tag im Kindergarten habe ich Mona einen Toast mit Bananenscheiben als zweites Frühstück mitgegeben. Das Leben besteht nur aus Abschieden von den Liebsten. Laurent hat mir zur Trennung nichts geschenkt. Als wir uns scheiden lassen, bin ich siebenundvierzig Jahre alt. Nicht mehr frisch genug, um ihn jung aussehen zu lassen. Er ist achtundfünfzig Jahre, und drei Jahre später fängt sein Leben nun neu an. Als Vater. Als Hauseigentümer. Die Wohnung, das Auto, die Frisur, die Zähne und die Frau hat er ausgetauscht, den Penis hat er vermutlich noch.

Mutter schaut mir nach, als ich die Tür von außen schließe, fixiert mich bis zuletzt durch den Spalt. Ich reiße mich los und renne hektisch zum Taxistand vor dem Altenheim. Ich rufe Chérie aus dem Auto an. Sie geht nach dem zweiten Klingeln dran.

»Wo bist du? Weißt du eigentlich, was hier los ist? Werner tobt.« Sie brüllt.

»Aber was ist denn passiert?« Ich vertrage jetzt nicht auch noch Ärger im Job.

»Was passiert ist? Hast du nicht zugehört? Eilikas Kolumne ist voller Fehler, Satzbau, Floskeln. Aber das interessiert Werner alles nicht. Eilika hat die Langenberg von der Linken zitiert. Wir haben mit der seit Monaten ein Verfahren. Bitte sag mir, dass du die eidesstattliche Versicherung dazu gelesen hast. Und die Unterlassungen? Wir haben gegen fünf Unterlassungen verstoßen. Das ist echt ein Kunststück auf nur fünftausend Zeichen.«

»Nein, das kann nicht sein.«

»Doch, Melanie. Du hast den Text doch redigiert. Ich fasse es einfach nicht, der Kemmler, Langenbergs Sponti-Anwalt ist ein alter Kumpel von Werner, was meinst du, welcher Kopf jetzt rollen wird?«

»Nein, Chérie, nein, das kann nicht sein …«

»Du weißt, dass ich dich liebe. Aber wie zur Hölle? Weißt du, was für eine Scheiße Eilika über die Langenberg geschrieben hat?«

»Chérie, Mutter muss ins Heim …«

»… ach, Melanie, ja … und du treibst dich lieber auf Teeniepartys herum. Komm bitte hierher, bitte. Werner hat Eilika schon für heute nach Hause geschickt. Dabei ist es nicht ihre Schuld, es ist deine. Das wirst du ja wohl auch so sehen. So etwas steht uns beiden nicht. Wir wollten es anders machen, weißt du das nicht mehr?«

Ich sacke im Sitz des Taxis zusammen.

Sie hat aufgelegt.

Der Taxifahrer schaut mich im Rückspiegel an. Erst jetzt

merke ich, dass es derselbe ist, der mich mit Mutter zum Heim gefahren hat. Er lässt mich eine Zigarette auf dem Rücksitz rauchen. Er hält mich für eine Irre, das ist sicher. Wer bringt schon seine Mutter ins Altersheim, fährt eine Stunde später zurück, bettelt am Telefon herum und besteht dann darauf, eine zu rauchen.

In der Redaktion angekommen, verschanze ich mich zunächst auf der Diensttoilette. Knete meine Haare mit Wasser auf. Pudere mich, trage den Highlighter von Lancôme auf (Teint Idole Drop für trockene und Mischhaut mit großen Poren) und den Augenbrauen-Filler von Dior in Haselnussbraun.

Wasserstoffperoxid, Schellack, Ammoniakentferner, die Slendertone-Gesichtsmassage-Bürste, die Velvet Handlotion von Diptyque, die Clarifying Lotion von Clinique, das Hydrating Shampoo von Morrocan Oil, Neem Nagelöl von Dr. Hauschka, Facials einmal im Monat, Birken-Peeling von Weleda, das Narbengel von Wala (hilft auch bei alten Kaiserschnittnarben), die erfrischende Fußcreme von Aesop, schwarze Zahnseide, Kohlezahnpasta, Zahn-Bleaching und Reinigung. Mit jedem Lebensjahr hat mein Körper noch mehr Pflegebedarf. Je natürlicher es aussehen soll, desto mehr musst du machen. Es ist eine Bankrotterklärung in jeglicher Beziehung.

Ich ziehe Chanel Rouge Vie über meine Lippen. Zu Werner zu gehen und keinen Lippenstift zu tragen, wäre ein Fehler. Er soll nicht sehen, dass ich meinen Scheiß nicht zusammenhabe. Ich gehe auf Toilette und ziehe meinen Bio-Tampon mit einer hektischen Bewegung aus meiner Scheide. Er ist weiß und trocken. Immer noch keine Nachricht von Oskar.

Als ich Werners Zimmer betrete, sitzt er wie immer am Schreibtisch und tippt wie immer auf seinem Smartphone. Ich entscheide mich gegen die Sesselgruppe am Eingang (mehr für das lockere Treffen mit dem Herrn Minister und Entourage), setze mich ihm gegenüber. Sein weißes Hemd ist gestärkt und gebügelt. Nur die Lederkrawatte verrät mal wieder den Proll. Als er mich bemerkt, lächelt er leicht.

»Melanie.«

»Werner.«

Ich lächle zurück. Es fällt mir leicht, in ihm den jungen Werner zu erkennen, mit dem ich zusammen auf der Journalistenschule war. Werner aus dem Ländle, der die Tausend-Mark-Wohnung von seinen Eltern finanziert bekam und doch nicht müde wurde, vor den Kommilitonen zu betonen, wie hart er nebenbei als Lektor arbeitete, um sich ein bescheidenes Leben zu finanzieren. Werner fuhr Vespa, ging selten aus, seine Großeltern waren nachweislich ranghohe Nationalsozialisten gewesen, seinen ersten Journalistenpreis bekam er für einen Essay über die kritische Vergangenheit der Familie und seinen Umgang damit. Bei der Dankesrede würdigte er seine ältere Schwester als die Frau, der er seine Fähigkeit verdanke, die richtigen Fragen zu stellen. Dass es ein chauvinistischer Akt ist, einer Frau ohne eigene Karriere zu danken (seine Schwester ist bis heute Hausfrau), konnte damals im Publikum noch niemand benennen. Werner und ich begannen dann im selben Jahr für die *Münchner Zeitung* zu arbeiten. Nächtelang sprachen wir über Texte, ich redigierte seine, manchmal schrieb ich sie komplett neu. Werner war mein Freund, noch der Sympathischste der Journalistenklasse, die sich aus kleinen Angebern, reichen adipösen Söhnchen, Grapschern, Großerben und smarten Spießern mit Stipendien von der Friedrich-Ebert-Stiftung zusammensetzte. Ich war die einzige Frau. Werner war ein genauso unerträglicher Klugscheißer, noch dazu ein schamloser Quatscher wie alle anderen Jungs, aber wenigstens war er in seiner Penetranz ehrlich und konsistent. Vor allem aber konnte Werner (damals noch) über sich selbst lachen, was ihn in unserer platonischen Zeit unwiderstehlich machte. Später gingen wir uns dann, obwohl wir immer noch eng zusammenarbeiteten, verloren. Werner lernte Paula kennen, heiratete, bekam drei Kinder. Die alleinerziehende und attraktive Melanie war auf Gartenfesten in der Villengegend von Bogenhausen nicht erwünscht. Noch später gingen Mona und Werners älteste Tochter Valentina aus einer früheren Beziehung in dieselbe Klasse. Aber auch das änderte nichts an unserem Verhältnis. Der Verleger ernannte Werner mit vierunddreißig Jahren zum Chefredakteur. Er nahm mich, die dreißigjährige Melanie, auf diesem Ticket aus langjähriger Verbundenheit mit, er wusste, dass er mir vertrauen konnte, und brauchte in der Führungsspitze an seiner Seite eine Frau. Ich wurde stellvertretende Chefredakteurin. Dass dieser Posten meine letzte berufliche Station sein würde, war von Anfang an klar, es war Teil des Deals. Der Chefredakteur wählt sein Team. Muss er gehen, reißt er seinen Vertrautenkreis mit in die Arbeitslosigkeit.

»Ich habe das Gefühl, viel bleibt uns nicht zu sagen.«

Werner gibt sich autoritär, ich kann seine Verzweiflung aber spüren.

»Ich habe das Zitat nicht gecheckt. Nein, habe ich nicht.«

»Aber beim Namen Langenberg, bitte, da muss doch eine

Alarmglocke bei dir geschrillt haben? Ich meine, wie oft haben wir in der Konferenz darüber gesprochen?«

»Um ehrlich zu sein, wenig. Das Politikressort bespricht alles hinter verschlossenen Türen, das mag okay sein, aber nun fällt mir diese mangelnde Transparenz auf die Füße.«

Ich schalte auf Angriff, doch auch mir geht der Arsch auf Grundeis.

»Was soll das? Bei allem Respekt, ich kann ja wohl von dir verlangen, dass du weißt, was in der Redaktion vor sich geht, dass du ins Archiv schaust und einen Faktencheck machst. Wir haben gegen fünf, ganze fünf Unterlassungen verstoßen. Trunkenheitsfahrt, Affäre, Meineid, das steht da alles drin. Scheiße! Das Ding kann uns eine Viertelmillion kosten. Und du kommst mir mit Transparenz? Nicht dein Ernst.«

Werner redet jetzt sehr laut. Die Ader an seiner linken Schläfe ist noch blauer als sonst und geschwollen.

»Weißt du, wie viel Auflage ich im Jahr verkaufen muss? Weißt du, wie mir die Aktionäre wegen der Digitalisierung im Nacken sitzen? Weißt du, dass ich seit einem Monat im Hotel wohne, um morgens früher hier sein zu können? Das kann unser Ende als Chefredaktion dieser Zeitung sein, Melanie. Ich habe den Scheißladen hier groß gemacht. Ich kann diese Scheiß-Pho-Suppe aus dem *Huong* nicht mehr sehen. Ich will endlich mal wieder Hausschuhe tragen und nicht durch eine Hotellobby laufen, die mit Mäusekot tätowiert ist. Aber klar, wozu sich noch reinhängen? Werner ist doch nur der alte weiße Mann, der Dino aus der Print-Zeit, dem ein Haufen Hipster von der Konkurrenz die Hölle heißmachen. Da versuche ich einmal eine junge Schreiberin zu platzieren, und das Ding explodiert mir im Arsch. Verdammt, Melanie, es ist deine Aufgabe, mich zu schützen, diese Zeitung zu schützen.«

Werner schlägt mit der flachen Hand auf den Tisch. Ich ringe um Atem. Ich kann ihm nicht einmal widersprechen. Wir schauen uns an wie zwei Kriegsveteranen. Ja, war es das alles wert? Zwanzig Jahre eine Zeitung zu machen, die in jedem Großraumbüro der Republik den politischen Konservativismus und den sexistischen Male-Gaze mit kinky Prostituiertenkolumnen bedient. Ein paar Sekunden sehen wir uns schweigend an. Wir beide haben uns unser schrottreifes Privatleben hart erarbeitet. Für Werner sieht es allerdings rosiger aus. Wahrscheinlich geht er jetzt in den Ruhestand und schreibt noch ein, zwei Sachbücher zur kritischen Lage im Land, die dafür gelobt werden, dass er scharf beobachte und treffend analysiere. Von mir, also der Frau jenseits der fünfzig, wie man so schön sagt, würde vermutlich ein Sachbuch aus der eher spirituellen Ecke erwartet, zum Thema Neuanfang, klassische Lebenshilfe also, oder ein humoristisches Buch über das Altern, Titelvorschlag: »Ein Hals kann nicht lügen«, Stockfoto: Faltencreme.

»Außerdem fand ich deine Affäre mit August extrem daneben. Ich meine, ich hole den Typen extra aus Stuttgart hierher, ein echter *big shot*, und du ziehst da so eine unappetitliche Sache mit ihm ab. Also, verstehe mich jetzt bitte nicht falsch, aber das hätte nicht sein müssen.«

»Wie kannst du es wagen, das ist privat!«

»Ja, aber es lässt uns als Chefredaktion schlecht dastehen.«

Gerda schaut zur Tür rein. Werner nickt ihr zu.

»Gib mir hier fünf Minuten, sag das Rainer.«

Gerda nickt und schließt die Tür.

Ich bin fassungslos angesichts dieser Dreistigkeit von Werner. Männer wie er weisen noch heute ihre Sekretärinnen an, sie sollen nach zehn Minuten hereinkommen, um so Druck aufzubauen. Denkt er, ich kenne seine Tricks nicht?

»Machen wir es kurz. Ich habe Kemmler gesagt, dass Eilika nicht mehr für uns schreibt. Was blieb mir übrig.«

»Du hast was?«

»Eilika ist seit zwölf Uhr freigestellt.«

Sofort habe ich hundert Gedanken. Wie können wir sie ohne Gesichtsverlust zurückholen? Was hat dieser alte Arsch da angestellt? Wie soll ich das Oskar erklären? Wo ist Eilika? Ich habe nicht einmal ihre Telefonnummer. Immerhin weiß ich, wo sie wohnt.

»Nein.«

»Ach, so viel Mitleid? Ich dachte, es beruhigt dich, dass die kleine Maus weg ist.«

Werner greift schon wieder zum Smartphone. Für ihn ist das Gespräch an dieser Stelle beendet.

Vermutlich soll ich ihm jetzt dankbar sein, dass ein Bauernopfer gefunden ist und mein Fehler damit aus der Welt. Das Schlimme ist: Ich bin es. Es ist ein Klassiker aus dem Survival-Kit für Führungskräfte in steilen Hierarchien. Diese Spielchen, sie werden immer gespielt. Kollegen, die die Existenz dieser Spiele leugnen, beherrschen sie am besten.

»Und was sagen wir den Kollegen, Werner?«

Er schaut erstaunt von seinem Handy auf.

»Na, genau das. Dass Eilika auf ihre erste Kolumne hin entlassen wurde. Ich glaube nicht, dass wir uns groß erklären müssen, beerdigen wir es einfach.«

Ich nicke. Ich nicke zu dem, was ich hier seit zwanzig Jahren tue und weitermachen möchte. Dann verlasse ich das Büro.

Oskar ruft an. Ich sehe »Oskar« auf meinem Display. Ich kann mich keine Sekunde mehr darüber freuen.

Kapitel 9

Grauen

Chérie klingelt Sturm an meiner Wohnungstür, weil wir die Oberlandbahn um zehn Uhr kriegen müssen, warum ausgerechnet die und nicht die nächste, versteht nur sie. Ich stolpere verkatert durch die Wohnung und finde meine große, dunkle Sonnenbrille nicht. Meine Tränensäcke sind völlig aufgequollen, da helfen keine Patches mehr. Das kommt vom Riesling, den ich gestern Abend noch alleine auf der Couch trinken musste, so lange, bis ich Mutter nicht mehr in Zimmer 249a vor mir sah. Ich will vergessen, dass es sie gibt, so wie eine junge Mutter ihr Baby vergessen muss, wenn sie ins Büro geht.

Harsche Trennungserfahrungen können innerhalb weniger Minuten gemeinsame Jahrzehnte zunichtemachen. Aus schönen, rosigen, goldgerahmten Erinnerungen werden schmerzhafte Gedankenspiralen.

Eine Zeit lang, als Mona schon erwachsen war, aber noch bei mir lebte, also bevor sie zum Studium nach England zog, kochte meine Mutter jeden Sonntag für Mona und mich. Sie stand morgens auf, machte sich zurecht und begann, Reis einzuweichen, Mehl in Kuchen zu verwandeln, Blätterteigtaschen mit Kabeljau und Thunfisch zu füllen. Sie legte alles

auf verschnörkelte bunt bemalte mediterrane Teller, über-
zog diese mit Klarsichtfolie, stellte die Teller vorsichtig in
ihrem Einkaufstrolley übereinander und zog das Dreigängemenü hinter sich her, bis zu uns. Es hielt sie in Bewegung,
sie hatte eine Aufgabe. War sie einmal bei uns, wollte sie
auch gar nicht lange bleiben.

»Nein, ich muss gleich wieder los, es macht mir einfach
nur Freude, für euch zu kochen.«

Mona liebte ihre Gerichte, die mit langstieliger, glatter
Petersilie verziert waren, ich verzichtete lieber, denn ich
war auf Trennkost, lobte aber die Umsetzung der Rezepte.
Es hatte etwas Heiteres, Mutter mit dem Essen zu empfan-
gen, doch auch etwas unendlich Trauriges, was das Herz
wie ein Mühlstein herunterzog. Es war klar, dass sie für
niemand anders mehr kochen würde in diesem Leben, für
keinen Partner, für keine Liebe. Mutter war damals Anfang
siebzig. Ja, es muss schon zehn Jahre her sein, dass sie ihren
Trolley sonntags durch unser Gartentor zog. Ihr eigenes
Leben fand nur noch im Spiegel von anderen statt. Unser
Appetit, unsere Versorgung. Und dennoch schwang auch
Bevormundung mit: »Melanie muss mehr essen. Mona ach-
tet nicht genug auf ihre Gesundheit. Beide brauchen Mineralstoffe. Schaut doch mal, wie trocken eure Haarspitzen
sind. Das ist Zinkmangel.«

Mutter dachte über uns nach, mit sich selbst war sie fertig. Die Kontrolle über sich hatte sie längst aufgegeben, ihr
Übergewicht kümmerte sie nicht mehr. Die Aufsicht über
uns wollte sie aber behalten, doch wir entglitten ihr zunehmend. Für meine Mutter gab es nur noch ein Nachleben,
ein Danach.

Als Mona in England studierte, hielt ich die Leere in unserer Wohnung kaum aus. Nächtelang lag ich wach, bis es hell wurde und ich aufstehen konnte, tagsüber saß ich in der Redaktion und starrte die Wand an. Ich war damals eine Frau, die mitten im Leben stand, die aber dachte, dass ihre Tochter für immer bei ihr bleiben würde, bis sie stirbt, und plötzlich neue Zeitgefährten finden musste, um ihre Sorgen und die kleinen komischen Momente im Alltag zu teilen. Aber ich stand wieder auf, buchte eine Ayurveda-Kur und ging mit Freundinnen aus.

Nun ist Mona weg, Mutter haben wir weggeschickt. Andere Leute haben Mehrgenerationenhäuser, spielen Gitarre am Sterbebett, pflegen ihre Angehörigen bis zum letzten Atemzug.

Es gibt diese Menschen, das ist sicher, aber wir gehören nicht dazu. Mich bedrückt die Vorstellung, dass alles nur noch ein Erinnern ist und die besten Momente schon gelebt sind. Was ist, wenn wirklich nichts mehr kommt? Solange die Kinder klein sind, ist alles laut, chaotisch. Im Wirrwarr der Wünsche und Stimmen gehen gerade die Mütter leicht unter. Sind die Kinder dann aus dem Haus, ist der Blick frei auf eine leere, belanglose Aussicht von Autonomie.

»Melanie!«

Chérie klopft energisch an meine Tür. Sie ist durch das Gartentor aus Holz reingekommen, sie weiß, wo der Schlüssel liegt. Sie ruft durch die geschlossene Wohnungstür.

»Los jetzt! Wir warten im Auto.«

Ihre Stimme klingt ungewohnt streng und schneidend. Sie ist sauer wegen gestern, der Kolumne, Eilika. Es gab in den vergangenen zwanzig Jahren keine junge Kollegin in Werners Praktikantinnenstadl, für die sich Chérie nicht eingesetzt hätte. Sie hasst die Art, wie sie von ihm aufgebaut und dann fallen gelassen werden, die jungen Frauen. Ich verstehe Chérie, aber mit Eilika überdreht sie es etwas. Seit gestern tut sie so, als wäre ich Werners Erfüllungsgehilfin, als hätte ich Eilika schützen müssen. Sie schmollt, weil sie mich für Werners Madame hält, ich kenne ihr Beleidigtsein aber einfach schon zu lange und bin müde.

Ich versuche, Chéries schlechte Laune zu ignorieren, aber es gelingt mir nicht. Schlechte Mutter, schlechte Tochter, schlechte Feministin. Zu dünn, um gesund zu sein. Zu ungesund, um als Vorbild zu taugen. Keine Geliebte, keine Ehefrau, keine Freundin. Ich bin als gar keine Frau gut. Mein Leben ist das Leben keiner Frau.

Ich habe jetzt eine andere Sonnenbrille gefunden, die kleine Gucci mit dem türkisen Gestell. Auch gut. Ich schnappe mir die Wochenend-Reisetasche und schließe die Tür hinter mir ab.

In Chéries Mazda fahren wir bis zum Hauptbahnhof. Warum wir nicht die eine Stunde bis zum Hotel *Das Tegernsee* fahren, bleibt auch ihr Geheimnis. Und wie sie da so am Lenkrad sitzt und blasiert auf den Verkehr schaut, traue ich mich kein Wort zu sagen.

Chéries Freundin Marie ist auch dabei.

Nach einem knappen Hi! gebe ich mir alle Mühe, auch sie möglichst zu ignorieren. Diese Frau ist so wahnsinnig penetrant, dass sie mit ihrem schrillen Lachen sogar eine Tupperparty auf Erdbeersekt sprengen könnte. Marie ist auf eine unangenehme Weise Mitte fünfzig, weil sie kein Problem damit hat, das Abziehbild der irren Karen oder Annika zu geben, die wegen der paar Pfunde zu viel auf den Hüften halt mal eine Spargelwoche zur Entwässerung einlegt.

»FdH, pflege ich immer zu sagen, weißt du, Melanie, was das heißt …?«

»Ja, schon gut, ich weiß es.«

Marie könnte jeden Battle-Rap in Nervdeutsch gewinnen.

»Achtung, Achtung, alte Frau ist kein D-Zug.«

»Da lachen ja die Hühner.«

»Hallo, ist jemand zu Haus?«

»Vorsicht, heiß und fettig.«

»Das Leben ist eines der schwersten.«

Das ist Marie. Sie könnte auch Elke, Heike, Dörte, Birte oder Swantje heißen. Der Name Marie ist eine Beschönigung der Tatsachen. Marie, eine Frau wie ein Auffahrunfall. Sie arbeitet seit fünfzehn Jahren in der Personalabteilung des Verlages, hat sich vor drei Jahren von ihrem »Hubi« getrennt, seitdem pendelt der Trennungshund Flocki mit seinem rosa Sitzpuff wochenweise zwischen Schwabing und Bogenhausen. Flocki verträgt das alles nicht so gut, deshalb hat er es mit den Innereien, nein, Quatsch, das heißt ja eigentlich mit dem Darm. Und das weiß ich alles deshalb so genau, weil Marie mir das schon ein paarmal sehr ausführlich in der Kantine erzählt hat. Ich kann sie nicht essen sehen, wenn ihre roten Lippenstiftlippen voller Soße sind. Manchmal muss ich mich spontan wegdrehen. Noch weniger gerne höre ich sie sprechen. Marie redet immer zu laut. Seit der Trennung landete sie immer häufiger an Chéries und meinem Tisch in der Kantine.

Von Anfang an war völlig klar, dass Marie komplett unter Chéries und meinem Niveau ist, und ich unterstelle Chérie, dass sie das schlechte Gewissen plagt, weil sie mal mit Maries Ex »Hubi« an einem Teambuilding-Tag in der Kiste war.

Wenn es um Marie geht, ist Chérie mit all ihrer Grandezza plötzlich nicht mehr sie selbst, sondern spielt die Sozialarbeiterin.

»Du weißt nicht, was in Marie vorgeht. Ich will nicht schuld sein, wenn sie einen Abgang macht. Ein bisschen Fröhlichkeit und Herrenwitz wirst du schon verkraften, Mel, bitte.«

Als Nächstes brachte Chérie sie plötzlich wie ein Maskottchen auch immer wieder zu unseren abendlichen Treffen mit.

Inzwischen rechtfertigt sie sich gar nicht mehr. Marie, die adipöse rothaarige Brülltonne mit der pinken Handyhülle, scheint eine von uns geworden zu sein und kann offenbar ohne jede Vorwarnung auftauchen. Wie auch heute.

Im Zugabteil kann ich mal wieder von Maries Qualitäten als Lebenshelferin profitieren.

»Ich sag's dir. Du musst auf Tinder. Es wird Zeit, so jung kommen wir schließlich nie wieder zusammen.«

»Mmmhm.«

»Neulich hatte ich mein erstes Bumble-Date. Aber das war nichts. Der Typ hat nicht mal den Kaffee bezahlt und die ganze Zeit von seinem Boot in Berlin erzählt, das eigentlich seiner Ex gehört. Und ich sage mal so, ich habe ja nichts gegen einen flotten Dreier unter Deck …«

»… schon gut …«

Ich versuche, Chéries Blick einzufangen. Sie schaut aber absichtlich aus dem Fenster.

Ja, melde dich doch auf Tinder an, Melanie. Eine App, die vorgibt, dass die Welt aus einem Haufen promisker Menschen besteht, die exponentiell steigend zur Chia-Pudding-Dichte des Stadtviertels zu jedem Zeitpunkt in ihrem Leben blasen, lecken, schlucken, anfassen, penetrieren oder vögeln wollen. Ich mag die Schublade nicht, die eine Kontakte-Kennenlern-Sex-App für mich bereithalten würde. Nämlich die der reifen Frau, reif bis verfault, so reif, dass man direkt Bananenbrot aus mir machen sollte. Und dass ich so einen Mist überhaupt denke, liegt an Marie. Marie, die gerade dabei ist, ihren fusseligen Pulli auszuziehen, um den Blick auf ihr verwaschenes Blumen-T-Shirt freizugeben. Die Sonnenblume lacht um ihre rechte Brustwarze herum, die mindestens zehn Zentimeter zu tief hängt. Ihr Bauch sieht aus wie ein zerknautschtes Kissen. Sie hat einen Jutebeutel mit Proviant dabei. Darin kramt sie jetzt. Ich ahne Schlimmes: Nur Minuten später haben wir drei Sektflöten aus Plastik in der Hand, und ich weiß, dass ich am Abend Morphium brauchen werde, um den Kopfschmerz zu unterdrücken, den man von dieser Puffbrause bekommt.

»Auf uns, auf uns! Auf ein tolles Mädels-Wochenende!«

Ich lache künstlich. Chérie hat gerade ernsthaft Mädels-Wochenende gesagt.

Marie lacht mit offenem Mund auf einer Tonspur, die sonst nur Hunde hören können, und ich kann nicht anders, als sie anzustarren. *Happy Weekend.*

Ich verstehe Menschen wie Marie einfach nicht, die mit ungebrochenem Optimismus und hundertzwanzig Kilo Körpergewicht von einer Katastrophe in die nächste stolpern, sich alle Knochen brechen und dann eine Sekunde später mit der gleichen geballten Fröhlichkeit wieder aufstehen. Jesus hat nur die andere Wange hingehalten, Marie dagegen wäre bereit, sich vom Schicksal krankenhausreif schlagen zu lassen, um danach zu behaupten, dass alles im Leben seinen Sinn hat.

»Datest du gerade?«

Marie ist neugierig.

»Pfff, daten!«

»Los, erzähl ihr von Oskar!«

Chérie will, dass Marie sich wohlfühlt und sich einbezogen fühlt. Und ich soll eine kleine amüsante Kostprobe meines Privatlebens darbieten.

»Ja, ich habe eine Bekanntschaft gemacht am vergangenen Wochenende. Ein Hochschulprofessor. Wir haben eine Nacht zusammen verbracht. Keine Ahnung, was daraus wird.«

»Das klingt superaufregend. Hat er Kinder?«

Marie klatscht ohne Kontext in die Hände.

»Ja, er hat zwei Töchter, zwei erwachsene Kinder.«

»Und eine Ex-Frau.«

»Das vermute ich. Na ja, ich bin auch eine Ex-Frau. Ich bin mir wirklich noch nicht sicher.«

»Ach, meistens sind es die unspektakulären Typen, die uns auf lange Sicht treu bleiben. Hat er einen Mikropenis?«

»Wie bitte?«

»Na ja, das wäre zumindest eine Erklärung, warum er Single ist.«

»Nein, hat er nicht.«

»Ich frage ja nur. Ich habe mal einen Typen kennengelernt, der hatte so einen winzigen Pipi, da konnte gar nicht von Penetration die Rede sein, wie ein Knubbel aus Haut …«

»… schon gut …«

Plötzlich steht der Schaffner in der Abteiltür und verlangt durch seine bloße körperliche Präsenz nach den Fahrkarten.

Ein echter Grantler. Es ist anzunehmen, dass er Maries Exkurs in die Pimmel-Philosophie mitgehört hat.

Wir schauen uns nur kurz an, und dann passiert es: Chérie und ich brüllen los vor Lachen. Das muss am Sekt liegen. Es ist so ein gutes Lachen. So wie man nur lacht, wenn etwas wirklich, wirklich Witziges passiert ist.

Marie, man muss es ihr lassen, lacht immerhin auf ihre Kosten mit. Das hat Größe.

Eine Stunde später sind alle Birnen, Brötchen mit kaltem Braten und Nimm-2-Bonbons aus dem Jutebeutel aufgegessen. Marie wäre wohl selbst für Menschen, die bodypositiv sind, ein wahr gewordener Albtraum. Body Positivity ist ohnehin eine Lüge, die in Frauenfitnesszentren von Augsburg bis Pulheim, Los Angeles bis Aachen dank irgendwelcher Social-Media-Models völlig schwabbelig im Raum steht.

Was soll das heißen, body-positiv? Dass ich nachts an den Kühlschrank gehen darf? Mir mein Leben mit sexyschmusi Spielzeug von Beate Uhse aufpeppen soll? Aber freilich ohne meinem Hasi dabei zu sagen, dass er mich zu feste fingert, denn dann ist sein Selbstbewusstsein down, und er braucht Viagra. Und das erhöht ja bekanntlich das Herzinfarktrisiko und seine Lust auf andere Frauen.

Und doch, trotz aller Body Positivity, schlimmer als dick ist tatsächlich nur noch alt. Alt, da kannst du einpacken, da helfen auch die schönsten Lachfalten nicht. Der ganze Clusterfuck mit dem Jugendwahn wird von Männern verursacht, die ihre Gefühle nicht zeigen können. Die nach Selbstbestätigung hecheln, ihren Körperpanzer nicht durchbrechen können, sich selbst nicht spüren und sich deshalb scheiden lassen. Männern wie Laurent, wie Hubi und wen auch immer Chérie in den Nullerjahren gedatet hat. Männer, die mit fünfzig wieder so viel pumpen müssen, dass sie am Hals aussehen wie ein Reptil, auf Hafermilch und Achtsamkeit umsteigen, sie sind der Grund, dass Chérie, Marie und Mel alleine sind und samstagnachmittags in diesem nach Bratensaft stinkenden Zugabteil sitzen. Weißes Gammelfleisch, so weit das Auge reicht. Ich sollte Marie in Mehl rollen. Fehlen dann nur noch die Zwiebeln und die scharfe Soße. Der Sekt blubbert in meinem Kopf und frisst an meiner Schädeldecke wie Säure. Ich bin betrunken.

Die Betten im Hotel *Das Tegernsee* sind aus saftigem Buchenholz, das Bergpanorama ist so atemberaubend, dass ich es sofort bereue, nicht mit Oskar hier zu sein. Wir haben drei Einzelzimmer gebucht und verschiedene Wellness-Treatments am Nachmittag. Schon beim Betreten des Zimmers hat sich dieses Instant-Entspannungsgefühl eingestellt, das Fünfsternehäuser so an sich haben. Der Geruch von neuen Möbeln. Von frischem Teppichkleber und Plastik. Wie frisch saniert. Mein Reich für die nächsten vierundzwanzig Stunden. Ich breite mich wie ein Stern auf dem Kingsize-Bett mit den blütenweiß gestärkten Laken aus.

Mein Handy klingelt. Es ist Mutter.

»Melanie, ich wollte mal hören, wie es dir geht. Ein paar Neuigkeiten von dir haben.«

Es ist ihr Standardsatz. Ihre Stimme zu hören, deprimiert mich in Sekundenschnelle. Es ist das Negativ des Instant-Entspannungsgefühls. Mein ganzer Körper verkrampft sich.

»Sie haben gesagt, ich dürfte heute duschen, aber es ist noch niemand gekommen, und es ist schon vierzehn Uhr.«

Ich seufze. Es zerreißt mir das Herz.

»Gut, ich rede mit denen und komme Montagnachmittag vorbei. Kann Mona nicht kommen?«

»Ach, lass doch das Kind. Louis hat die Läuse, sie hat andere Sorgen als ihre Großmutter.«

»Ich spreche mit denen.«

»Wo bist du denn? Zu Hause?«

»Nein, am Tegernsee. Im Hotel.«

»Ah, das ist aber schön. Das freut mich für dich. Machst du dir ein schönes Wochenende?«

»Nein, ich bin beruflich hier. Ich rufe die jetzt an.«

»Ja, gut. Dann mache es gut. Hab dich wohl, ja?«

»Ja, mach ich. Tschüss! Bis dann!«

»Ja, bis dann! Pass auf dich auf.«

»Okay, mach ich.«

»Also dann tschüss.«

Wir drehen noch ein paar Runden so. Auch das ist Standard mit Mutter. Ihre Unart, nicht auflegen, nicht loslassen zu können.

Ich fasse es nicht, dass ich jetzt in einem Luxushotel sitze und in der Warteschleife vom Altenheim hänge. Die Leiterin mit der nasalen Stimme erklärt mir, dass es zwei ihrer Pfleger bedarf, um eine schwere Patientin wie meine Mutter hochheben zu können. Dass die Personaldecke aber am Wochenende sehr dünn sei, der Krankenstand, das immer gleiche Lied. Ergebnis: Mutter kann erst am Montag duschen.

Ich traue mich nicht, sie anzurufen, sondern gehe zum Massagetermin. Ich bekomme im Lomilomi-Style den Rücken ausgestrichen, meine Mutter nicht mal eine einfache

Dusche. Alte Menschen, die kein Geld haben, müssen bezahlen, um überhaupt noch regelmäßig angefasst zu werden. Vom Massagetisch kann ich weiße Sonnenschirme und das Alpenpanorama sehen. Der Spa-Bereich ist in hellem Holz und Naturstein gehalten. Es ist fast langweilig luxuriös.

Chérie und Marie winken von ihren Liegestühlen. Um ihren Körper vorteilhafter aussehen zu lassen, hat sich Marie eine Art neonfarbenes Strandtuch um die Hüfte geschlungen.

In der Sauna nebenan poolen sich die Schniedel und Hängebäuche der älteren Herren. Die einzige Art, mit einem dieser Männer ein Bett zu teilen, ist Gewohnheit. Die Gewissheit, dass es immer noch der Penis ist, in den man sich als junge Frau verliebt hat. Das ewige Missverständnis zwischen Männern, Frauen und der gesamten Pornoindustrie ist doch, dass eine heterosexuelle Frau einem Penis etwas Erotisches abgewinnen kann. Dabei ist es in den meisten Fällen wie mit dem Konsum von Nutztierfleisch: Besser nicht zu viel darüber wissen, sonst schmeckt es nicht mehr. Schwänze sind nicht schön, sie sind eine Notwendigkeit der Natur. Und Frauen sind in Fortpflanzungsangelegenheiten Pragmatikerinnen.

Ich lasse mich auf einem Liegestuhl neben den anderen beiden »Mädels« nieder.

»Ich weiß ja nicht, wie es euch geht, aber diese ganzen Nackten, da weiß man ja nicht, wo man hinschauen soll.«

Marie hält sich die Augen zu. Sie kennt erstaunlicherweise die ungeschriebene Höflichkeitsregel nicht, dass man in einem textilfreien Wellnessbereich nicht die Körper der anderen kommentiert. Ein älterer Typ mit knotigen Knien und einem verschrumpelten Schniedel auf der Liege neben uns, hat Maries Bemerkung gehört und schaut angestrengt in die andere Richtung. Es wird für mich immer ein Wunder bleiben, aber die beiden kommen dann doch über das Buch, das Marie demonstrativ auf den kleinen Teakholz-Beistelltisch gelegt hat, ins Gespräch. Irgendeiner dieser Eckart-von-Hirschhausen-Intervallfasten-Ratgeber. Chérie und ich ergreifen die Flucht nach draußen.

In unseren weißen Plüschbademänteln und idiotischen Hotelschlappen setzen wir uns auf zwei Liegen in der Sonne. Ich hoffe, wir können wieder Freundinnen sein. Eine Weile versinken wir im Alpenpanorama und schweigen wie in einem schlechten Film.

»Ich habe dir noch nicht von Oskar erzählt.«

Ich versuche, ein Easy-Freundinnen-Gespräch zu beginnen.

»Ach, Melanie. Du hast mit ihm geschlafen? Und er ist ganz toll? Ja, da bin ich mir sicher ...«

Chérie schiebt ihre große schwarze Prada-Sonnenbrille zurecht. Ihre blonden Haare sind hochgesteckt, was den Blick auf ihr nicht mehr makelloses Dekolleté freigibt.

»Ja, pfff, vielleicht.«

»Ja, ist doch schön.«

Ich schaue zu Chérie, aber sie starrt auf die blöden Berge.

»Okay, Chérie, ich kann nichts dafür ...«

»... was, dass ich keinen zum Vögeln abkriege? Vielleicht ist es eine persönliche Wahl, nicht ständig auf der Suche zu sein ...«

»Ach, weil ich es bin ...«

Ich brauche mit Chérie heute nur Minuten bis zur Eskalation. Sie schüttelt den Kopf. Jetzt kommt der Vortrag.

»Ja, du suchst etwas, das deine Ehe ersetzt. Du warst gerne Ehefrau. Du vermisst Laurent, das ist okay. Auch wenn es drei Jahre her ist. Du brauchst einen Mann, damit dein Leben sich wirklich anfühlt, einen Partner, mit dem du alles reflektieren kannst, sonst hast du keinen Wert. Aber weißt du was, das interessiert mich nicht mehr.«

»Ich bin seit drei Jahren Single. Das passt irgendwie nicht zu dem, was du sagst.«

Chérie quietscht auf vor Lachen.

»Passt nicht? Die Fähigkeit, mit der du Typen reinlässt, entschuldige mit Verlaub, das hat doch was von einem Stockholm-Syndrom.«

»Hast du gerade gesagt, Typen in dich reinlässt … hast du das?«

»Ja, und wenn?«

Ich schnappe nach Luft.

»Du hast echt jeden Respekt vor mir verloren.«

Chérie steht auf.

»Ja, vielleicht habe ich das, weil du keinen vor dir selbst hast. Weil du dich emotional gehen lässt. Und das tut mir weh. Ich kann es nicht sehen, weil du stark und schön bist. Aber du machst dich so hässlich. Das finde ich furchtbar traurig, weil du meine Freundin bist.«

»Ich stehe wenigstens zu meiner Sexualität. Ich will leben, weißt du das. Ich will nicht jeden Abend ein Buch lesen und dann das Licht ausmachen. Ich will, dass mich jemand schön findet.«

»Ja, aber da hast du es doch. Du bist so abhängig.«

»Das ist Blödsinn. Ich mag einfach Sex.«

Ein älteres Ehepaar vom Nebentisch schaut mehr interessiert als pikiert herüber. Ich dimme meine Stimme.

»Ich stehe wenigstens dazu«, sage ich jetzt fast flüsternd.

Chérie schaut wieder eine Weile auf die Alpen.

»Eilika hätte eine Journalistin sein können. Sie hätte langsam aufgebaut werden müssen, wie damals Werner. Doch du hast zugelassen, dass sie von seinem pseudoreaktionären Machtgebaren zerdrückt wird. Nachdem du ihren Sekt getrunken hast. Es ist schon peinlich, wie wir jetzt alle dastehen. Jeder weiß, dass du den Fehler gemacht hast. Aber Eilika musste als Bauernopfer dafür ihren Kopf hinhalten.«

Ich seufze hörbar.

»Weißt du, ich habe darüber noch nicht nachgedacht ...«

»... natürlich hast du das nicht, weil du nur mit dir selbst beschäftigt bist. Aber seit deiner Geburtstagsfeier überspannst du den Bogen. Auch die Sache mit August. Er ist ein *connard*, das weiß jeder, aber was fängst du auch was mit einem direkten Kollegen an? Du bist immerhin in der Führungsetage. Dieser ganze #MeToo-Kram gilt auch für Frauen wie dich. So eine hirnlose Affäre hattest du gar nicht nötig.«

Chérie rückt abermals ihre Sonnenbrille zurecht. Und mir platzt der Kragen.

»Ah, die Feministin der Achtziger will mir angemessenen Sex erklären. *What I really, really want.*«

»... hey, Mädels, nicht streiten.«

Marie hat sich von hinten herangepirscht. Da steht sie nun, die dicke Nudel, mit ihrem Ganzkörper-Tuch um den Badeanzug gewickelt. Ich schaue sie an und hoffe, dass sie sich unter meinem Blick in Staub auflöst.

»Marie, dich geht das hier erst recht nichts an.«

Meine eigenen Worte erschrecken mich.

Marie schnappt nach Luft. Chérie grätscht erwartungsgemäß dazwischen.

»Also, Melanie, jetzt reicht es.«

»Es reicht, Chérie? Mir reicht es. Was macht Marie hier überhaupt? Es war unser Trip. Ist es dir nicht genug, wenn ich da bin?«

»Also ...«, holt Marie aus. Sie spielt mit ihrem Leben.

»Halt die Klappe, Marie!«

Jetzt habe ich es gesagt. Maries Gesicht macht eine Bewegung, vor allem ihre Mundpartie. Als wollte sie Verzweiflung, Wut und Drüberstehen pantomimisch darstellen. Dann stapft sie davon.

Ich suche den Blick meiner Freundin, finde ihn aber nicht.

Chérie steht auf, und ich sacke in mich zusammen. Sie geht wortlos zurück in den Wellnessbereich, vorbei an einem Kellner im weißen Hemd.

Scheiße!

Am Abend haben Chérie und Marie das Dreigängemenü im Hotelrestaurant *Senger* gebucht. Ich habe keinen Bock und wurde auch nicht gefragt.

Von meinem Balkon aus kann ich den Tegernsee sehen. Die totale Tristesse. Ich bestelle mir einen Demi Grauburgunder beim Room-Service. Der junge Mann, der ihn bringt, hat leichten Schorf im Gesicht und schwitzende Hände. Er könnte mein Sohn sein. Auf dem Balkon rauche ich wieder, und es schmeckt viel zu gut. Das Leben ist so voller Aufregung und erstickender Langeweile zugleich, dass es mir Angst macht.

Ich schaue auf mein Smartphone. Mutter hat sich nicht

mehr gemeldet, vermutlich schläft sie. Mona geht nach zehn Uhr nicht mehr dran, wegen Louis' gesundem Schlafzyklus.

Aber was für eine Überraschung, Oskar hat geschrieben! Wie es bei freudigen Nachrichten so üblich ist, realisiere ich beim ersten Lesen erst gar nicht, dass sie von ihm ist, verstehe es eine Sekunde später, muss das Handy wie aus Scham sofort weglegen, um sie dann noch zehnmal hintereinander zu lesen.

»Wie ist das Leben zu dir, Schöne?«

Diese klischeehaften Kosenamen, sie funktionieren wie das altmodische Türaufhalten immer wieder. Sofort stelle ich mir uns als spätes Paar vor. Das mit dem Sex wird bestimmt noch. Alle Männer sind im Grunde am Anfang ja so süß stoffelig, dass sie unabhängig von ihrem Alter gar nicht wissen, wo sie mit ihren Händen hinsollen. Mindestens die Hälfte hat ab fünfzig Jahren Erektionsprobleme, schlimm genug, dass ausgerechnet Laurent zur anderen gehörte. Schlimm genug, dass ich mit fünfzig Jahren zum ersten Mal meinen Ex-Lover nicht mit meinem aktuellen Lover toppen kann. Ein fehlender Ständer, ein vorzeitiger Erguss in der ersten gemeinsamen Nacht kann selbst in der Erinnerung nicht geschönt werden. Ich schreibe Oskar zärtlich zurück und übertreibe es ein bisschen.

»Mein Schöner, ich will bald wieder bei dir sein. Ich will deine Haut schmecken, meinen Kopf in deinem Nacken vergraben.« Dann antwortet Oskar nicht mehr.

Am nächsten Morgen liegt ein Briefumschlag vor meiner Tür. Darin eine handgeschriebene Mitteilung von Chérie auf Hotelpapier.

»Du weißt, dass ich Dich liebe, aber ich kann Dich nicht mehr leiden. Lass uns Abstand wahren. Und etwas Zeit vergehen lassen, bis Du Dich selbst wieder magst. Kuss, Deine Freundin.«

Kapitel 10

Martini Monaco

Sonntagabend habe ich wieder Asphalt unter den Füßen. Die Stadt vibriert. Es ist Hochsommer. Oskar und ich gehen ins Kino und schauen den neuen Almodóvar. Danach bin ich beseelt von der schillernd bunten, eng verdichteten Ästhetik, die das Leben bereithalten kann. Während wir Hand in Hand über den heißen Bordstein von Schwabing schlendern, bin ich mit dem Kopf noch in Pedros Madrid. Im Sommer heißt München Monaco. Unsere Sandalen laufen im Gleichschritt.

»Denkst du, du könntest in Madrid leben?«

»Und auf der Plaza Mayor eine Folie rauchen? Gleich morgen?«

»Spinner.«

Nur so unbesorgt ist der Kopf völlig frei, um Blödsinn zu reden. Oskars Hand fühlt sich gut an in meiner Hand. Wir setzen uns auf eine Parkbank, und ich schlafe für ein paar Minuten an seiner Schulter ein. Es ist die Art von narkoleptischer Vertrautheit, die sich nur mit harmlosen, nicht zu exzentrischen Männern einstellt. Mit meinem Schulfreund schlief ich damals ständig nachts in Bars ein. Einmal erwachten wir im Morgengrauen eng umschlungen auf einem Samtsofa. Die Putzfrau hatte uns geweckt. Diese Art der Innigkeit habe ich danach mit niemandem mehr erreicht. Mit einem Mann wie Oskar wäre es möglich. Männer wie er haben Rückgrat und eine starke Hand, mit der sie ihr Schiff lenken. Er gehört zu jenen, die ihre Schwächen kennen, viele Enttäuschungen erlitten haben und um ihr Glück wissen. Ich spüre starke anfängliche Verliebtheit, Oskar streichelt meine Wange.

»Schöne«, sagt er und küsst meine Stirn. »Ich bin verliebt in dich.«

Ich lächle zart. Jetzt habe ich es gedacht, und er hat es gesagt. So ist es am besten.

Wenn ich die Augen schließe, denke ich an Mutter und Eilika. Ich habe mich versündigt und muss meine Scherben aufkehren. Obwohl Eilika Oskars Nachbarin ist und sie wohl mit ihm sprechen wird, will ich den Abend jetzt nicht mit der Geschichte von ihrem Rausschmiss belasten. Also plappern wir über andere Dinge. Beiläufigkeiten. Reden, um zu reden, obwohl alles gesagt ist. Seine Hand in meiner Hand.

Ich habe Eilika den ganzen Tag auf Indizien ihrer aktuellen Gefühlslage gestalkt. Auf ihrem Instagram-Account stehen ellenlange Hegel-Zitate in den Notizen. Auf den Fotos steht Eilika mit morgendlich zerzausten Haaren und Schmollmund vor dem Spiegel in ihrem unsanierten Bad. Sie trägt nur ein weißes Herren-Unterhemd und versucht dabei auszusehen wie die junge Charlotte Gainsbourg. Ein bisschen zu jung, ein bisschen zu schmutzig. Ein bisschen arm, ein bisschen kinky und versaut, etwas Terry Richardson, dazu die intellektuell angehauchten philosophischen Kalendersprüchlein machen die perfekte kontemporäre

Frau unter dreißig. Ich erinnere mich an die Zeiten, als ich Männer so zum Zuhören brachte.

Oskar kommt mit zu mir. Er putzt sich die Zähne, spült seinen Mund aus und lächelt mir vom Bad aus zu. Ich sitze im Bett und tue so, als würde ich lesen. Zwischen meinen Beinen pulsiert es geduldig. Als er ins Bett kommt, dreht er mich auf den Bauch und beginnt sehr zärtlich meinen Hintern und meine Oberschenkel zu streicheln. Wir schlafen miteinander, und weil er mich leckt, ist es guter Sex. Wir verhüten nicht, ich versuche, meine Wechseljahre zu umarmen. Was jetzt noch passieren würde, wäre ein biologisches Wunder.

Als er in mir kommt, ist mir zum Heulen zumute. So viel Intimität ist lange her, meine traurigen Erinnerungen haben mich zum Schweigen und vielen Nachdenken gebracht. Mit Oskar zu schlafen ist, als wenn ein Stück des Panzers bricht und das Herz sich öffnet. Ein letztes Mal, vielleicht, kann ich mich fallen lassen, nie komplett, aber doch so viel, dass es für den unschuldigen Anfang einer Beziehung reicht.

Ich kann die Zukunft wieder sehen. Der Vorhang der Melancholie ist gefallen. Was ein kleines bisschen Sex so anrichten kann. Plötzlich freue ich mich sogar ein bisschen auf die Zeit, in der ich nicht mehr arbeiten werde, Werner und der Redaktion endlich den Rücken kehre. Oskar, dieser Mann ist wie ein wärmendes Lagerfeuer, von dem ich mich nicht mehr entfernen möchte. Chérie hat nicht recht behalten. Es ist das Wichtigste, jemanden zu finden. Sie weiß nicht, dass sich das Suchen nach einer Liebe doch noch lohnt. Dass man nicht aufgeben soll. Zumindest nicht mit fünfzig. In meinem Kingsize-Bett mit Blick auf die Terrasse schlafen wir bei halb offener Tür eng umschlungen ein. Die

Kühle der Nacht mischt sich mit der stehenden Hitze. Der Kater kommt nach Mitternacht rein und legt sich wie immer unten ans Bettende. Das Tier vertraut, das ist ein gutes Zeichen. Ich speichere das Bild von uns drei schlafenden Seelen in meinem Kopf. Es ist pastellfarben und voller Feenstaub wie das Ende eines Filmklassikers. »Menschen verlieben sich halt manchmal ineinander«, sagt Paul zu Holly in *Frühstück bei Tiffany,* und sie küssen sich mit so viel Süße, durchnässt und mit Kater im Arm. Küssen sich bis zum Abspann.

Am nächsten Morgen macht mir Oskar in der Küche einen Toast und küsst meinen Hals. Als er geht, begleitet ihn der Kater bis zum Gartentor.

»Toni, komm zurück«, rufe ich.

Maricel *from the Philippines* beäugt Oskar kritisch. Sie ist gerade dabei, im Garten die Beete zu säubern. Ich mag mein kleines efeuberanktes Paradies. Diese Erdgeschosswohnung mit winzigem Garten und offener Terrasse macht gerade im Sommer so viel Sinn. Dieser Sommer, er wird mir magisch in Erinnerung bleiben.

Als Oskar weg ist, streune ich im Pyjama durch die Wohnung. Ob ich auf Teilzeit gehen sollte? Meine Gedanken kreisen unaufhörlich um ihn, vermischen sich mit Lust und Melancholie. Warum sind wir überhaupt aufgestanden? Auf einmal ist die Welt so weich, und das Leben fühlt sich gar nicht hart an. Wir haben Toast gegessen und uns dabei geküsst. Festgestellt, dass es gut zusammen geht. Zusammen sind wir wie ein organischer Kreislauf, zwei Herzen im Gleichklang, und ich schäme mich nicht einmal für den Kitsch, den ich da vor mich hin fabuliere.

Ich rufe Chérie an, um meine Liebe zu teilen. Ich tue

dabei so, als hätte ich ihre Nachricht im Hotel nie erhalten. Sie geht nach dem dritten Klingeln dran. Ich kriege gerade noch die Kurve, sie nicht mit meinem Zuckerguss zu belästigen. Die Blumen der letzten Nacht, sie würde sie eh nur auseinanderpflücken.

»Du hattest recht, ich muss mit Eilika reden.«

»Ja. Das musst du.«

»Ich glaube, ich fahre zu ihr.«

»Wenn du meinst.«

Zwei Stunden später kämpfe ich mich die Treppen hoch. In dem Haus, das auch Oskars Haus ist. Mein Herz pocht. Eilikas Wohnung ist in der dritten Etage, Oskars in der fünften. Das Geländer ist aus dunklem lackiertem Eichenholz, bestimmt zweihundert Jahre alt und immer wieder aufwendig restauriert worden. Auf den Stufen liegt robuster roter Teppich. Erstaunlich, dass es in einem so altehrwürdigen Haus mitten in Schwabing WGs wie die von Eilika und ihren Freunden gibt. Vermutlich ist sie das Kind reicher Eltern.

Ich klingele und ihre Mitbewohnerin öffnet mir die Tür. Oben an der Wohnungstür erwartet sie mich.

»Sie sind die ehemalige Chefin von Eilika.«

»Ja.«

Ich schleppe mich die letzten Stufen hoch. In der Beinpresse vom Fitnessclub will ich nicht sitzen, dann lieber Pilates.

»Sie ist da, aber sie packt ihre Sachen.«

»Okay.«

Ich bin überfordert. Was soll das heißen, sie packt ihre Sachen? Ganz plötzlich überkommt mich die Angst, dass das Pendel gerade zurückschwingt und mich mitten ins Gesicht trifft. Ich will nicht, dass Oskar herausfindet, dass ich für Eilikas Unglück verantwortlich bin.

»Dir geht es nicht um Eilika«, hatte Chérie noch gesagt. Und wenn schon. Sie ist ein fleißiges Instagram-Bienchen. Nicht wie wir Frauen im mittleren Alter, die das Medium nicht verstanden haben und sich mithilfe ihrer Kinder in den Socials einen abbrechen. Jeder über sechzigjährige Chefredakteur oder CEO, der ein Leben lang dachte, hunderttausend Leser oder Kunden liegen ihm zu Füßen, muss heute verbittert feststellen, dass sein mühevoll konzipierter Facebook-Post trotz überzeugender Bildauswahl (Füße in Turnschuhen im Morgentau, die sich gen See recken) nur fünf Likes bekommt. Heute kann jeder junge Mensch sein eigenes Medium sein und braucht nicht mehr die Markenpower eines großen Medienhauses, um massenhaft Aufmerksamkeit zu erlangen. Eilika wird schon durchkommen, den Kopf über Wasser halten.

Ihre Mitbewohnerin führt mich durch den langen Flur bis vor Eilikas Zimmertür. Sie klopft.

»Lili, deine Chefin ist da. Ich lasse sie rein, okay?«

Ich höre Schritte. Eilika reißt die Tür auf. Sie sieht mich unbeeindruckt an.

»Sie sind hier?«

Eilika trägt nur ein weißes Unterhemd, vermutlich das aus ihrem Instagram-Post, verwaschene Männerboxershorts und ein Stirnband in ihren offenen, zerzausten Haaren. Ihre Beine sind dünn wie Streichhölzer und ewig lang. Unter dem Unterhemd stehen ihre Brüste wie fester Pudding. Ich fasse es nicht, wie hübsch sie ist. Sie hat die Schönheit einer souveränen Verliererin. Nur ihre Augen sehen unendlich traurig aus.

Ich trete in das Zimmer mit dem knarrenden alten Parkettboden. In der Mitte steht eine Art Futonbett, an der Seite eine vollbehängte Kleiderstange. Neben dem Bett liegt ein riesiger Samsonite-Koffer, auf dem sich haufenweise bunte Klamotten stapeln. Daneben stehen zwei Pappkartons mit Büchern.

Mit einer Mischung aus Fassungslosigkeit und Neugierde schaut mich Eilika an. Sie deutet auf einen roten Plastikstuhl mitten im Raum, ich schüttle den Kopf. Wir beide bevorzugen es zu stehen.

Zu meiner Verwunderung druckse ich herum.

»Ich wollte mich nach Ihnen, entschuldige, nach dir erkundigen. Es sind ein paar sehr dumme Fehler passiert, also, vor allem sind sie mir passiert. Ich hätte es merken müssen, ich hätte die Zitate prüfen müssen. Du hättest es auch wissen müssen, aber mir hätte es auffallen sollen. Das Fact-Checking ist heutzutage so wichtig, und ich setze da manchmal zu viel voraus bei jungen Kolleginnen. Ich frage nicht: ›Sind die Zitate autorisiert?‹, weil es ein journalistischer Standard ist, dem Interviewpartner jedes Zitat noch mal vorzulegen … nun, deshalb bin ich hier. Um mich nach deinem Befinden zu erkundigen.«

Ich erkläre und rechtfertige mich. Wie unsouverän.

Eilika mustert mich ein paar Sekunden. Sie hat dabei etwas Raubkatzenhaftes. Dann scheint sie sich zu fassen. Sie atmet durch und setzt wohl zu einem shakespeareschen Monolog an.

»Wie soll ich mich schon fühlen? Was denken Sie, wie man sich fühlt, wenn man die Chance seines Lebens hatte und sie einem unwiderruflich genommen wurde?«

Ich versuche, sie runterzubringen.

»Ach, Chance des Lebens. Da werden noch so viele kommen.«

Sie schaut mich an. Und fällt dann zu meiner Verwunderung mit der Tür ins Haus.

»Ich wollte immer Journalistin sein, schon als kleines Mädchen. Ich wollte Karla Kolumna sein, ich wollte für eine große Zeitung arbeiten. Und dann treffe ich Werner Peiner auf der Verleihung zum Reporterpreis, und er sagt, dass ihm sein Kollege von meinem Prosa-Blog erzählt hat und wir es versuchen sollten. Und weißt du was, ich habe selbst nicht geglaubt, dass ich es schaffen kann. Weil mir ein alter weißer Mann einen Job nur für mein Aussehen angeboten hat. Weil ich ihm was Feministisch-Versautes schreiben sollte, was clickbaitet. Ich bin ja nicht blöd.«

Eilika zündet sich eine Lights an und bläst den Rauch aus dem offenen Fenster. Meine Hände schwitzen. Ich wische sie diskret an meinem Kleid ab. Weil es aus Polyester ist, nimmt der Stoff die Flüssigkeit nicht besonders gut auf. Sie schüttelt langsam den Kopf.

»Aber dann, dann kamst du, und ich dachte, wir könnten Freundinnen sein. Deshalb habe ich dich zu meiner bescheuerten Geburtstagsparty eingeladen und dich meinen Freundinnen vorgestellt. Ich habe sogar dein Buch über Körperbilder gelesen. Und ich mochte es sogar, stell dir vor. Aber ich kann nichts dafür, dass ich jung bin. Ich weiß nicht, wie ihr das immer hinkriegt, ihr älteren Frauen. Als würdet ihr junge Frauen ständig mustern und um etwas beneiden, was ihr lange genug selbst hattet. Dabei solltest du so was von drüberstehen. Ist es so schlimm, dass du drei Falten im Gesicht mehr hast als ich, ein paar Kilo mehr? Immerhin hast du Karriere gemacht. Du bist Chefredakteurin. Und ich habe gar nichts mehr. Keinen Abschluss, keine Reputation ...«

Ich versuche dazwischenzugehen.

»Du übertreibst, also hier geht es überhaupt nicht um Alter ...«

»... ach ja, um welche Projektion denn dann ...?«

»So leid es mir tut, hier geht es um Fleiß. Meinst du, ich habe mir das alles hier auf dem Rücken erarbeitet? Eine Chance, ja, mal ein Drink da, aber Journalismus, ja, Schreiben ist viel mehr, als mal einen Instagram-Post abzusetzen. Es ist die tägliche ständige Beschäftigung damit bis zur Selbstzerstörung. Im Volontariat, in der Ausbildung habe ich jeden Tag mehr als zehntausend Zeichen geschrieben ...«

Eilikas Blick trifft mich. Er soll mich vernichten.

»... als wenn ich das nicht wüsste. Ja, Fleiß, aber es ist doch scheißegal, wenn dir keiner eine faire Chance gibt. Deine Altersdiskriminierung funktioniert einfach in die umgekehrte Richtung. Meinst du, ich merke nicht, wenn mich jemand ständig abcheckt ...?«

»... es ist einfach nicht Büroetikette, in Hotpants ...«

»... ach, und das hättest du mir nicht sagen können ...«

»... ach, du meinst ...«

»... ja, solange mein Arsch noch gut ist, trage ich kurze Hosen. Hast du ein Problem damit? Ist das nicht der Scheißfeminismus, von dem du in deinen Büchern schreibst.«

Ich kann mir ein Lächeln nicht verkneifen. Dieses selbstgerechte Biest. Fassung, Melanie.

»... ja, und so lange macht die Welt auch noch das, was du willst. Dieses dämliche Spiel mit dem kurzen Rock. Ich habe diesen Scheiß mit den hochgeschnürten Titten nie gespielt. Weil hochschlafen nicht funktioniert. Hat es noch nie. Und deine nächste Chance kommt bestimmt …«

Eilika unterbricht mich harsch.

»Kommt bestimmt? Du hast absolut keine Ahnung, wovon du sprichst.«

Sie reißt die Augen auf. Ich kann geradezu dabei zusehen, wie sie sauer wird.

»Kommt bestimmt? Ich fahre jetzt aufs Scheißdorf. Nach Bad Teinach-Zavelstein. In den Scheißschwarzwald, wo ich verrotten werde und mich weiter auf Praktika in München oder Berlin bewerben kann. Meine Eltern werden mich zwingen, eine Ausbildung zu machen, am besten was Soziales, und dann bin ich im Arsch, Melanie. Verstehst du, im Arsch!«

Tränen rollen über Eilikas Wangen.

»Das war meine einzige Chance, es meinen Eltern zu zeigen. Ich bin mit dreitausend Euro hierhergekommen. Verstehst du?«

Sie weint jetzt bitterlich. Mit ihren Händen versteckt sie ihr Gesicht. Ich höre nur ihr Schluchzen. Sie lässt ihren Rücken an der Wand neben dem Fenster entlanggleiten, bis sie auf dem Boden sitzt. Und ich stehe nur hilflos da. Wie bei Mutter ekelt mich die Vorstellung ihrer Tränen auf meinem Kleid an. Und trotzdem ist sie eine Tochter, eine Mona, ein kleiner Louis, ein Mensch, der meine Hilfe braucht.

Melanie, tu etwas!

Eine Umarmung, ein gutes Wort. Streiche ihr über den Kopf, deinem jungen Ich, sag ihr, dass alles gut wird. Dass sie die nahe Zukunft nicht fürchten muss. Dass sie Existenzängsten keine Chance geben darf. Immer nach dem Höchsten streben. Nie nach unten schauen. Sonst wird dir schwindelig, weil du realisierst, wie hoch du schon gestiegen bist. Ziehe dich kurz an, aber nicht schlampig, sonst sagen sie über dich, dass du eine kleine Nutte bist. Mach auf seriös, nicht zu sehr, sonst wirkt es grotesk. Mach auf clever, ein süßes Lächeln, aber nur, wenn die Chefs da sind. Gib dich kollegial, nicht zu sehr, sonst wollen sie Sex von dir. Sei nicht zu kalt, sonst halten sie dich für spaßbefreit. Nicht zu ehrgeizig sein, dann wärst du verbissen, nicht zu locker, sonst wirkst du arrogant und dumm. Meide die alten weißen Männer, fürchte die alten weißen Frauen. Sie sind der Meinung, dass jeder mindestens so hart arbeiten sollte wie sie selbst. Versuche dich nicht mit ihnen anzufreunden, das macht es unter Umständen noch schlimmer. Sie kommen nur mit dir klar, wenn sie Distanz halten können. Sonst sehen sie deinen noch sehr fickbaren Körper von Nahem, und das macht ihnen furchtbare Angst. Sie werden mit dem Neid nicht mehr klarkommen und anfangen, dir zu schaden.

Eilika schluchzt weiter. Irgendwann blickt sie auf, wischt sich mit ihrem Unterarm die Tränen weg.

»Ich weiß übrigens, dass du mich beim Sex gesehen hast.«

Es trifft mich wie ein Schlag. Ich werde rot. Heiße Röte, die ich nur noch aus Teenietagen kenne. Ich stehe perplex da. Meine Tochter ist genauso alt wie Eilika. Fünfundzwanzig. Sie ist noch so jung. Viel zu klug für die Provinz.

»Ich könnte beim *Welten*-Magazin ein gutes Wort für dich einlegen. Ich kenne Kurt, den Chef, aus dem Studium.«

Ich ringe nach Worten, meine Zunge überschlägt sich. Ich rede dummes Zeug. Eilika steht auf und tritt wortlos ans Fenster.

»Es ist besser, wenn du jetzt gehst.«

Ich kann Eilikas Blick nicht standhalten. Ich schaue zu Boden. Etwas Dümmeres hätte mir nicht einfallen können.

Es tut mir leid, kleines Mädchen, das so hoffnungsvoll in die Welt aufbrechen wollte. Entschuldige, dass ich dir deine Feenflügel herausgerissen habe. Verzeih, dass ich deinen Antrieb gestohlen habe. Du könntest bei mir wohnen. Ich würde dich aufpäppeln, dir abends den Kopf streicheln, wie ich es bei Mona viel zu oft versäumt habe. Entschuldige, kleines Mädchen, dass ich die Wand zwischen uns nicht einreißen kann. In zwanzig Jahren wirst du sagen, dass es okay war, dass es der Dämpfer war, den du gebraucht hast. Dass du so nicht Hunderte intellektuell sinnlose Kolumnen verfasst hast, dass du dich so nicht verbraucht hast an die Mächtigen, sie dein Feuer nicht auslöschen konnten.

Eilika würde vielleicht den Roman ihres Lebens schreiben, dort in der Provinz, über das bisschen Leben, das sie in München erlebt hatte. Viel wahrscheinlicher aber würde sie auf den Jungen aus ihrer Schulklasse treffen, der sie erst küssen und dann ganz einnehmen würde, weil sie an ihm das Bodenständige, das Ehrliche schätzen lernt. Er ist dann auch derjenige, der ihr besser als ihre Mutter erklären kann, dass Großstädter sich batteln und burn-outen, ihren Karrieren nachlaufen, um irgendwann ihre Beziehungen zu begraben, die verlorene Kindheit ihrer Kleinen zu betrauern und wenig später selbst auf irgendeinem Alpenpfad beim Trecking-Wochenendtrip in ihrer Globetrotter-Funktionskleidung tot umfallen.

Eilika würde erkennen, dass Johann recht hat und mit den anonymen Sex-Video-Chats abends in ihrem alten Kinderzimmer mit den bunten Bettlaken aufhören und beschließen, sich von ihm schwängern zu lassen. Mit ihm zusammenzuziehen. In ein Haus im Dorf, günstig erstanden, bevor die Städter kommen und die ganze Gegend als Kurzurlaubsort gentrifizieren. Sie würde Kinder bekommen und mit jedem ihrer Geburtstage ihre eigenen Träume bis zur Unsichtbarkeit verwässern. Nicht alles ist mit Talent zu erreichen. Es braucht manchmal nur Timing, Quote oder den gleichen Humor wie die Chefs. Manchmal braucht es auch nur Arroganz.

»Leb wohl, pass auf dich auf«, sage ich.

Eilikas Blick bleibt hart. Sie schweigt, und für mich ist es wirklich Zeit zu gehen.

Die nächsten Minuten ereignen sich wie im Traum. Ich sehe einer Frau namens Melanie Moosburger dabei zu, wie sie die Treppenstufen des Altbaus wieder hinunterschreitet; noch völlig in Gedanken, hält sie sich am Treppengeländer fest. Als wollte sie sich stützen, sich festhalten, um nicht zu fallen, so in Gedanken ist sie. Als sie die zweite Etage erreicht hat, sieht sie über das Geländer hinweg, wie unten im Erdgeschoss zwei Personen gerade durch die Haustür kommen. Eine ältere Frau und ein Herr, er hält ihr die Eingangstür auf, sie trägt ein paar leichte Einkaufstaschen. Aus dem Korb, der an Lederriemen über ihrer Schulter hängt, ragen ein Baguette und ein Strauß Sonnenblumen heraus. Sie müssen vom Elisabethmarkt kommen.

Melanie geht die Treppen herab, und das Paar geht die Treppe hinauf. Sie müssen sich unweigerlich auf der Treppe in der ersten Etage treffen.

Melanie trägt silberne Sandalen, ein blau-weiß gestreiftes Wickelkleid von Escada, eine Klammer, die ihre Haare zusammenhält, blonde Haarsträhnen fallen ihr ins Gesicht. Sie hat ihren Laptop dabei, sie will eigentlich noch ins Büro, vorher zur Maniküre, sie träumt von der vergangenen Nacht und ihrem Liebsten. Sie ist in Gedanken, weil sie an die junge ehemalige Kollegin denkt, die mehr eine Projektion ihrer selbst ist, als sie jemals zugeben würde. Sie geht noch ein paar Schritte, bevor sie »Oskar« sagt.

Oskar, der mit seiner Frau die Treppe hochkommt, hält inne, schaut Melanie erschrocken an. Dann bekommen seine Augen etwas Flehendes. Er fasst sich, das kann sie sehen.

»Melanie«, sagt er mit normaler Stimme.

Melanie ist plötzlich sehr blass. Sie ist ein sehr kontrollierter Mensch, und so versteht Oskar zu seinem Glück sehr schnell, dass sie sich nichts anmerken lassen wird. Vielleicht aus Stolz, vielleicht um später noch einen Trumpf im Ärmel zu haben – das weiß er nicht. Am wahrscheinlichsten ist aber, dass es wohl nie zu einer Aussprache zwischen Oskar und Melanie kommen wird.

»Melanie, das ist meine Frau Melissa«, sagt Oskar.

Melissa ist schön, aber ganz anders als Melanie. Bestimmt fünfundfünfzig Jahre alt, und doch hat ihr Gesicht etwas sehr Jugendliches und Weiches. Ihre braunen Haare reichen bis zur Schulter, sie sind glatt geföhnt, ihre Haut ist zart gebräunt, ihre Gesichtszüge strahlen etwas Gutmütiges aus.

»Das ist Melanie«, hat Oskar gesagt über die Frau, mit der er die Nacht zuvor verbracht hat, und bevor seine Frau zu viele Fragen stellt, füllt er die Lücke, hat er schnell noch etwas angefügt.

»Melanie ist die Chefredakteurin der *Münchner Zeitung*.« Und das wiederum schmeichelt Melanie, diese Aussage,

denn eigentlich ist sie ja nur die Stellvertreterin des Chefredakteurs, der naturgemäß ein Mann ist.

Melissa lächelt süß.

»Ah, die liegt täglich bei mir in der Klinik«, erwidert Melissa.

»Ja, wir werden in München viel gelesen«, sagt Melanie
und weiß, dass es ein Nonsens-Gespräch ist.

Melanie starrt Oskars Nacken an, an dem sich vom Rücken her kleine graue Härchen kräuseln. Sie wundert sich,
ob das der Nacken ist, den sie noch vor wenigen Stunden
eingeatmet hat, in dem sie ihr Gesicht vor der Welt verstecken und vertrauen durfte.

Sie steht unter Schock, und deshalb realisiert sie noch gar
nicht, dass es einen Zusammenhang zwischen dem Oskar
in ihrem Bett und dem Oskar hier auf der Treppe gibt, über
den sie noch Jahre nachdenken wird.

Es wird sie Monate kosten, das aufzuarbeiten. Sie wird
den Weg in Gedanken immer und immer wieder zurückgehen, so als würde sie einen verlorenen Schlüssel suchen.
In welchem Moment hätte ihr etwas auffallen müssen?

»Ich habe dir vertraut, du Arschloch«, möchte sie sagen.
Sie findet wenig so wohltuend und authentisch wie diesen
Satz.

Melanie denkt von sich, dass sie keine besonderen Ansprü-
che hat an das Leben, wenn sie nur von einem einzigen
Menschen exklusiv geliebt werden und sich wohlfühlen
möchte. Dieses kümmerliche bisschen Glück hat sie verdient, das sagt sie sich fast täglich vor. Vielleicht auch nicht
ganz zu Unrecht. Es ist die Art von Selbstbestätigung, die
jede heteronormativ erzogene Frau sich wünscht; eine Er-

füllung, die nur durch die Partnerschaft mit einem heterosexuellen Mann hergestellt werden kann. Melanie hat eine bildschöne, kluge Tochter namens Mona, die sie wiederum für ihre traditionelle Kleinfamilie belächelt. Vielleicht auch aus Neid, aber wer weiß das schon. Einen gesunden Enkel Louis, der gerne Zeit mit seiner Großmutter verbringt. Sie hat eine Reihe Bücher geschrieben, sie ist eine gute Journalistin.

Für Frauen wie Melanie wird das aber nie genug sein, alle Schätze und geliebten Menschen dieser Welt würden nicht ausreichen, wenn da nicht der Eine ist, ihren Alterungsprozess zu begleiten und sie nach außen vor allen anderen als eine weiterhin attraktive, geistreiche Frau zu definieren. Es braucht einen Mann wie eine Trophäe, der es Melanie erlaubt, der Welt in jedem Moment zu zeigen, dass sie begehrt, gevögelt und bedient wird. In Melanies Welt will keine die selbstzufriedene, aber untervögelte Alte sein. Die lesbische Intellektuelle, die allen alten Männern auf die Nerven geht. Die kauzige Esoterikerin, die Yoni-Eier in ihrer Muschi drehen kann, aber nie einen reinkriegt.

Melanie verabschiedet sich kurz und höflich von den beiden. Sie glaubt, dass Melissa eine Ahnung hat, aber eine kluge Ehefrau ist, die schon weiß, wie sich durch eine respektvolle Ignoranz die Untreue des eigenen Partners vertuschen lässt. Melissa hat Nehmer-Qualitäten. Sie bildet sich ein, zu wissen, dass Männer sich mit Sex abreagieren, aber am nächsten Morgen zurück bei ihren Frauen sind. Ihren Frauen.

Melanie sitzt jetzt mit geradem Rücken und Sonnenbrille im Straßencafé an der Münchner Freiheit und schaut den zwei jungen Mädchen am Nebentisch zu. Aber eigentlich schaut sie durch sie hindurch.

Wie sie diszipliniert ihre Spaghetti Bolognese mit Gabeln auf Löffeln zusammendrehen. Es ist Jahre her, dass Melanie ihren Lebenshunger mit einer Portion Pasta gestillt hat, weil sie sich dann teigvergiftet fühlt. Durch das Gluten, das ihren Magen verklebt, zumindest tut es das, seitdem sie bei *goop* davon gelesen hat.

»In einem gewissen Alter musst du dich entscheiden, entweder dein Körper oder dein Gesicht«, hat eine Freundin von Melanie mal zu ihr gesagt. Melanie hat augenscheinlich Ersteres gewählt. Ihre Hände halten verkrampft ihre Handtasche. Ihre Handknochen sind verhärtet. Sie will nicht weinen, kann aber zwei Tränen nicht unterdrücken.

Ihre Mutter ruft an, Melanie sieht es auf dem Display, hat aber nicht die Kraft, nach rechts zu wischen. Jetzt zittert sie am ganzen Körper und presst die Lippen aufeinander.

Melanie ist Journalistin, also versucht sie nun selbst in ihrer größten Not, Begrifflichkeiten und Schubladen für die Enttäuschung, die ihr gerade widerfahren ist, zu finden.

Betrug, wird sie sich denken, ist so ein unpräzises Wort. Genau wie Missbrauch. Liebeskummer wird oft mit Enttäuschung verwechselt. Das Herz vernarbt schlechter im Alter, wohl auch weil die angenehmen Überraschungen nicht mehr in der gleichen Fülle an jeder Weggabelung lauern. Woran bist du gescheitert, Melanie? Warum war es dein Schicksal, einsam zu sein? Alleinerziehende Mutter, geschiedene Frau, Single-Frau mit fünfzig, im Altersheim verendet. Ein ganzes Leben wie ein missglücktes Date, wie die Verkettung vieler winziger Fehlentscheidungen. Der Weg lässt sich nicht mehr zurückgehen, das Herz ist hin, der Verstand dreht Locken.

Sie würde wieder aufstehen, aber ein bisschen gebückter gehen. Um wieder hochzukommen, würde sie einen großen Teil ihrer Erwartungen an das Leben hinter sich lassen und vergessen, wie gut sie es einmal hatte und wie viel sie sich von diesem hohen Niveau aus für die Zukunft erträumt hatte. Sie würde eine Kur machen und dort vielleicht einen Kurs im Bastelraum belegen. Sie würde aufhören, gegen alles und jeden etwas einzuwenden. Sie würde sich selbst erlauben, etwas molliger zu sein. Sie würde wieder Weizen essen und Kuhmilch trinken. Sie würde das Radio aufdrehen, wenn ein Song aus ihrer Jugend läuft, und ihren Enkeln zurufen, dass sie darauf einmal getanzt habe, aber die Enkel würden gar nicht zuhören und fragen, wann das Essen fertig sei. Daraufhin würde Melanie ihnen befehlen zu tanzen und dabei eine seltsame Strenge an den Tag legen. Louis und seine kleine Schwester würden sich ansehen und es ihrer Großmutter zuliebe tun. Melanie würde tanzen, sich zur aufgepeppten Version des Neunziger-Hits aus dem Radio bewegen und dabei bemerken, wie sich ihr Körper wesentlich steifer und behäbiger dazu bewegt als noch zehn Jahre zuvor. Ihr würde dann auffallen, dass sie nur noch aus Erinnerungen besteht, dass ihr Geist sich aus Vergangenem speist und dass der Rosmarin-Lachs aus dem Ofen muss.

»Wollen Sie etwas bestellen«, fragt der Kellner.

Melanie nickt, ohne ihn anzusehen.

»Eine Tasse Kaffee.«

»Auf der Terrasse nur Kännchen.«

»Dann eben das.«

Kapitel 11

Frakturen II

Die Tränen kommen von ganz alleine, das ist das Schöne, man muss nicht einmal etwas dafür tun. Sie laufen aus ihren Kanälen meine Wangen herunter, sie tun es leise und ohne Drama. Wie ein Rinnsal aus Schmerz, den mein Körper wie Schweiß stoisch absondert. Der Impuls zu weinen, er ist so selbstverständlich, dass ich nicht einmal mein Gesicht bemühen muss.

Ich schaue auf mein Smartphone. Meine Mutter hat wieder angerufen. Ich sehe ihren verpassten Anruf und wische ihn weg. Ich rufe sie später zurück. Ich kann jetzt nicht mit ihr reden, und das ist das Gemeine. Ich kann jetzt niemanden aushalten, um den ich mich kümmern muss. Ich habe mit mir selbst zu tun. Meine Mutter verdient eine glückliche Tochter, eine, die sie sonntags zu Kaffee und Kuchen in ihren Garten einlädt, eine, die sie zu Hause pflegt. Eine, die keinen emotionalen Abstand braucht, um sich selbst noch ein bisschen in ihrer eigenen Sexualität spüren zu können.

Der Moment, in dem Oskar die Treppe hochkommt, ist der grausamste. Wieder und wieder kommt er in meinen Gedanken mit Melissa die Treppe hoch. Ich gehe runter. Er steigt mit vollen Einkaufstüten hinauf, ich mit leeren Taschen herunter. Unsere Leben haben sich nur kurz getroffen, und jetzt ist es eben wieder vorbei. Als Laurent ging (Weinkiste auf dem Smart-Beifahrersitz), dachte ich nicht, dass ich es überleben würde. Es riss alles aus mir raus. Durch Oskar weiß ich nun, dass noch etwas übrig war, das jetzt auch fort ist. Davor war da noch ein winziger Spalt, in den Licht drang, nun ist der Körperpanzer, die Hornhaut ums Herz komplett geschlossen.

Die Sonne scheint auf meine Schreibtischplatte. Ich wische die letzten Tränen weg und gehe in Werners Büro. Mir ist klar, dass nun die nächste Scheiße auf mich wartet. Er will mich sprechen. Dringend. Heißt nichts Gutes. Ich war als Kulturjournalistin des Jahres nominiert, habe einen Buchpreis der Stadt München gewonnen. Ich werde nie Sylvia von Bayern heißen und einen Roman-Bestseller über die Vergänglichkeit von Nacktschnecken schreiben. Nie einen Reporter-Preis über den illegalen Handel mit Diamanten in Brazzaville erhalten. Ich werde niemals einen internationalen Filmstar daten. Die Liste mit den Dingen, die ich im Leben noch erreichen kann, ist lächerlich kurz im Vergleich zu der mit den Dingen, die ich schon verpasst habe.

Ich werde nie wieder so laut lachen, wie ich es einmal konnte, mein Hintern wird immer flacher werden. Ich habe kein Geld, mir diese lästige Kaiserschnittnarbe von Monas Geburt am Unterbauch entfernen zu lassen. Sie steht über wie ein Wulst, und ich muss jedes Mal im Freibad das Bikini-Höschen hochziehen. Ich werde sterben und mich zu fett finden. Schwänze werden im Alter schlapper und runzeliger, Frauen lassen sich Silikon in die Schamlippen spritzen. Ein Mini-Schlauchboot zwischen den Beinen, nur kein Nass mehr in Sicht.

Werner ist mein tägliches Murmeltier, schon wieder sitze ich in seinem Zimmer mit der eleganten grauen Sitzgruppe und weiß nicht, was kommt. Es ist schwül heute, mein Sommerkleid klebt mir beim Hinsetzen schon am Po, Werner lässt sich Zeit. Bald wird es Herbst sein, auf dass das dumpfe, depressive Gefühl, das mich seit meinem 50. Geburtstag wie ein Grundrauschen begleitet, dann vorbei sein möge.

»Ein Glas Wasser. Sie müssen mehr trinken.«

Gerda ist fürsorglich, während ich auf Werner warte. Dass sie so nett ist, macht mich nervös. Ich richte mich auf, Werners Sitzgruppe war noch nie mein Ding. Gerda weiß alles, was Werner weiß. Sie hat Mitleid mit mir, das spüre ich.

»So, endlich aus dem Call raus.«

Auftritt Werner. Er rauscht dynamisch an mir vorbei. Hinterher, etwas langsamer, folgt ihm Heiner, der Betriebsrat. Die beiden hassen sich auf den Tod. Heiner ist ein Fuchs, ein linksintellektueller Kämpfer, Parteimitglied der SPD, Verdi-Aktivist und heimlicher Sympathisant der Antifa. Und irgendwie hängt er Werner gerade ein bisschen am Arsch. Heiner ist ein aufrechter Typ, null Rendite-getrieben, sozial, jovial – das Gegenteil von Werner. Seit Jahrzehnten verteidigt er die *Münchner Zeitung* gegen massiven Personalabbau. Ich mag seine tätowierten Unterarme, seinen grauen Stoppelbart. Dass er heute in Werners Büro mitkommt, macht mich zu Recht nervös. Denn eigentlich nimmt Werner Heiner nur in Gespräche mit, wenn er irgendeine Schweinerei abziehen will. Vor allem schafft Heiners Präsenz vollendete Tatsachen.

»Melli, hey!«

Heiner breitet die Arme aus. Ich reagiere. Wir umarmen uns. Heiner meint Umarmungen auf die menschliche Art, nicht als #MeToo-Moment, wobei natürlich auch die netten Kumpels Stützen dieses Systems aus den üblichen unklaren Übergängen von Nettigkeiten zu Grapschereien sind.

»Der Heiner hat nur kurz Zeit, also kommen wir gleich zur Sache.«

Werner krempelt sein kariertes Hemd hoch, für ihn hat der Casual Friday mit unserem Termin schon angefangen. Wir überspringen den Teil, ob jemand einen Cappuccino möchte. Die Luft in Werners Aquarium steht. Bei modernen bodentiefen Fensterfronten gibt es nur im oberen Teil elektrisch kippbare Klappen zum Lüften, die aber nicht mehr als einen winzigen Zug bewirken. Meine Hände werden weich vor Schweiß. Werner und Heiner sitzen auf der einen Seite der Sitzecke, ich auf der anderen. Der Sessel neben mir ist leer. Die Fronten sind damit klar.

»Wir haben uns überlegt, dass wir die Chefredaktion gerne neu aufstellen möchten.« Werner blickt Heiner an.

»Und dass wir dich gerne als Chefin des Ratgeber- und Wissenschaftsressorts einsetzen möchten.«

Werners Worte treffen mich unvorbereitet. Wie immer in solch absurden beruflichen Situationen fange ich hysterisch an zu lachen, was dazu führt, dass Werner und Heiner nervös auf ihren Sitzen hin und her rutschen. Ich bin raus aus der Defensiven. Ich mag zwar in der Liebe mit alten Männern schlecht sein, aber meinen Job lasse ich mir von den beiden nicht nehmen.

»Nein, im Ernst, können wir den Blödsinn lassen. Werner. Heiner. Was soll das heißen? Können wir bitte Klartext reden?«

»Du kannst hier nicht mehr als Chefredakteurin arbeiten. Ist es dir so lieber?«

Werner traut sich was.

Ich merke, wie meine Hände zittern. Ich balle sie zu Fäusten, damit es nicht auffällt.

»Und weshalb genau? Wegen der Redigatur von Eilikas Kolumne? Das kann doch nicht dein Ernst sein?«

»Nein, nicht explizit deswegen, aber auch. Du hast einfach deinen Biss verloren, wir haben sehr schlechte Zahlen in der Kulturberichterstattung. Wir haben keine neuen Kolumnen, keine Autoren, nichts, was unsere Marke stärken würde. Und du bringst sie einfach auch nicht mit.«

»Aber das ist doch Blödsinn. Meinst du, wir werden stärker, wenn ich eine Oma-Kolumne schreibe. Das war doch alles deine Idee.«

Heiner lehnt sich vor.

»Wir wollen weiter mit dir arbeiten, Melanie. Das hat mir Werner zugesichert. Ist doch gut, wenn du dich auf das Ratgeberressort konzentrieren kannst. Ernährungskonzepte, Gesundheit, Sport. Da sind bestimmt auch ein paar hübsche Pressereisen drin.«

Ich schaue Heiner konsterniert an. Werner merkt das und handelt sofort.

»Heiner, ich will kurz mit Melanie alleine sprechen. Sie kommt dann auf dich zu.«

Heiner zuckt mit den Schultern.

»Ja, gut. Ihr wisst, meine Tür steht offen.«

Das ganze Gespräch wirkt ohne Konzept. Als Heiner aus der Tür ist, setze ich mich auf Heiners Platz neben Werner. Ich hoffe, ihn einfangen zu können.

»Mann, Mel, die Eilika geht jetzt zur *Bunten*. Und schreibt da eine neue Kolumne. Wie stehen wir denn jetzt da? Das ist so dermaßen beschissen.«

Ich schüttle den Kopf.

»Das kann nicht sein. Ich habe sie gestern besucht, sie fährt in ihr Dorf nach Schwaben.«

Werner lacht kurz auf.

»Ja, vielleicht um ein paar Tage auszuspannen. Sie fängt schon nächste Woche an, sagte Patricia. Weil sie gut ist. Weil sie fucking gut ist.«

Das Biest!

»Patricia will dich nur ärgern.«

»Ja, und wenn schon. Aber sie macht die Klicks. Mit meiner Idee. Mel, ich will einfach nicht mehr. Ich habe Alexandra in die Chefredaktion bestellt.«

Jetzt schaut mich Werner immerhin mit großen traurigen Augen an. Er beendet unsere Ehe auf der Arbeit nach zwanzig Jahren, einfach so.

»Nein, das akzeptiere ich nicht. Weil es unfair ist. Ich habe mein Leben für diese Zeitung gegeben.«

Ich merke, wie Tränen in mir aufsteigen. Oskar. Chérie. Werner. Alles ist zu viel.

»Was soll ich denn machen? Ich meine, ich bin jetzt fünfzig. Was soll ich denn tun? Mir bis zur Rente einen anderen Job suchen? Das ist doch chancenlos. Du lässt mich hängen. Einfach so lässt du mich hängen. Weißt du noch, als du dich damals von Paula trennen wolltest und ich hier Tag und Nacht die Produktion geleitet habe? Jeder hat mal Phasen, in denen er nicht auf der Höhe ist.«

»Nicht auf der Höhe? Das ist doch nicht dein Ernst! Bei dir ist ständig was, Mel. Dein ganzes Leben ist ein Drama in hundert Akten. Und ich habe dich immer beschützt. Als du mit Mona ausziehen musstest, und dann diese völlig lächerliche Anzeige von Laurent damals wegen Stalking. Ach komm, wir haben schon einige Schlachten geschlagen, die vielen Bücher, die du hier in deiner Arbeitszeit geschrieben hast, komm, ich war schon immer nachsichtig mit dir. Aber jeden Tag ist es etwas anderes. Mal musst du mit Louis den Tag verbringen, mal hat er Durchfall, und deine Tochter braucht dich. Mal hast du gefeiert. Dann August.«

»Bitte fang nicht wieder damit an.«

Werner steht hektisch auf, setzt sich an seinen Schreibtisch. Die plötzliche räumliche Distanz soll mir offenbar signalisieren, dass das Gespräch zu Ende ist. Ich sitze da und kann mich nicht rühren. Ich schließe für fünf Sekunden die Augen, öffne sie dann wieder, die Achtsamkeitsübungen bei Panikattacken meiner früheren Psychologin müssen jetzt wirken. 10. Ich sehe einen Sessel. 9. Ich rieche die stehende Luft und die Schweißpartikel darin. 8. Ich spüre, dass sich Schweiß zwischen meinen Brüsten gebildet hat. 7. Ich spüre die Lehne des Sessels in meinem Rücken. 6. Ich denke an Mona und Louis. Vielleicht sogar an den blöden Bert. 5. Ich verliere mich. Ich muss Mutter zurückrufen. 4. Oskar. Melissa. Die Treppe. »Das ist meine Frau Melissa. Meine Frau.« Zu viel für mich. 3. Ich will nicht mehr.

Ich schaue rüber zu Werner, der an seinem Schreibtisch mal wieder auf sein Smartphone starrt.

Langsam kann ich wieder aufstehen. Ich hole meine Türzugangskarte aus der Tasche meiner schwarzen Seidenhose und lege sie auf Werners Schreibtisch.

»Was soll das jetzt?«

Werner klingt spöttisch.

»Ich kann hier nicht rausgehen und Ratgeberchefin sein.«

Werner schaut auf die Karte.

»So, so. Kannst du nicht. Jetzt lässt du mich aber hängen.«

Für eine Weile schauen Werner und ich uns an. Wie zwei Duellierende, kurz bevor sie auseinanderlaufen und ihre Schritte abzählen. Ein Adieu wäre jetzt angebracht.

»Du machst einen Fehler, Mel.«

»Fick dich ins Knie, Werner!«

Draußen auf dem Viktualienmarkt weht ein schwüler Sommerwind. Die Sonne brennt von oben auf die Sonnenschirme. Mir ist nach einem Hugo zumute, den ich an der studentisch-hippen *Muc-Bar* bekomme. Es ist siebzehn Uhr, bald ist es Abend. Mona hat geschrieben, ich soll morgen auf Louis aufpassen.

Ich texte Chérie. »Das war's. Ich bin raus bei der *Münchner Zeitung*. Santé.«

Sie antwortet nicht. Nach dem zweiten Hugo fühle ich mich stark angetrunken. Auf meinem Handy-Display flackern Nachrichten auf. Werner konnte es wohl gar nicht abwarten, die Nachricht im Kreise der Kollegen zu verkünden. Er wird als Arschloch sterben.

»So, sorry, habe schon gehört. Falls mal Lust auf einen Drink besteht. A.«

»Melanie, wie kommt's? Ich kann es gar nicht fassen.«

»Ich kann mir gar nicht vorstellen, ohne dich zu arbeiten. How comes?«

Die übliche Mischung aus Schleimscheißerei und Neugierde. Ich hätte wirklich ein bisschen mehr verdient als das. Ich setze mich auf das heiße Straßenpflaster und ziehe meine Schuhe aus. Es fühlt sich an, als würde ich meine Rente zwanzig Jahre zu früh starten. Und jetzt, Melanie? Was denn nun? Vor Gericht um die Abfindung kämpfen und dann eine Boutique in Bogenhausen für die reichen Damen eröffnen? Einen Coaching-Kreis für dreihundert Euro die Stunde veranstalten, um endlich offen über Hitzewallungen sprechen zu können? Ich verachte mein Leben schon jetzt. In meine Branche zurück kann ich nicht. Wer stellt schon eine ehemalige Chefredakteurin ein, um sich dann von ihr die Welt erklären zu lassen? Ich kämpfe gegen das Gefühl an, nicht mehr gefragt zu sein. Nicht mehr gewollt. Doch vergebens. Es breitet sich wie eine ätzende Flüssigkeit in meiner Seele aus. Ich denke an Mona. Die sechsjährige Mona. Wie sie damals mit mir abends im Sommer noch etwas in der Bar nebenan trinken ging. Das war immer der Deal. Ein Glas Wein für Mama, ein Kaktus-Eis für Mona.

Sie war damals schon blitzgescheit und süß. Mit ihren gelben Lackballerinas tanzte sie über den Platz. Schwabing war voller Menschen nachts im Sommer, wie heute auch. Die Nacht wurde zum Tag.

»Was willst du werden, wenn du groß bist, Mon-Blume?«

»Ärztin und Eisverkäuferin.«

Mona wusste immer genau, wenn sie süß war. Und dass sie ein bisschen klüger war als die anderen Mädchen. Sie rechnete schneller und ohne Fehler. Wenn sie doch etwas Falsches aufs Blatt schrieb, war ich dermaßen enttäuscht, dass ich sie manchmal »blöde Kuh« nannte. Dann schämte ich mich. Weil ich die Missachtung meiner Mutter wie einen Staffelstab an Mona weitergab. Auch konnte ich mich wahnsinnig darüber ärgern, wenn Mona nicht zuhörte oder etwas Unpassendes anzog.

Wie kleine Mädchen es nun einmal so tun, zog sie Strumpfhosen über Socken, Röcke über Hosen.

»Das ist hässlich, Mona. Hässlich«, schimpfte ich oft und

schämte mich jedes Mal mehr. »Ich will nicht, dass meine Tochter rumläuft wie ein armes Kindchen.« Mona schaute mich dann immer mit großen Augen an. Als Alleinerziehende ertrug ich es einfach nicht, wenn man uns den Mangel ansah, dass uns vieles nicht möglich war, uns viele Privilegien verwehrt blieben. Dass ich Mona vor Wissenschaftssendungen oder ganze Tage bei ihrer Oma parkte, um arbeiten zu können. Dass ich immer, immer müde war. Dass ich Mona die Spangen in den Haaren sortierte, während ich auf Toilette saß und mein Beckenboden den Urin nicht länger halten konnte. Dass wir abends manchmal kalte Nudeln aßen, weil niemand einkaufen gegangen war. Dass ich mich mit meinem Lover im Badezimmer einschloss, während Mona drei Stunden »Disney Club« im Fernsehen schauen durfte. Einzelkinder und Einzelmütter stehen sich gegenseitig im Weg und kommen doch nie voneinander los.

Ich rufe Mona an und versuche, nicht zu lallen.

»Ich komme morgen früh um neun Uhr, kein Problem.«

»Das ist lieb, Mama. Danke!«

Als ich nach Hause komme, finde ich einen riesigen Blumenstrauß in hauchzartem lila Papier in einer Vase neben meiner Fußmatte. Im Halbdunkeln lese ich aufgeregt die Karte. »Lass uns bald sprechen. Ich bin für Dich da. Deine Chérie«.

Enttäuscht lasse ich die Karte fallen.

Kapitel 12

Rosaland

In den frühen Morgenstunden flimmert heiße Luft über der Stadt. Marlene Moosburger kann die aufsteigende Hitze von ihrem Fenster im Seniorenheim Kieferngarten aus sehen, sie hat den Kopf leicht gedreht. Um sechs Uhr morgens ist der Himmel bereits strahlend rosa. An den Häuserwänden und auf den Kirchendächern schimmern Lichttupfer, Fenster reflektieren erste Sonnenstrahlen. Die Schmerzen lassen Marlene nicht mehr schlafen. Unter ihrem Rücken ist es nass, zwischen ihren Beinen hat sich Schweiß gebildet, ihre Oberschenkel kleben förmlich aneinander.

Der Pfleger kommt nie vor zehn, und so entscheidet Marlene sich, die Gelegenheit zu nutzen. Marlene Moosburger ist dreiundachtzig Jahre und dreiundzwanzig Tage alt, als sie beschließt, an diesem Morgen, zum ersten Mal seit sieben Jahren, wieder einmal alleine zu baden.

Am Wochenende hatten sie die Pfleger vertröstet, als sie sagte, dass ihre Haut klebt und juckt.

»Frau Moosburger, wir können Sie erst duschen oder baden, wenn die Kollegin Mittwoch früh zurück ist. Ein Pfleger alleine kann Sie nicht tragen, bitte, Frau Moosburger, das müssen Sie doch einsehen.«

In Marlenes zwanzig Quadratmeter großem Zimmer gibt es, ähnlich wie in einem Krankenhaus, ein separates Badezimmer, das man von zwei Zimmern aus betreten kann. Mit ihrem steifen linken Bein, der Fuß steckt seit dem Sturz in einer Schiene, kann sie sich nur mühsam bewegen. Langsam setzt sie sich auf. Sie möchte auch ihre Haare waschen, die Lockenwickler, die sie seit fünfzig Jahren in einem Koffer aus geflochtenem Bast verwahrt, aufdrehen. Ihr Körper macht nicht mehr das, was sie will.

Nur ein paar Schritte, dann wäre sie in der Dusche.

Erst das Bein soll aus dem Bett, aber zu ungelenk, der Arm kommt zuerst und berührt vor dem Bein den Boden. Das Gesicht prallt auf kaltes Linoleum.

Auf Marlenes Nachttisch liegt ein Brief, den sie am Abend geschrieben hat. Daneben eine Schüssel mit stark glänzenden Äpfeln, deren wachsartige Schale ihre schlechte Qualität verraten. Gespritzte Äpfel voller Pestizide in Abgrenzung zum knackig-grünen Bio-Apfel. Niemand isst mehr gespritzte Äpfel, die wochenlang in repräsentativen Obstkörben glänzen. Der Brief beginnt mit den Worten: »*Meine liebe kleine Melanie, meine wunderschöne, starke Tochter …*«

Kapitel 13

Kreislauf

Another day, another Glockenbach-Spielplatz-Vormittag. Ich bin verkatert, und das passiert mir im Moment zu oft. Louis ist auf der kleinen Rutsche und dem Klettergerüst unterwegs, ich beobachte ihn vom Rand des Sandkastens aus, und meine Schwester schwafelt mich am Telefon zu. Während ich mit ihr rede, fixiere ich Louis und kriege jedes Mal einen Schreck, wenn es mir eine halbe Minute nicht gelingt. Ich bekomme Migräne, das ist klar. Mit dem Hörer am Ohr versuche ich, einen Kiosk zu orten, eine Flasche Wasser, das könnte helfen.

»Hast du mit Mama telefoniert? Warst du dort? Das Heim hat es gestern bei mir versucht, aber wir waren auf dem Wasser. Geht es ihr denn gut?«

Ich versuche, mich zusammenzureißen, was mir nur halb gelingt.

»Warum rufst du sie denn nicht selbst an. Es ist ja nicht so, dass …«

»… dass ich arbeite, das wolltest du sagen.«

Mit Maria ist es hoffnungslos. Sie ist ein konfrontativer, actiongeladener Lady Sheriff im Dirndl. Unsere Gespräche gleichen Kreuzverhören.

»Ja, *ich* muss arbeiten.«

»Aber wenn wir dich besuchen kommen, dann hast du nie Zeit.«

»Nein, das stimmt nicht. Ich muss halt jeden Tag bis 14.30 arbeiten. Das geht gar nicht anders.«

»Ja, aber dann brauchen wir ja auch gar nicht zu kommen. Denn abends bist du ja dann auch weg.«

»Nein, abends bin ich da.«

Zugegeben, ich habe Maria im Laufe der Jahre für ein paar wahllose Dates versetzt, aus denen nie mehr als eine Blasenentzündung wurde.

»Du kannst mich jederzeit in München besuchen.«

»Ja, von wegen.«

»Maria, warum bist du so?«

»Ach, warum bin ich so? Es tut mir leid, dass ich mich gegen die Stadt und eine Karriere entschieden habe. Aber vielleicht für eine lange Ehe. In guten wie in schlechten Zeiten.«

»Und wenn's nur schlechte sind?«

»Bist du fertig?«

»Ja.«

Endlich hat sie aufgelegt.

Die Hitze ist heute besonders drückend. Ich suche nach Louis, aber mir wird schwarz vor Augen. Ich spüre, wie mein Kopf auf Sand prallt, und höre Frauen um mich herum schreien.

Ich kann nichts sehen, der Himmel sieht aus wie ein Film der Frères Dardenne. Die Kameraführung ruckelt stark.

»Louis, Louis«, rufe ich, dann werden die Stimmen hektischer.

»Man sollte schnell einen Arzt rufen«, sagt eine Frau

mit ruhiger Stimme. Ich glaube, es ist die, die meine Hand hält.

»Können Sie mich hören, haben Sie ein Kind dabei?«

»Ja«, rufe ich. »Louis.«

»Es wird alles gut, wir suchen Louis, wir nehmen ihn mit.«

»Nein, Louis muss mit mir …«

Mir wird schlecht, jetzt wird es weiß vor meinen Augen. Unter mir fühle ich brennenden Sand. Ich muss bescheuert und lächerlich aussehen. Wie ein Käfer auf dem Rücken. Wieder wird mir schwarz vor Augen, dann wird es wieder weiß.

Das Licht einer Taschenlampe leuchtet mir in die Augen. Mehrere Händepaare ergreifen meinen Kopf, meine Arme und Beine und heben mich auf eine Art Trage.

»Louis, Louis, mein Kind.«

»Ihrem Kind geht es gut, der Kollege hat ihn auf dem Arm.«

Ich gebe den Widerstand auf, entspanne meine Nackenmuskulatur und lasse meinen Kopf sinken. Mona wird mir das niemals verzeihen. Ich spüre, wie mir eine Manschette angelegt wird.

»Puls bei neunzig. Sauerstoffsättigung bei sechsundneunzig. Vitalparameter stabil.«

»Oma«, blubbert Louis. Es ist schön, die Stimme des Kleinen zu hören.

»Sie müssen ihm etwas zu trinken geben, er hat eine Trinkflasche dabei.«

»Vielleicht hätten Sie lieber etwas Wasser trinken sollen.«

Ich identifiziere die Stimme als die eines jungen Sanitäters. Meine Trage wird in den Rettungswagen verladen, es tut einfach gut, die Kontrolle abzugeben. Louis sitzt mir angeschnallt gegenüber. Jetzt ist alles gut. Ich bin nur halb da, aber er sieht mich.

»Du wolltest immer Rettungswagen fahren, Krabbe. Das freut mich so für dich.« Kinder brauchen in jeder Situation eine fröhliche Ansprache.

»Oma, Beste«, brabbelt Louis.

Mir wird wieder schwummrig. Ich bekomme Magenkrämpfe und merke, wie Durchfall aus mir herausplatzt. Die Nebenwirkung der täglichen Einnahme von Laxativen. Wer behauptet, seine Figur ab fünfundvierzig ohne Abführmittel zu halten, lügt. Ein Sanitäter kümmert sich um das Malheur, offenbar läuft es von der Trage. Tiefer kann ich nicht mehr sinken.

In der Klinik Schwabing angekommen, wird meine Trage gleich in ein freies Behandlungszimmer geschoben. Ein älterer Arzt mit grau melierten Haaren untersucht mich nachlässig, fährt mir über die Schläfen, bittet mich, im Liegen den Mund zu öffnen. Ich bin noch etwas weggetreten und versuche, seinen Anweisungen Folge zu leisten. »Bitte einmal den Mund wieder schließen.«

»Bitte tief einatmen. Und aus. Danke!«

Seine Bitten klingen wie Befehle. Er sieht in mir keine Frau, nur einen Patientenkörper. Ich schäme mich, weil ich schwitze.

Er blickt auf das Klemmbrett, das ihm der Sanitäter reicht, und nickt.

»Wir würden Ihnen gerne noch Blut abnehmen, Frau Moosburger.«

Eine Krankenschwester kommt, sie legt meinen linken Arm auf ein blaues Injektionskissen.

»Schön locker lassen.«

Ich sacke nach hinten.

Als ich meine Augen wieder öffne, sehe ich zunächst eine weiße Wand, einen Krankenhaus-Nachttisch. An meinen Füßen zwei Menschen, Mona und Bert. Als sie merken, dass ich wach bin, verstummt ihr Gespräch. Mona kommt auf mich zu. Bert hat Louis auf dem Arm, der eine große Brezel in beiden Händen hält und darauf herumbeißt. Gott sei Dank! Bert verlässt wortlos mit Louis das Zimmer.

»Mama? Bist du wach?«

Ich bringe ein »Ja« heraus. An meinen nackten Füßen spüre ich das kühle Metall des Bettes. Der Bezug der Decke und die Laken sind herrlich Krankenhaus-gestärkt. Zu meiner Überraschung trage ich nur ein halblanges Patientenhemd. Mona bemerkt meine Verwunderung über das Fehlen meiner Klamotten.

»Du hast dich übergeben. Und du hattest Durchfall. Deshalb.«

Sie schaut zu Boden, und ich schäme mich.

»Das war bestimmt furchtbar peinlich.«

Mona zuckt mit den Schultern. Sie sagt nichts weiter. Ich bekomme Angst. Eine Weile sieht sie aus dem Fenster. Sie hat ein helles Hemdblusenkleid an, einen hohen Pferdeschwanz und dezentes Make-up. Zum ersten Mal seit langer Zeit gefällt sie mir wieder richtig gut.

Dann endlich traue ich mich zu fragen.

»Warum bin ich hier? Was ist passiert?«

Mona schaut mich plötzlich ernst an.

»Du warst total betrunken. Und dann bist du einfach zusammengeklappt. Auf dem Spielplatz! Mit Louis! Und noch ein Glück, dass du auf dem Glockenbach warst. Da konnte sich jemand sofort um euch kümmern. Ich kann dir gar nicht sagen, wie wütend ich bin.«

Mona spricht leise. Sie sagt wütend, meint aber traurig.

»Oh Mann, und ich dachte, du hättest einen Schlaganfall. Ich dachte, okay, das war's, Mama ist ein Pflegefall, aber ich werde mich kümmern. Kein Problem, dann macht Mona das eben. Sie hat dich großgezogen, Mona. Du machst das schon, du schuldest ihr das. Und dann, oh Mann …«

Ich spüre, wie ich immer weiter falle.

»Mohnblume, ich …«

»Ach, Mama. Nein, ich bin die Blöde. Der Arzt hat gesagt, dass deine Werte darauf hindeuten, dass es wohl nicht das erste Mal war, dass du dich so …«

»Ich trinke so wenig, wirklich … und Louis …«

Mir kommen die Tränen.

»… und das ist doch einfach nicht wahr. Ich weiß, dass du das Louis nicht antun wolltest. Das weiß ich. Komm, ruh dich aus.«

Mona greift nach ihrer Strickjacke, steht auf und geht Richtung Tür. Sie hat immer eine Strickjacke dabei. Wollte ich einen Roman über Mona schreiben, würde ich ihn »Die Strickjacke« nennen. Ein grobmaschiges Stück Stoff, das sie umschlingen kann und gegen die böse Welt wappnet.

»Mona «

»Ja?«

»Es tut mir so leid.«

»Schon gut. Ruh dich aus.«

Ihr »Schon gut« ist wie eine Ohrfeige. Ich bin ihr nicht einmal die Wut wert. Niemand will mehr mit mir etwas zu tun haben. Einer bemitleidenswerten armen alten Frau ohne Job.

Es ist erstaunlich, wie sehr sich mein Leben innerhalb von vier Wochen wandeln konnte. Es ist der 9. Juli. Genau vier Wochen sind seit meinem Geburtstag vergangen. München erstickt in der Sommerglut, und ich vergifte mich langsam an meinem Leben. Für keinen ist Erlösung vorgesehen. Ich schaue auf mein Smartphone, doch der Screen ist schwarz. Akku leer. Und kein Ladegerät in Sicht. Am Ende ist es egal. Niemand von Interesse schreibt mir. Was ist, wenn alles aufregende Neue hinter mir liegt und der Rest des Lebens ein Kompromiss wird. Eine freudlose Kammer, in der ich es mir gemütlich machen kann, aber nicht muss. So wie Mutter im Pflegeheim. So wie Mona in ihrer kleinen Wohnung im Glockenbachviertel. Die Kammer des Alterns. Die Kammer der Mutterschaft. Die Kammer der Pubertät, der Ausbildung, der ersten Affäre. Bei den Shaolin-Mönchen im alten China durchlaufen die Männer auf dem Weg zum Krieger fünfunddreißig Kammern. Bei jeder gewöhnlichen Frau sind es genauso viele Lektionen, aber es fließt mehr Blut. Man nennt es Accidental Sexism. Die Tatsache, dass aus vernünftigen, gut gebildeten Frauen wie meiner Tochter Hausfrauen werden, mit einem Partner, der sich durch ihre Existenz nicht bedroht fühlt. Das Feindbild sind Single-Frauen wie ich, denen die Verbitterung ins Gesicht geschrieben steht. So oder so sind Frauen Verliererinnen, die für alles büßen, der anwesende oder abwesende Mann ist nur ein Orientierungspunkt. Und so kommt es, dass keine mehr weiß, welchem Narrativ sie in der zweiten Lebenshälfte lieber folgen soll, wenn doch das erste schon so schwammig war. Das der späten Mutter, die vor Wäschebergen und Kinderkotze nicht mehr zum Haarewaschen kommt. Das der alternden Lady, die durch eine Jüngere ersetzt wird. Das der unabhängigen, leicht verhärmten Alleinstehenden, die es ohne Typ geschafft haben will, einen Golden Lab und ein Ferienhaus auf Föhr besitzt. Die fröhliche, leicht ergraute Linksintellektuelle, bei der die Fältchen nur so rascheln. Ich bin keine von ihnen.

Aber auch nicht ich selbst. Mich kann es gar nicht geben. Denn so viel arbeiten kann doch niemand. So viel Sex haben, und das in meinem Alter. So viel nachdenken. So viel ausgehen. So viel erleben. Es gibt so viele Dinge, die eine Frau wie ich so nicht sagen würde. Sie würde nicht so viel Alkohol trinken, weil sie sich im Griff hat. Sie würde sanfter zu ihrer Tochter sein. Sie würde sich das mit Oskar nicht so zu Herzen nehmen. Sie hätte nicht so viele Bücher geschrieben. Sie würde nicht so viel rauchen, sie wäre viel kontrollierter. Weniger hysterisch. Nicht so fatalistisch. Sie würde über den Sprüchen ihrer Mutter stehen. Ihrem Ex-Mann doch nicht nach Jahren noch nachtrauern. Sie würde sehen können, was noch kommt. Sie wäre eine bessere Freundin für Chérie. Sie hätte mehr um ihren Job gekämpft. Sie hätte Eilika nicht so beneidet. Sie würde nicht immer lästern. Sie wäre nicht so eine alberne bitterfotzige Frau. Es gibt manche Frauen nicht, weil Frauen immer nur sich sehen.

Die Melanie, die es nicht gibt, liegt aber trotzdem hier. Sie ist ihre Mutter, ihre Tochter, ihre Großmutter. Sie ist Eilika, sie ist Chérie, sie ist Marie, aber eigentlich ist sie am liebsten unscharf. Ich will kein Klischee sein, aber es muss mich doch geben dürfen. Jeder meiner Sätze drückt mein Ungenügen aus. Die Tragik ist mein Ehrgeiz. Selbst in Momenten der bittersten Niederlagen werde ich ihn nicht los.

Es klopft an der Tür. Eine Frau im weißen Arztkittel tritt ein. Es ist früher Nachmittag, die nachlassende Mittagssonne lässt Rückschlüsse darauf zu.

Es dauert nur wenige Sekunden, bis ich mir sicher bin. Die braunen, mit einer Rundbürste geföhnten Haare, der porzellanfarbene Teint mit leichten Sommersprossen, die schlanke Figur – Melissa.

Weil sie aufgrund der Akte in ihrer Hand wohl Zeit hatte, sich auf mich vorzubereiten, wirkt sie ruhig und professionell.

»Hallo, Melanie, wie geht es Ihnen?«

Ich habe Magenkrämpfe, Kopfschmerzen. Wäre das alles nicht so lächerlich, würde ich es sagen. Ich wünschte, ich hätte eine schwere Krankheit. Dann hätte ich echtes Mitleid verdient, das Geld der Krankenkasse, die Expertise der Ärzte. So bin ich nur eine traurige Frau, die jede Kontrolle über ihr Leben verloren hat. Melissa und ich sind wie zwei Pole. Meine blonden, halblangen Haare sind zerwühlt. So sah ich wahrscheinlich aus, nachdem ihr Mann mich gevögelt hatte. Melissa hat ihr Leben dagegen im Griff. Ich bin die Affäre, sie ist die Ehefrau. Ich bin arbeitslos, sie gehört, was ihr Gehalt angeht, zu den oberen zehn Prozent. Mit Haaren wie aus einem Pantene-Werbespot. Gratuliere.

Ich schalte auf normal und souverän.

»Sie erinnern sich an mich.«

»Ja, natürlich. Mein Mann hat uns doch vorgestellt.«

Angestrengt versuche ich, eine Regung in ihrem Gesicht zu entdecken, doch es gelingt mir nicht. Fast hölzern, aber mit einer trockenen Freundlichkeit, die nur Ärzte beherrschen, beginnt sie ihren Vortrag.

»Wir würden Sie gerne entlassen, und das steht auch alles

im Entlassungsbrief, den Sie am Empfang bekommen, also nur eine kurze Erklärung. Sie sind gestern am 9. Juli eingeliefert worden. Sie waren dehydriert und wiesen eine Desorientierung bezüglich Situation, Ort und Zeit auf, Ihre Vitalparameter waren aber stabil, sodass wir Sie mit gutem Gewissen nach Hause schicken. Ich würde Sie bitten, zur weiteren Abklärung Ihres Zustands Ihren Hausarzt aufzusuchen, denn Sie hatten zum Zeitpunkt Ihrer Einweisung 2,3 Promille.«

»Ist das viel?«

»Nun, es ist für eine Alkoholikerin relativ üblich, dass der Körper mit diesen Werten besser klarkommt, aber Sie gefährden dadurch sich selbst und andere. Insbesondere, weil zum Zeitpunkt Ihrer Einweisung Ihr zweijähriger Enkel dabei war.«

Melissa sieht mich an. Noch immer drückt ihr Gesicht weder Häme noch Ärger oder Trauer aus. Ich wünschte, sie würde mir eine runterhauen, und ich könnte sagen, dass ihr Mann ein Lügner ist und ich unter seiner Vortäuschung falscher Tatsachen mit ihm geschlafen habe. Dass er mich ausgenutzt hat. Dass ich auch einst die betrogene Ehefrau war. Ich versuche, ihr auf Louis zu antworten.

»Ich lege Wert auf die Feststellung, dass Louis die ganze Zeit in meiner Nähe war. Dass ich noch im Krankenwagen mit ihm gesprochen habe.«

Ich will weiterreden, aber Melissa unterbricht mich.

»Sie brauchen sich nicht zu rechtfertigen, auf uns allen lastet viel. Ich habe ein großes Blutbild anfertigen lassen, Ihr Östrogenwert ist niedrig, Sie sind in den Wechseljahren. Sicherlich haben Sie Stimmungsschwankungen, nun, das muss ich Ihnen nicht erzählen.«

Melissa greift in ihre Tasche und holt eine Blisterverpa-ckung mit Tabletten hervor und drückt fünf der Tabletten heraus, die auf meinen ausgeklappten Nachttisch fallen.

»Das ist Tavor in einer hohen Dosierung. Sie lassen sich dazu Dikaliumclorazepat von Ihrem Hausarzt verschreiben, und wenn Sie mal gar nicht schlafen können, dann nehmen Sie die Tabletten hier dazu.«

Ich schaue Melissa an, doch schon wieder ist da keine Regung, keine Tiefe in ihrem Gesicht.

»Man muss auch nicht immer alles zu Ende denken.«

Ich nicke.

Kapitel 14

Raumtemperatur

Der Anruf kam um halb zehn Uhr morgens. Eine halbe Stunde später, einen Tag nachdem ich die Klinik in Schwabing verlassen habe, treffe ich im Seniorenheim ein. Sie haben meine Mutter bereits entkleidet und auf eine Bahre gelegt, ihr Gesicht ist von einer Mullbinde umrandet, die den Kiefer hält, ein zusammengerolltes Handtuch liegt an ihrem Hals. Ihr Körper ist bis zum Mund mit einem weißen Laken bedeckt. Die schwere Blessur an ihrem Vorderkopf ist mit einem sauberen Verband überzogen, wie ein großer Druckverband. Ihr Gesicht wirkt wächsern.

»Ja, das ist meine Mutter.«

Der Pfleger führt mich den Gang entlang in ein Büro. Ich setze mich auf den erstbesten Stuhl.

»Wir nehmen an, dass Ihre Mutter mehrere Male versucht hat, Sie zu erreichen. Vermutlich kurz nach dem Sturz. Sie waren unsere einzige Kontaktnummer. Und die Ihrer Schwester. Auch hier hat uns niemand zurückgerufen.«

Der Leiter des Pflegeheims steht hinter seinem Schreibtisch. Mit seinen wulstigen roten Händen hält er die gepolsterte Stuhllehne fest.

Ich sitze zusammengekauert da. Es muss Tage her sein, dass ich etwas gegessen habe. Ich kann gar nicht mehr aufhören zu weinen. Ich weine hysterisch und laut, bis ich Atemschwierigkeiten bekomme. Hier im Heim kann ich mich zusammennehmen, weil die Wut größer ist.

»Wir haben so oft versucht, Sie zu erreichen. Wir haben sogar einen Mitarbeiter zu Ihnen nach Hause geschickt. Ihrer Mutter ging es einen Tag nach dem Unfall sehr schlecht, so ein Sturz kann sehr traumatisch sein, sie hat immer wieder nach Ihnen gefragt.«

»Ich war selbst im Krankenhaus. Ich wusste es nicht.«

Alles krampft sich in mir zusammen. Mama. Sie ist gestorben, als niemand da war. Mir wird übel.

»Sie sehen etwas blass aus, wir würden einen Seelsorger schicken.«

»Ich brauche niemanden.«

Ein Pfleger führt mich in ihr Zimmer. Er empfiehlt mir, ihre Sachen gleich mitzunehmen. Ihre drei Kartons stehen unausgepackt neben dem Kleiderschrank. Der Pfleger überreicht mir einen Zip-Beutel mit ihrem Schmuck. Das goldene Kreuz, ihre goldene Kette mit dem kleinen Diamanten. Die Vorstellung, dass ich ihren Diamanten besitze, hätte meine Mutter krank gemacht. Ich lasse den Beutel in meiner Handtasche verschwinden. Den Rest ihrer Sachen, die alte gelbe Strickjacke, ihre Röcke und Strumpfhosen, möchte ich nicht mitnehmen.

»Vielleicht noch die Bilderrahmen«, sage ich.

Vor meinen Augen sehe ich schon die Stelle im Keller, wo der Karton mit den Rahmen stehen kann.

Wir gehen alles ab, das Bett, den Schrank. Auf dem Bett liegt ihr karierter Schlafanzug, zusammengelegt, darauf ein

Kranz getrockneter Blumen, ein roter Samtbeutel mit einem Rosenkranz aus Silber darin, ihre Hausschuhe aus Filz stehen neben dem Bett, als würde sie gleich wiederkommen. Auf dem Nachttisch liegen noch etwas Brot in einer Tüte, eine Schachtel mit Schokolade. Mona hatte sie ihr besorgt. Mutter liebte Pralinen.

Schließlich das Bad. Ich schaffe es kaum, durch die Tür zu treten. Der Raum, die beigen Fliesen riechen stark nach Chlor, alles ist bereits gereinigt.

Der Pfleger ist Anfang zwanzig, er scheint mit der Situation überfordert zu sein.

»Ist sie hier gestürzt?«

Der junge Mann zuckt scheinbar teilnahmslos mit den Schultern.

»Ich weiß es nicht, wir nehmen es an.«

Er hat keine Ahnung. Am Abend wird er seiner Freundin zu Hause von einem nicht so tollen Tag erzählen oder schweigen und Netflix schauen. Ich gehe auf die Duschwand zu, in die Kabine hinein und knie mich hin. Mit einer Hand muss ich mich an der Wand festhalten, so stark schüttelt mich das Weinen. Sie war bestimmt wütend auf mich, als sie starb. »Melanie ruft niemals an«, wird sie gedacht haben, ich weiß es.

»Sie ist hingefallen, aber davon stirbt man doch nicht gleich. Davon ist man doch nicht gleich tot.«

Der Pfleger steht wortlos neben der Duschkabine.

Im Taxi sitze ich auf der Rückbank, den Karton mit ihren wichtigsten Sachen auf meinem Schoß. Ich weiß, dass sie mich sehen kann. Dass sie immer noch da ist. Sie sieht mich hier sitzen und findet, dass ich mich mal wieder schminken sollte.

»Melanie, du brauchst Mineralstoffe, deine Haare sind ganz spröde. Deine Haut ist zu trocken.«

Meine Mutter ist in der Dusche gestürzt, als sie sich einfach nur waschen wollte. Nachdem sie sich in einem Altersheim wiederfand, in dem sie nicht sein wollte.

Wegen ihrer Tochter, die sie nicht haben wollte.

Meine Mutter musste erst stürzen, um wieder zu hoffen, dass ich sie holen komme. Aber ich bin nicht einmal dann ans Telefon gegangen. Ein Leben lang habe ich meinen abwesenden Vater ersetzt. Wie er war ich am Ende für sie eine einzige Enttäuschung. Ich habe nicht das Recht, Mona dieselbe Bürde aufzuerlegen. Nämlich mich.

Sie erreicht mich noch im Taxi.

»Mama, Maria hat es mir gesagt. Ich kann nur noch weinen, Mama, was ist passiert?«

»Moni. Es ist alles gut, Oma war alt, sehr alt, und sie wollte nicht mehr.«

»Ich komme jetzt vorbei.«

»Nein. Lass. Ich muss alleine sein.«

»Darf ich Papa anrufen?«

»Laurent? Nein, bitte nicht.«

»Aber er ist Familie. Bitte.«

»Ja, wenn du meinst.«

»Ich weiß, dass alles sehr schwierig ist für dich momentan, aber wir kriegen das wieder hin.«

»Das müssen wir nicht. Kümmere dich um Louis, um Bert.«

Als ich nach Hause komme, liegt Post vor der Tür. Ein Paket für den Nachbarn. Ich nehme es mit rein. Der alte Gottwald wird es kaum alleine die Treppe herunterschaffen.

Wenn du ein Kind bist, hilft man dir über die Straße und kämmt dir die Haare. Wenn du eine junge Frau wirst, hat jeder einen guten Rat für dich, solange du dich gefügig zeigst, vielleicht sogar Geld. Wenn du Mutter wirst, kommen die Hebamme, die Freundinnen, der Kindsvater ist in der Pflicht. Doch dann lichtet sich der Pfad, und du lernst endlich, freihändig zu gehen. Am Anfang macht dir das Angst, plötzlich, wenn du dich daran gewöhnt hast und nicht mehr so wackelig dastehst, macht es richtig Spaß. Doch es wird kälter, steiniger. Den letzten Weg gehst du alleine. Nichts im Leben kann dich auf diesen Moment vorbereiten.

»Sie haben die Trauer Ihrer Mutter aufgesogen. Sie leiden stellvertretend für Ihre Mutter«, hat mir ein Psychologe mal gesagt. Ich bin nur der Resonanzboden. Sie war die Quelle. Ich weiß, dass Mona es nicht könnte. Sie kann sich nicht auch noch um mich kümmern. Sie wird es aber als ihre Pflicht ansehen. Apfelkuchen backen, vorbeikommen, Louis mitbringen. Wir würden in meinem Garten sitzen und lachen und zusehen, wie Louis versucht, auf ihrem alten roten Dreirad zu fahren, und es gleichzeitig auch ein bisschen traurig finden, weil es uns an früher erinnert. Laurent ist weg, Mona ist erwachsen, ich bin arbeitslose Alkoholikerin. So viele falsche Abzweigungen. Mona lernte Bert während des Studiums kennen. Sie saß abends in Oxford im Park der Uni und las auf einer Bank. Ein bisschen wie in einem Roman von Nicholas Sparks. Er sagte: »Hi, du bist die aus Deutschland.« Mona lächelte. Seit sieben Jahren haben die beiden keine Nacht getrennt voneinander verbracht. Bert ist niemand, der wegläuft. Er hat kurze Haare und einen athletischen Körper. Dafür muss er pro Woche nur eine Stunde schwimmen.

Kurz nachdem er Mona kennengelernt hatte, unterhielten wir uns lange. Wir waren beim Italiener. Ich trank als Absacker einen Limoncello, Bert Mineralwasser, Raumtemperatur.

Bert wird nicht gehen. Er hat Mona verdient.

Kapitel 15

Auftauchen

Ich kann nicht einfach in einen Shakespeare-Monolog wechseln, der jede Stimmung, jedes Motiv erklärt. So läuft das einfach nicht. Ein letzter Blick durchs Schlafzimmerfenster, ich versuche, ein Gefühl zu finden. Aber da ist nur Leere. Die Ironie eines Lebens als Autorin – im letzten Moment habe ich Ladehemmungen, ich werde ohne Schlüsselsatz gehen. Das Wasser in der Badewanne ist dampfend heiß, die Luft ist schwer, die Fenster beschlagen. Zwanzig Dikaliumclorazepat, in Folie gepackt, die Pillen mit einem Glasboden zerstoßen, in einen Joghurt gerührt. Dazu fünf Tavor, drei von den gelben. Selbes Prozedere. Dann in die Wanne. Zum Stichwort Freitod spuckt Google kein Wikihow aus. Selbstmord bleibt ein selbstoptimierungsfreier Raum. Deshalb ist wahre Recherche gefragt. Das Ergebnis: Ich nehme Tabletten und lasse elektrische Geräte weg. Mit dem Föhn soll es ein schmerzhafter Tod sein. Längeres Kammerflimmern, heftige Verkrampfungen. Beim Nachbarn springt die Sicherung raus. Deshalb Tabletten, in die Badewanne, langsam einschlafen.

Mein rechter Fuß durchbricht die Oberfläche, ich sinke langsam ins Wasser. Es brennt überall auf meiner Haut, aber das ist mir egal. Ich möchte in einem schönen Bronzeton aus der Welt scheiden, die Haare noch schnell hochgesteckt, meine kostbaren Diamantohrringe angelegt. Meine Unterarme liegen auf dem Rand der Badewanne, mein schlichter goldener Cartier-Armreif passt zu den smaragdgrünen italienischen Fliesen. Langsam lasse ich beide Hände tief ins Wasser gleiten. Instant-Entspannung setzt ein. Ich schließe die Augen. Im Badezimmer schneit es, ich spüre, wie sich Schneeflöckchen auf meine Haare und Lippen legen. Mein Badezimmer ist ebenerdig, ein Reh schaut durch das Fenster – das müssen die Tabletten sein. Ich denke an Mona, an Louis' rotes Dreirad, das umgekippt im Garten liegt, an Laurent, sein zuversichtliches Lächeln, als er Monas Hand auf dem Standesamt hält. Laurent, Druckerschwärze an den Fingerkuppen, Buchpreise, Tanzen, Jazzmusik. Die Wohnung war nach der Scheidung Zufluchtsort, Garten Eden, Museum, Boudoir, Prinzessinnenbad. Sie bleibt mit meiner Tochter und mir für alle Ewigkeit verbunden. Die Schneckenhäuser, die Mona angemalt hat, die Glasperlenketten, alle Milchzähne, jedes Filzstiftbild, alles habe ich aufgehoben und nach der Trennung aus unserem großen Apartment hierhergebracht. Aber das alte Wohnen war zu überdimensioniert, vollgefrachtet von Ansprüchen, die es nun abzulegen galt. Die Eckcouch fand keine Nische, die Waschmaschine steht wie ein riesiger Fremdkörper in diesem kleinen Bad, bis heute schließt die Tür nicht richtig. Anfangs lag ich auf einer aufblasbaren Matratze zwischen Küche und Wohnzimmer im Flur und sah in der Dämmerung der Basilikumtopfpflanze beim Vertrocknen zu. Irgendwann kaufte ich mir dann ein Pressholzbett bei Ikea. Das Bild, wie Laurent noch die letzte Kiste Brunello di Montalcino auf den Vordersitz seines Smarts stellt, verfolgt mich bis heute. Ich habe Jahre gebraucht, bis ich verstanden habe, dass ich nie wieder richtig glücklich sein würde. Seitdem durfte sich jeder in meine Leere stürzen, sie wussten, dass ich es zulassen würde. Aber das ist jetzt unwichtig. Ich spüre bleierne Müdigkeit. Die Synästhesie setzt ein. Aus Monas altem babyblauem Sony-Gettoblaster, der direkt neben der Badewanne auf einem kleinen Hocker steht, schallt »Goodbye Yellow Brick Road«. Aber bald wird es still sein.

Auf einmal macht es klickklack. Die Türlinke senkt sich. Ist das möglich? Ich bin hellwach. Der Arsch geht mir auf Grundeis.

»Hallo?«, rufe ich laut.

»Hallo, Frau Melanie. Maricel.«

Die Tür geht langsam auf.

Scheiße! Ist heute Mittwoch?

Es ist zu spät. Maricel schaut auf die Badewanne, dann auf mich, die Tablettenverpackungen auf dem Hocker neben der Wanne. Dann wieder auf mich. Mit Hochsteckfrisur und Ohrringen.

»Ich bade. Zur Hölle. Gehen Sie raus!«

Doch Maricel bewegt sich nicht. Sie bleibt einfach stehen, die dumme Gans. Sie trägt wieder ihre pinken Flipflops, ihre Hotpants und so ein kleines Fickificki-Top in Grell. Sie ist das Klischee der Katalogfrau.

»Melanie, geht nicht gut?«

»Doch. Ich bade. Sehen Sie das nicht. Gehen Sie bitte raus!«

Nichts passiert.

»Raus, sofort raus!«

Ich schreie so laut, dass mir schwummrig wird. Maricel macht zwei Schritte zu mir und hält meinen Oberarm fest.

»Lassen Sie mich los, lassen Sie mich los!«

Wasser spritzt. Maricel hält meinen Arm. Ich versuche mich loszureißen, sie ergreift meinen Arm mit aller Gewalt, ich schreie, reiße an meinem Arm. Wasser spritzt an die weiß gestrichenen Wände. Wir sind auf einmal beide klatschnass. Es ist grotesk.

»Aus dem Bad, aus dem Bad!«, kreischt Maricel. Ich leiste Folge und trete mit beiden Füßen auf meine moosgrüne Fußmatte. Ich sacke ein, Maricel kann mich nicht halten. Mein Kopf stößt gegen die Kloschüssel. Ich schreie auf. Halte mir den Kopf. Als Nächstes sehe ich, wie Maricel die leere Blisterfolie der Pillen in der Hand hält. Sie starrt mich an.

»Ich will nicht sterben, ehrlich«, flehe ich.

Maricel macht einen Schritt auf mich zu, reißt an meinen Haaren, drückt meinen Kopf in die Kloschüssel. Mir wird schlecht, es stinkt nach Pisse da drin. Mit beiden Armen umfasst sie meinen Oberbauch, schiebt ihre Fäuste in die Haut unterhalb meiner Rippen. Als sie mich mit einem Ruck hochzieht, reißt mein Zwerchfell. Ein Schwall rosa Kotze landet in der Kloschüssel und an der Wand. Der zweite Schwall ist gelb. Galle. Ich würge, huste, ich ersticke.

»Weiter!«, schreit Maricel. »Weiter!«

Als ich das nächste Mal breche, spucke ich Blut. Noch ein Schwall Joghurt. Endlich lässt sie von mir ab. Die Tränen, sie laufen und laufen. Ich weine wie ein kleines Kind, als sie mein Haar streichelt. Sie hält mich fest im Arm. Eine Weile sitzen wir so da, eng umschlungen auf dem Badezimmerboden.

»Is nix schlimm«, sagt Maricel.

Wir gehen raus auf die Terrasse. Zum ersten Mal liegen wir beide auf den Gartenliegen. Wir rauchen eine nach der anderen. Die Abendsonne taucht die Luft in Pastellfarben.

Ich schaue auf die Beete. Die zartrosafarbenen Hundsrosen blühen. Blaue Kornblumen und Margeriten.

»Du musst künftig zweimal die Woche kommen. Schau dir die Blumen an. Ganz trocken.«

Epilog

Si, Maman si (France Gall)

Tous mes amis sont partis
Mon cœur a déménagé
Mes vacances c'est toujours Paris
Mes projets c'est continuer
Mes amours c'est inventer
Si, maman, si
Si, maman, si
Maman, si tu voyais ma vie
Je pleure comme je ris
Si, maman, si
Mais mon avenir reste gris
Et mon cœur aussi
Et le temps défile comme un train
Et moi je suis à la fenêtre
Je suis si peu habile que demain
Le bonheur passera peut-être
Sans que je sache le reconnaître

Dank

Ich danke meiner Lektorin Katrin Fieber und meinem Verleger Karsten Kredel für die Einlassung auf mein Manuskript, das Zuhören und das Vertrauen. Ein großer Dank geht auch an meine wunderbare Freundin Claudia Schumacher und meinen besten Freund Malakoff Kowalski, die den Text schon in ersten Entwürfen gelesen haben.

Außerdem danke ich Ben, Nicki, Cleo, Maxime und Dani für die Liebe und die Geduld mit mir.

Quellenverzeichnis

Seite 34: »Der alte Großvater und der Enkel«, Kinder- und Hausmärchen der Brüder Grimm an Stelle 78 (KHM 78), Jacob und Wilhelm Grimm, Erste Auflage, Band 1 (1812)

Seite 34: »Das Alter (La Vieillesse)«, Simone de Beauvoir, aus dem Französischen von Anjuta Aigner-Dünnwald und Ruth Henry, Rowohlt Taschenbuch, 7. Auflage, Neuausgabe (2000), Einführung

Seite 49: »Ein Schaf fürs Leben«, Margrit Matter, aus dem Niederländischen von Sylke Hachmeister, Verlag Friedrich Oetinger GmbH, 17. Edition (2003)

Seite 95: »The Social Climbers Bible«, A Book of Manners, Practical Tips, and Spiritual Advice for the Upwardly Mobile«, Dirk Wittenborn, Jazz Johnson, Penguin Books (2014)

Si, maman si, Text und Musik: Michel Jean Hamburger, © 1977 Universal Music Publishing

Jetzt als große ARD-Serie – »Für mehr Bewusstsein, mehr Sensibilität mehr Selbst-Erkenntnis und -Bestimmung.«

Inga Humpe

Es wird viel geredet über die patriarchalisch geprägte sexistische Gesellschaft, doch selten über den Nährboden, der das Wachstum solcher männlich-dominierten Machtstrukturen begünstigt. Caroline Rosales erzählt nah an ihrer eigenen Geschichte, wie bereits kleine Mädchen darauf konditioniert werden, lieb und höflich zu sein und dem Onkel doch ein Küsschen zu geben. Und wie aus diesen Mädchen Frauen werden, die mehr auf das Gegenüber achten als auf sich selber. Das müssen wir ändern. Denn es gibt viele Grauzonen zwischen unserer Erziehung, Missbrauch und Feminismus. Hier werden sie beleuchtet.

Caroline Rosales
Sexuell verfügbar

Taschenbuch
Auch als E-Book erhältlich
www.ullstein.de

ullstein